HARALD SCHNEIDER

NAFD

DEMOKRATIE AUF ABWEGEN Deutschland, kurz nach der Bundestagswahl 2017. Während sich die politische Landschaft rasant verändert, brennen immer wieder auf Autobahnen Lkws einer großen Speyerer Spedition aus, teilweise sind Todesopfer zu beklagen. Nachdem der Privatjet des Speditionsinhabers Herold Blauermann beschossen wurde, ist dieser gezwungen zu reagieren. Denn Blauermann ist oberste Führungspersönlichkeit der neuen Partei NAFD, die überraschend die Bundestagswahl gewonnen hat. Was niemand weiß: Blauermann herrscht im Verborgenen über die Partei wie ein Oligarch. Sein Fernziel, die Demokratie in Deutschland abzuschaffen, wird durch einen großen Unbekannten torpediert, der ihm keine Ruhe lässt. Sitzt der Feind in der eigenen Partei? Oder ist es nur ein missgünstiger Konkurrent aus der Branche? Oder vielleicht sogar das Deutsche Volk, wachgerüttelt durch die undemokratischen Aktivitäten der NAFD? Haben Blauermann und seine Mitstreiter den Willen und die Wehrhaftigkeit der Bevölkerung falsch eingeschätzt? Wird Deutschland am Ende noch regierbar sein?

Harald Schneider, 1962 in Speyer geboren, wohnt in Schifferstadt und arbeitet als Betriebswirt in einem Medienkonzern. Seine Schriftstellerkarriere begann während des Studiums mit Kurzkrimis für die Regenbogenpresse. Der Vater von vier Kindern veröffentlichte mehrere Kinderbuchserien. Seit 2008 hat er in der Metropolregion Rhein-Neckar-Pfalz den skurrilen Kommissar Reiner Palzki etabliert, der neben seinem mittlerweile vierzehnten Fall »Parkverbot« in zahlreichen Ratekrimis in der Tageszeitung Rheinpfalz und verschiedenen Kundenmagazinen ermittelt. 2013 wurde mit den Kindern von Reiner Palzki mit »Die Palzki-Kids in großer Gefahr« eine eigene interaktive Kinderbuchreihe etabliert.

Bisherige Veröffentlichungen im Gmeiner-Verlag:

Parkverbot (2017)
Mords-Grumbeere (2016)
Sagenreich (2015)
Weinrausch (2015)
Wer mordet schon in der Kurpfalz? (2014)
Tote Beete (2014)
Ahnenfluch (2013)
Künstlerpech (2013)
Pilgerspuren (2012)
Palzki ermittelt (2012)
Blutbahn (2012)
Mörderischer Erfindergeist (2011)
Räuberbier (2011)
Wassergeld (2010)
Erfindergeist (2009)
Schwarzkittel (2009)
Ernteopfer (2008)

HARALD SCHNEIDER

NAFD

Politthriller

GMEINER SPANNUNG

Personen und Handlung sind frei erfunden.
Ähnlichkeiten mit lebenden oder toten Personen
sind rein zufällig und nicht beabsichtigt.

Besuchen Sie uns im Internet:
www.gmeiner-verlag.de

Im Ehnried 5, 88605 Meßkirch
Telefon 07575/2095-0
info@gmeiner-verlag.de

1. Auflage 2017

Lektorat: Claudia Senghaas, Kirchardt
Herstellung: Mirjam Hecht
Umschlaggestaltung: U.O.R.G. Lutz Eberle, Stuttgart
unter Verwendung eines Fotos von: © jala/photocase.de
Druck: CPI books GmbH, Leck
Printed in Germany
ISBN 978-3-8392-2155-6

Wenn Wahlen irgendeine Bedeutung hätten, würde man uns nicht erlauben, sie abzuhalten.

Mark Twain

INHALT

TEIL 1

PERSONENGLOSSAR

Dr. Mathias Segrem, Bundeskanzler
Hat sein Abitur, Studienabschluss und Doktortitel jeweils mit schlechtest möglicher Note bestanden, ist dafür aber sehr charismatisch. Arbeitete bis vor einem Jahr als Sachbearbeiter bei der Koblenzer Stadtverwaltung, zuletzt in der Flüchtlingshilfe. In der Freizeit unter anderem aktiv im Brauchtumsverein Deutsches Eck e. V. tätig, anschließend für mehrere rechtspopulistische Gruppierungen und Parteien, bis er von der NAFD abgeworben und nach dem überraschenden Bundestagsergebnis zum Bundeskanzler gekürt wurde. Um die Heimkosten zu sparen und insbesondere das Häuschen seines Vaters zu retten, hatte er seinem dementen Erzeuger zu einem würdevollen Abgang verholfen.

Dr. Wiebke Wiedemann, Innenministerin
Rhetorisch geschickt, aber charakterlich schwach. Bis zur mittleren Reife hat sie es ohne fremde Hilfe geschafft. Die Zugangsvoraussetzung zur Universität und den Abschluss hat sie sich in Ungarn fälschen lassen, genauso wie den Führerschein, nachdem sie dreimal durch die Prüfung gerasselt war. Von ihrer Doktorarbeit hat sie kein einziges Wort selbst geschrieben. Der Rest ihrer Karriere besteht aus ausgeprägtem Selbstbewusstsein, ihrem stets aktiven Auftreten, ihrer geschliffenen Sprache sowie mit geerbtem Geld

erkauften illegalen Zeugnissen. Eine ideale Kandidatin für die NAFD.

Bernhard Bender
Milliardenschwerer Alleinerbe des Bender-Pharma-Konzerns. Sein 150 Kilogramm schwerer Körper zeugt von permanentem Arzneimittelmissbrauch. Bender ist ein Mitglied des Führungszirkels der NAFD.

Herold Blauermann
Ein blonder Hüne von über zwei Metern und athletischem Körperbau. Er ist der Sprecher und unausgesprochener Chef des NAFD-Führungszirkels. Eigentümer einer der größten europäischen Speditionen mit Sitz in Speyer. Für seine Frau und die Kinder Günter und Julia hat er wenig Zeit.

Edmund Schmidt
Discounterkönig und NAFD-Führungszirkelmitglied, über den es nicht viel Negatives zu berichten gibt. In fünfter Generation führt er einen Konzern, hauptsächlich bestehend aus rund 500 Lebensmittelmärkten in Deutschland, Österreich und der Schweiz. Seine Angestellten bezahlt er leicht übertariflich, und selbst bei den jährlichen Prämienzahlungen zeigt er sich nicht knausrig. Bei seinen Mitarbeitern ist er meist beliebt. Die Presse und die Branchenmagazine berichten regelmäßig über seine sozialen Projekte, für die er reichlich spendet. Alles wäre im grünen Bereich, wenn Schmidt nicht ein Faible für schnelle Autos hätte. Zwei Todesopfer, eine schwer verletzte hochschwangere Frau, die ihr

Kind verlor, sowie eine ganze Reihe von Leichtverletzten war die bisherige Bilanz seiner Rennkarriere, der er ausnahmslos auf öffentlichen Straßen frönte. Bisher war es ihm immer gelungen, sich straffrei aus den Affären zu ziehen, in fast allen Fällen durch Fahrerflucht oder Zahlung hoher Bestechungsgelder.

Paul Haberstahl
Gauleiter Vorderpfalz. Hat in seiner Jugend sechs Monate Jugendarrest abgesessen. Sein Freund Heiner erpresst ihn mit dieser alten Geschichte, was für Heiner fatal endet. Des Weiteren kommt er einer Verfehlung des Ortsgruppenleiters Schweikemeier auf die Spur.

H. Schweikemeier
Seit einem Jahr Ortsgruppenleiter Ludwigshafen-Hemshof. Mit illegalen Methoden versucht er, die Mitgliederzahl in seiner Ortsgruppe zur höchsten des Gaus Vorderpfalz zu entwickeln. Für die dazu benötigten Geldmittel unterhält er eine Schwarzkasse. Gefüllt wird diese durch den Verkauf von wertlosen Kopien der NAFD-Parteiaktien. Da sein Vorgesetzter Paul Haberstahl Lunte gerochen hat, muss sich Schweikemeier etwas einfallen lassen.

Susanne Bolero
Geschäftsführerin des Verlages und Medienhauses »Der Neue Deutsche GmbH«. Handelt im Auftrag der NAFD und sorgt dafür, dass die fünfköpfige Männerrunde der zweiten Ebene auf der Linie der Partei liegt.

Wolle, Freddie, Tom
Drei Kumpels, die Mitglied der NAFD in der Ludwigshafener Ortsgruppe Hemshof sind. Insbesondere Wolle neigt zum Schwachsinn.

Dr. Alexander Goldwurst
Leiter der Halle 2 der Druckerei »Der Neue Deutsche«

TEIL 2 – ROMAN

-1- GESPRÄCH IN EINER DRUCKEREI

»Ich habe echt keinen Bock mehr!«

Mit krebsrotem Gesicht verpasste Frank der neuen Rollenoffsetdruckmaschine einen Tritt in die Blechabdeckung.

»Werde nicht gleich cholerisch«, zischte ihm Bairam vom benachbarten Arbeitstisch zu. »Das Leben ist kein Wunschkonzert.« Zur Sicherheit schaute der 50-jährige Türke vorsichtig die beiden Gänge entlang. Hoffentlich hatte der Abteilungsleiter den Lärm nicht gehört. Mit Dr. Goldwurst war nicht zu spaßen. Rigoros und autoritär, ja fast schon diktatorisch hatte er seine Mitarbeiter in Halle 2 der Druckerei »Der Neue Deutsche GmbH« im Griff.

Keiner der Kollegen, die vorletzten Monat versucht hatten, einen Betriebsrat zu gründen, arbeitete noch in der Druckerei. Selbst der wöchentliche Kontakt nach Feierabend in der Gastschenke »Zur Linde« brach von heute auf morgen ab. Keiner wusste, was die ehemaligen Kollegen machten.

Frank steigerte sich weiter in seinen Hass hinein. Er verließ seine Kontrollposition an der Druckmaschine und ging die wenigen Schritte zu Bairam.

»Mensch, wenn das der Wurschtl sieht«, ereiferte sich Bairam. »Dann ist Schluss mit lustig. Du wirst erst in einer halben Stunde abgelöst.«

»Das ist mir doch egal!«, polterte Frank mit seinem von Natur aus lauten Organ. »Der Wurschtl kann mich mal.«

Ein weiteres Mal sah sich der Türke ängstlich um. Das konnte nicht lange gut gehen. Es war sowieso ein Wunder, dass Dr. Goldwurst noch nicht an jedem Arbeitsplatz eine Videokamera installieren hatte lassen. Behutsam fasste er Frank an den Oberarm. »Jetzt beruhige dich doch. Wir können nachher in der Pause über diese Sache sprechen.«

Wie durch ein Wunder beruhigte sich Frank tatsächlich von einer Sekunde auf die andere. »Mach mal lauter«, sagte er zu Bairam.

Erst jetzt bemerkte dieser, dass Frank durch eine Radiomeldung abgelenkt worden war. Bevor er reagieren konnte, hatte sein Kollege das kleine Radio auf dem Tisch lauter gestellt.

Achtung, eine wichtige Verkehrsdurchsage: Auf der A61 Koblenz in Richtung Speyer zwischen Abfahrt Dieblich und Waldesch steht auf einem Parkplatz ein brennender Lkw mit starker Rauchentwicklung. Fahren Sie bitte vorsichtig, wir melden uns, wenn die Gefahr vorüber ist.

»Hoffentlich nicht mein Bruder«, kommentierte Frank die Meldung. »Der fährt regelmäßig auf der A61. Sein Chef ist auch so ein Ausbeuterschwein wie unser Wurschtl.«

Bairam drehte das Radio leiser. »Da fahren jeden Tag so viele Lastwagen auf der Autobahn. Das wird nicht gerade dein Bruder sein. Jetzt geh aber zu deinem Platz zurück. Wenn an der Maschine etwas nicht stimmt und du merkst es nicht gleich, bist du geliefert.«

»Scheiß Job«, bemerkte Franz, ging aber widerwillig zurück an seinen Kontrollplatz. »Beim alten Chef war es tausendmal besser.«

»Natürlich«, bestätigte ihn Bairam. »Wir haben unseren Chef geliebt. Doch was haben wir jetzt davon? Du weißt doch, was passiert ist. Herr Fischer war fast 80 Jahre alt und hat es nicht für nötig gehalten, zeitgerecht einen Nachfolger zu suchen. Sogar seine Tochter hatte er mit seinen alten Ansichten vergrault. Dass Fischer nicht ewig leben würde, war vorherzusehen. Nur er selbst dachte da offensichtlich anders. Wie die Sache ausging, ist uns allen bekannt.«

Frank seufzte. »Insolvenz und Verkauf nach seinem Tod, ich weiß ja.«

»Ohne den Käufer würden wir auf der Straße sitzen. Es war Glück, dass er den alten Maschinenpark übernahm. Fischer hatte in den letzten Jahrzehnten so gut wie nichts mehr investiert. Teilweise mussten die Ersatzteile nachgebaut werden.«

»Trotzdem.« Frank war immer noch nicht zufrieden. »Der Arbeitsdruck ist mindestens um das Doppelte gestiegen. Und der Wurschtl! Hätte man nicht einen fähigeren Manager einstellen können als diesen Arsch?« Er zog ein frisch gedrucktes Zeitungsexemplar aus seiner Anlage. Dabei fielen mehrere Exemplare kreuz und quer auf den Boden, ohne dass er dies beachtete. »Demnächst soll dieses Drecksblatt statt monatlich alle 14 Tage erscheinen. Weniger Überstunden werden es davon nicht.« Frank zerknüllte die Zeitung und warf sie zu den anderen auf den Boden.

Bairam schüttelte über diese Aktion missbilligend seinen Kopf. »Immerhin bekommen wir die Überstunden gut bezahlt«, entgegnete er. »Ich kann den Mehrverdienst gut gebrauchen. Ich muss fünf Kinder und eine

Frau ernähren. Die Große studiert sogar Germanistik.« Dann fiel ihm noch etwas ein. »Nebenan im Verlag stellen sie bereits neue Redakteure ein. Sogar eine eigene Social-Media-Abteilung bauen sie auf. Das meiste läuft heutzutage sowieso über Internet, Facebook, Twitter und wie das alles heißt. Nur für die anderen, die noch nicht in der Internetwelt leben, wird die Zeitung gebraucht. Die Partei will eben alle Leute über eigene Medien erreichen. Du weißt ja, Staatsmedien sind unser Feind, wie neulich unser neuer Bundeskanzler sagte. Obwohl ich das nach der letzten Bundestagswahl nicht so richtig verstehe. Aber egal.« Er dachte kurz nach. »Vielleicht bekommen wir in der Druckerei ebenfalls Zuwachs?«

»Niemals!«, ereiferte sich Frank. »Wurschtl wird uns mit der Peitsche antreiben. Lange mache ich das nicht mehr mit. Lesen tu ich diesen Mist sowieso nicht.« Er tat so, als trete er auf den am Boden liegenden Zeitungen eine Zigarette aus.

»Solltest du aber«, sagte Bairam. »Schau dir mal den Leitartikel auf Seite zwei an.«

Widerwillig bückte sich Frank und hob ein Exemplar von »Der Neue Deutsche« auf. Während sein Kollege rasch in die Gänge blickte, suchte er den hellrosa unterlegten Leitartikel.

Wichtige Gesetzesänderungen beschlossen

Zum 01.11. dieses Jahres wird das Datenschutzgesetz zum Wohle der Bürger in Teilen ausgesetzt. Die Änderungen, die allesamt nicht der Zustimmung des Bundesrates bedürfen, wurden am Montag im Schnellverfahren mit der einfachen Mehrheit durch den Bundestag beschlossen.

Ziel der Änderungen ist es, die Terroristenbekämpfung effizienter zu gestalten, insbesondere im Landesinnern.

Im ersten Schritt sollen Arbeiter und Angestellte aller staats- und parteinahen Betriebe auf ihre Verfassungstreue überprüft werden. Für diesen Zweck wird ein zentrales Bundesamt mit Sitz in Berlin aufgebaut.

»Na, was meinst du dazu?«, fragte Bairam seinen Kollegen, nachdem dieser die Zeitung zurück auf den Boden geworfen hatte. »Staats- und parteinahe Betriebe, dazu gehört auch diese Druckerei.«

»Das ist mir scheißegal«, unterbrach ihn Frank. »Der Chef schmeißt mich sowieso bald raus, wenn ich nicht in die Partei eintrete. Obwohl ich seit fast 20 Jahren hier arbeite, stell dir das mal vor!« Wütend trat er erneut gegen die Abdeckung der Offsetdruckmaschine, dass es nur so schepperte.

Sekunden später hörten die beiden die näher eilenden Schritte des Abteilungsleiters.

»Was soll das?«, brüllte Dr. Goldwurst, als er die Arbeitsplätze erreicht hatte. »Was ist hier wem scheißegal?« Im gleichen Moment entdeckte er die teilweise zerfetzten Zeitungen unter Franks Arbeitstisch.

-2- GEFAHRGUTTRANSPORT AUF DER A61

Paule schlotterten die Knie, er hatte Angst. Nicht wegen der Polizeibeamten, die ihn seit einer halben Stunde bedrängten, auch nicht wegen der Szenerie, in der er sich wiederfand: ein Großaufgebot an Feuerwehr, Gefahrenabwehr, Polizei und verschiedenen Sanitätsdiensten, die sich auf dem schmalen Parkplatz längs der A61 den nur spärlich vorhandenen Freiraum teilten. Die Todesängste, die er vorhin ausstand, als er den Rauch aus seiner Zugmaschine aufsteigen sah und der in Sekundenschnelle das komplette Führerhaus einhüllte, waren vergessen. Anscheinend hatte er Riesenglück gehabt. Hätte er heute Morgen vor seinem Start in Speyer nicht mit Karl auf dessen Geburtstag angestoßen, hätte der Sekt sich nicht in seiner Blase bemerkbar gemacht. Er hätte auf dem Parkplatz nicht angehalten, und vermutlich wäre der Lkw auf der Autobahn in Flammen aufgegangen.

»Das glauben wir Ihnen nicht.«

Paule sah den Beamten an. Es half nichts, er musste die Wahrheit sagen, selbst wenn er seinen Job los sein würde. Er versuchte, den Polizisten nur indirekt anzusprechen, damit dieser seine Alkoholfahne nicht roch. Es war Vormittag kurz vor 11 Uhr.

»Natürlich wusste ich, dass dies ein Gefahrenguttransport ist«, beichtete Paule schließlich.

»Klasse 4.2«, bestätigte der Beamte vorwurfsvoll.

»Fischmehl hat man mir gesagt, was soll da groß passieren?« Paule war sehr kleinlaut, denn er hatte keine

Berechtigung für Gefahrenguttransporte. Sein Chef würde ihn hochkant rauswerfen, wenn er erfuhr, dass er die Tour mit Karl getauscht hatte, damit dieser am frühen Nachmittag bei seiner Familie sein konnte, um seinen Geburtstag zu feiern.

Jäh wurde er aus seinen Gedanken gerissen. »Fischmehl ist nicht umsonst der Klasse 4.2 zugeordnet«, sagte er streng. »In Kontakt mit Luft ist Fischmehl selbstentzündungsfähig. Das kann bereits nach fünf Minuten passieren, aber auch erst nach Stunden oder Tagen. Wie wir Ihren Papieren entnehmen, haben Sie keine ADR-Bescheinigung für solche Transporte.«

Paules Antwort war fast schon jämmerlich. »Es ist ja nur eine kleine Fahrt von Speyer nach Köln«, versuchte er sich zu rechtfertigen. »Ich habe doch nur kurz gehalten, weil ich auf die Toilette musste.«

»Und in dieser Zeit entzündet sich die Zugmaschine von selbst?« Der skeptische Blick des Beamten verunsicherte ihn zusätzlich.

»Ich habe den Rauch erst bemerkt, als ich aus der Toilette kam, da konnte ich nichts mehr tun. Außerdem brannte zuerst das Führerhaus und nicht die Ladung.«

Tatsächlich war, als der Brand ausbrach, eine Spur des Parkplatzes komplett mit parkenden Lkws belegt gewesen. Nur einem Zufall war es zu verdanken, dass die Fahrer der Lkws vor und hinter dem Gefahrguttransport von Paule sofort reagierten und ihre Fahrzeuge aus der Gefahrenzone brachten. Letztendlich konnte das schnelle Eingreifen der Feuerwehr ein Übergreifen des Feuers auf die Ladung verhindern.

Eine Polizistin war zu dem Kollegen getreten und

sprach Paule an: »Der Fahrer vor Ihnen ist, nachdem er den Rauch bemerkt hat, sofort auf die Autobahn gefahren. Er gab eben per Funk durch, dass er im Rückspiegel eine kleine Person in dunkler Kleidung gesehen hat, die in Richtung der Pkw-Stellplätze gerannt ist. Das war kurz, bevor er den Rauch wahrnahm. Haben Sie irgendetwas beobachtet?«

Paule schüttelte den Kopf. »Keine Menschenseele. Ich war allein auf der Toilette, und als ich rauskam, entdeckte ich sofort den Qualm. Ein paar Sekunden später fuhren die beiden Lkws weg. Ein Rentner stand mit seinem Corsa auf der Fahrbahn etwa 50 Meter von meiner Maschine entfernt. Er schrie mir zu, dass er die Feuerwehr angerufen hat.«

Sie nickte. »Der Mann hat sich uns bereits als Zeuge zur Verfügung gestellt.«

Paule versuchte, seine Haut zu retten. »Das ist bereits der dritte Lkw unserer Spedition, der in Flammen aufgeht.«

Für einen Moment glotzten ihn die beiden Beamten sprachlos an. »Wann und wo waren die anderen Vorfälle? Waren Sie jeweils der Fahrer?«

»Nein«, sagte Paule. »Es betraf Kollegen von mir. Genaues kann Ihnen die Zentrale in Speyer sagen.« Paule war unvorsichtig geworden und hatte die Polizistin direkt angesprochen. Diese war auf Zack.

»Haben Sie etwas getrunken?«, fragte sie sofort, und ihre Miene wurde grimmig.

»Ich doch nicht«, antwortete Paule, aber es klang unglaubwürdig. Das ist mein berufliches Ende, dachte er.

»Dann werden wir mal bei Ihrem Arbeitgeber anrufen«, meinte die Beamtin. »Und mein Kollege wird mit Ihnen einen Alkoholtest machen. Sie haben doch bestimmt nichts dagegen?«

In diesem Moment kam ein Hauptbrandmeister hinzu und sagte: »Wir müssen den kompletten Parkplatz sperren. Wir haben unter der Zugmaschine Brandbeschleuniger gefunden.«

-3- DREI FREUNDE UND DIE PRÜFUNG

»Kacke, das ist viel zu schwierig!« Wolle warf wütend den Zettel hin, schnappte sich sein gerade von der Bedienung frisch hingestelltes Exportbier, trank es zur Hälfte leer und rülpste so laut, dass ein älteres Ehepaar, das drei Tische weiter saß, heftig zusammenzuckte. »Da muss man ja provo…, äh, produ…, äh, den Doktor machen, um das zu kapieren. Ich habe wichtigere Sachen in meinem Kopf.« Zur Bekräftigung fuhr er sich mit seiner Hand über den kahl rasierten Schädel. Nur langsam beruhigte er sich. »Warum muss ich diesen Scheiß überhaupt wissen, hä? Ich habe am letzten Wochenende auf dem Parkplatz des Supermarktes vier oder fünf Mercedes-Sterne abgetreten und ein paar Reifen aufgeschlitzt, damit habe ich doch wohl genug bewiesen, dass ich dazugehöre, oder?« Mit einem grenzdebilen Gesichtsausdruck, der nicht allein dem heutigen Alkoholgenuss geschuldet war, schaute der 20-Jährige zu Freddie.

»Das mit den Mercedes-Sternen geht zwar ideologisch gesehen nicht ganz in die richtige Richtung ...«

Wolle unterbrach seinen Freund. »Nenn mich nie wieder Idiot!«

»Ich habe doch ideologisch gesagt und nicht Idiot, das sind zwei ganz verschiedene Dinge.« Genervt schaute Freddie, der es immerhin mit zwei Ehrenrunden zur Mittleren Reife geschafft hatte, zur Decke der Kneipe im Ludwigshafener Ortsteil Hemshof. »Was ich sagen wollte: Wir sollen uns mit Sachbeschädigungen aller Art zurückhalten, damit es nicht auf die Partei zurückfällt.«

»Mich hat aber keiner gesehen!«, frohlockte Wolle und trank sein Glas leer. Sofort winkte er der Bedienung und zeigte auf das leere Glas. »Lass mal die Luft raus, Traudel!«

Tom, der Dritte am Tisch, mischte sich nun ein. »So schwierig sind die Fragen doch gar nicht. Außerdem stehen die Antworten daneben. Wir müssen das Zeug bloß auswendig lernen.«

»Ich war noch nie gut im Auswendiglernen«, konterte Wolle.

Tom dachte gehässig, dass sein Kumpel, vom Saufen und Krawallmachen abgesehen, in keinem Bereich wirklich gut war. »Mensch, Wolle, das sind drei Fragen und drei Antworten.« Er schnappte sich den Zettel, der auf dem Tisch lag, und las vor: »Frage 1: Wie viele Bundesländer hat Deutschland? Na?« Er blickte Wolle in die Augen. Doch der hob nur die Achseln.

»Zehn? 20? 100? Keine Ahnung.«

»16!«, riefen Freddie und Tom gleichzeitig aus.

»Mir doch egal.« Wolle gab sich trotzig.

»Vielleicht geht's mit einer Eselsbrücke?«, meinte Tom.

»Was wird das jetzt wieder für ein Scheiß? Esel oder was?«

Tom nahm sich zusammen und erklärte es ihm. »Du brauchst ein Hilfsmittel, um dir die Zahl 16 merken zu können. Wir sind doch ganz oft auf dem Fußballplatz. Was ein Strafraum ist, weißt du doch. Wie sagen wir noch dazu?«

Wolle überlegte einen Moment, bevor er zaghaft antwortete: »Sechzehner?«

Freddie lachte. »Na also, du hast es kapiert. Wenn die Frage nach den Bundesländern kommt, denkst du an den Sechzehner, und alles ist in Ordnung.«

Wolle klatschte mit seiner knapp klodeckelgroßen Pranke auf Toms Rücken. »Ich bin froh, dass ich so dufte Kumpels wie euch habe. Das mit der Eselskrücke ist ja wirklich voll einfach.«

»Eselsbrücke«, hauchte Tom fast unhörbar. Laut sagte er: »Mit der zweiten Frage machen wir morgen weiter. Wir wollen dich schließlich geistig nicht überfordern.«

Wolle nahm die Beleidigung nicht wahr, stattdessen rülpste er als Einverständnis. »Ich werd's allen zeigen, passt nur auf! Mir diesen Eseldingsda bestehe ich die Prüfung zum Ortstruppen…, äh Gruppen…, äh …«

»Ortsgruppen-Unterführer«, unterbrach ihn Tom. »Die erste Hierarchiestufe innerhalb der Partei.«

»Du kriegst einen Anstecker, auf dem dein Name und deine Funktion stehen«, ergänzte Freddie. »Du musst den Titel nicht auswendig lernen.«

Stolz blickte Wolle in die Runde. »Und ein halbes Jahr später gibt's die nächste Beförderung, habt ihr gesagt?«

Seine Freunde nickten. »Dann werden wir Ortsgruppen-Hilfsführer. Allerdings sind da neue Fragen fällig.«

Wolle schlug mit der flachen Hand auf den Tisch. »Bleib mal locker, mit diesem Esel packen wir das schon, oder, Freunde?«

Freddie und Tom grinsten sich an. Letzterer zog eine abgegriffene Broschüre aus den speckigen Jeans. »Da sind alle 22 Beförderungsstufen aufgelistet. Wenn du willst, kannst du es bis nach Berlin schaffen ins Ministerium.«

Wolle riss ihm die Broschüre aus der Hand und blätterte ziellos darin herum. »Und wo steht das mit den Akten?«

»Akten?«, fragte Freddie erstaunt. »Ach so, du meinst die *Aktien.*« Er blätterte seinem Kumpel die entsprechende Seite auf. »Ab der ersten Beförderungsstufe kannst du für wenig Geld Parteiaktien kaufen. Das sind Anteilscheine an unserer Partei. Damit gehört dir praktisch ein Teil der Partei.«

»Geil!«, entfuhr es Wolle. »Da kauf ich so viel, dass mir die ganze Partei gehört.«

Tom seufzte tief, bevor er antwortete. »Von was denn? Von deinem Hartz IV? Außerdem werden die anderen Mitglieder ebenfalls Parteiaktien kaufen.«

»Das ist überhaupt das Beste«, sagte Freddie. »In ein

paar Jahren kann man die Parteiaktien für viel Geld verkaufen.«

»Du willst die Aktien wieder verkaufen?«, fragte Tom überrascht. »Ich werde sie nur kaufen, weil ich unsere Partei und deren Ziele unterstützen möchte. Nein, ich lasse die NAFD nicht im Stich.«

»Ich doch auch nicht«, beruhigte ihn Freddie. »Schließlich bin ich wie ihr im Organisationskomitee unserer Ortsgruppe Ludwigshafen-Hemshof für die Planung des einjährigen Bestehens.«

»Die Gründung war ein geiles Event«, unterbrach Wolle. »Die Partei hat sich nicht lumpen lassen und Freibier bis zum Umfallen ausgegeben.«

»Im wahrsten Sinn«, sagte Tom. »Am nächsten Morgen habe ich nur gekotzt.«

»Damals waren wir gerade 20 Leute, wisst ihr noch? Inzwischen haben wir im Hemshof 250 Mitglieder. Und wir gehören zu den Ersten, die die Beförderungsprüfung zum Ortsgruppen-Unterführer machen dürfen.«

Zur Bestätigung rülpste Wolle erneut, wobei ihm Bierschaum durch die Nase schoss.

-4- MANAGEMENTRUNDE IM MEDIENHAUS »DER NEUE DEUTSCHE«

»Meine Herren!«

Die tiefe und autoritäre Stimme passte zum strengen Erscheinungsbild der 40-Jährigen. Die fünfköpfige Männerrunde, die sich in den Sesseln fläzte, zuckte zusammen. Ohne Widerrede setzten sie sich alle mehr oder weniger synchron mit durchgestrecktem Rücken an den Besprechungstisch.

Susanne Bolero ging zum Tisch, ohne jedoch Platz zu nehmen. Sie strich eine imaginäre Falte an ihrem schwarzen knielangen Rock glatt und blickte durch ihre rahmenlose Brille streng in die Runde. Die Abteilungsleiter schauten devot zu ihrer Chefin auf. Als Bolero kurz ihren Arm hob, konnten alle den Schweißfleck an ihrer weißen Bluse unter der Achselhöhle sehen. Dies war das unausgesprochene Erkennungszeichen, dass sich ihre Chefin in einer Ausnahmesituation befand. Diese Momente überbordenden Stresses häuften sich in den letzten Wochen, doch bisher hatte die Geschäftsführerin des Verlages und Medienhauses »Der Neue Deutsche GmbH« sämtliche brenzligen Situationen mit Bravour gemeistert. Dies lag vor allem daran, dass ihre fünf Untergebenen unterwürfig agierten.

»Wir müssen das Rad schneller drehen«, begann sie immer noch stehend, was ihre Autorität zusätzlich verstärkte. »Jetzt, ein paar Wochen nach der Bundestagswahl, wird es Zeit, die Medienpräsenz weiter zu erhöhen. Die Parteizentrale in Berlin«, sie deutete auf den Besprechungstisch, auf dem mehrere Wimpel der »Neue Alternative für Deutschland« standen, »hat ein vertrauliches Strategiepapier entwickelt, das ich in Auszügen mit Ihnen diskutieren möchte.«

Wieder lächelte Bolero kurz. Diskutieren musste sie noch nie. Sie befahl, und ihre Untergebenen führten aus. Die Motivation der Abteilungsleiter war fast ausschließlich monetär: 30 Prozent Gehaltserhöhung, nachdem die NAFD das Medienhaus übernommen hatte, zuzüglich einer Leistungsprämie in Form von Parteiaktien. Einzig dem kaufmännischen Abteilungsleiter war die Gehaltserhöhung egal: Er war masochistisch veranlagt, was aber nicht einmal seine Chefin ahnte. Außerdem zweigte er seit Jahren einen beträchtlichen Zusatzverdienst aus der Buchhaltung ab, ohne dass ihm bisher jemand auf die Schliche gekommen war.

»Wir werden eine Sonderausgabe mit doppeltem Umfang unserer Parteizeitung ›Der Neue Deutsche‹ produzieren. In vier Wochen erscheint sie«, ergänzte sie. Sie ging auf das unterdrückte Aufstöhnen ihrer Untergebenen nicht ein. »Die Sonderausgabe wird an sämtliche deutschen Haushalte verteilt, um auch die Internetverweigerer zu erreichen. Über die Logistik brauchen wir uns keine Gedanken zu machen. Da die Partei inzwischen flächendeckend über stabile Ortsgruppen verfügt, wird die Verteilung über diese abgewickelt. In der nächsten Woche wird das Gesetz gegen den unlauteren Wettbewerb für politische Parteien außer Kraft gesetzt, damit wir zukünftig alle Haushalte persönlich und individuell mit wichtigen Informationen erreichen können. Was ist, Bockelmeier?« In Gedanken notierte sie sich, dass sie heute Mittag ihren Druckereileiter im Vieraugengespräch zur Sau machte. Bolero duldete es generell nie, dass man sie unterbrach, doch Bockelmeier hatte sie aus dem Konzept gebracht.

»Ich weiß nicht, ob wir solch eine große Auflage in unserer Druckerei bewältigen können, Frau Direktorin Bolero.«

»Halten Sie mich für blöd?«, schnauzte ihn seine Chefin mit einer gewissen Genugtuung an. »Die Partei und ich wissen schon, was wir tun. Es gibt in Deutschland gut 40 Millionen Haushalte. In unserer Druckerei können Sie in einer Woche 15 Millionen Exemplare drucken, der Rest wird in Partnerunternehmen produziert.« Sie schaute in die Runde. »Sie wissen, was das bedeutet? Eine Woche drucken plus vier bis fünf Tage, bis die Ausgaben an die Ortsgruppen verteilt sind. Heute in zehn Tagen ist Redaktionsschluss. Zwei Tage später ist nach der Endkontrolle der Andruck.«

Der Druckereileiter Bockelmeier saß stumm mit offenem Mund da. Sein Kollege Schwarz, der die Redaktion des Verlages verantwortete, schluckte unaufhörlich. »Das wird meinen Mitarbeitern nicht gefallen«, meinte er zweifelnd.

»Wissen Sie was?«, schoss Bolero sofort zurück. »Das ist mir so was von egal, Schwarz. Treiben Sie Ihre Leute an, die Methoden überlasse ich Ihnen. Die Themen sind vorgegeben, wir diskutieren nur die Details der Inhalte. Außerdem werden sämtliche Inhalte zusätzlich permanent online bespielt. Und zwar über alle erdenklichen

Kanäle. Die Zentrale erwartet mindestens zwei neue Beiträge je Stunde. Ich hoffe, Ihre neue Online-Abteilung ist auf Zack, sonst mache ich ihr höchstpersönlich Beine.«

Susanne Bolero warf ihrem Redaktionschef ein paar Kopien vor die Nase. Eine Diskussion würde sie nicht aufkommen lassen, was Schwarz nur zu genau wusste. Ein einziges Mal hatte er versucht, mit seiner Chefin über einen Artikel zu sprechen, der von ihr vorgegeben war. Seitdem wusste der dreifache Familienvater, dass Susanne Bolero intime Details über sein Verhältnis mit seiner Sekretärin kannte. Bolero hatte ihn nicht offen erpresst, aber allein durch ihr Verhalten klar gemacht, dass sie zu Kompromissen nicht bereit war.

»Sehr gut«, säuselte Schwarz mit einem beseelten Lächeln, nachdem er einen flüchtigen Blick in die Papiere geworfen hatte. Er meinte es ernst. Die Ideen der Partei, die gar nicht so neu waren, faszinierten ihn immer mehr. Selbst in seiner Freizeit beteiligte er sich inzwischen an Partei-Infopoints, die auf Wochenmärkten, in belebten Fußgängerzonen oder bei Gemeindefesten aufgebaut wurden, um den Bürgern das Parteiprogramm und die Ziele näherzubringen. Die Slogans »Nicht zahlen für andere« sowie »Grenzen müssen sicher sein« waren seine persönlichen Favoriten.

»Thematisch sind wir auf einer Linie. Mit der Sonderausgabe wird in erster Linie das Image der Partei poliert. Gut finde ich, dass über die parteiinternen Beförderungsfeiern berichtet werden soll. Damit können wir jede Menge neue Mitglieder gewinnen.«

Alle Anwesenden waren Mitglieder der NAFD. Nach Übernahme des Medienhauses und der Einsetzung Boleros als Geschäftsführerin wurde das Führungsteam runderneuert und unliebsame Personen dem Arbeitsmarkt zur Verfügung gestellt.

»Ich beziehungsweise die Partei wünschen, dass die Sonderausgabe keinerlei verfassungsbedenkliche Artikel enthält. Wir werden uns vorab juristisch absichern.«

Schwarz nickte zustimmend. »Lassen Sie mich nur machen, Frau Direktorin Bolero. Die Seite, auf der Begriffe wie Demokratie mit einfachen Worten erklärt werden, wird ein Knaller.«

Bolero verzog ihren Mund. »Das ist nur notwendiges Beiwerk. Konzentrieren Sie sich primär auf die großen politischen Ziele der NAFD! Vor allem soll die Lösung der Flüchtlingsfrage sowie ein Austritt aus der EU thematisiert werden. Ganz nach dem Motto unserer Partei ›Wir Deutsche wollen wieder über uns selbst entscheiden‹. Hier brauchen wir noch ein paar griffige und leicht zu merkende Schlagworte, idiotensicher halt. Klare Botschaften in einfachen Sätzen verpackt. Und nach Möglichkeit schwammig verpackt, damit genügend Interpretationsspielraum bleibt.«

Die Männerrunde klatschte spontan Beifall. Bolero wusste, dass dieser bei fast allen gekünstelt war. Doch solange sie den Druck auf ihre Untergebenen durch permanente Kontrollen aufrechterhielt, würde sie sich darauf verlassen können, dass ihre Befehle widerstandslos umgesetzt wurden.

»Meine Herren, Sie wissen jetzt, was zu tun ist. Die genauen Anweisungen erhalten Sie in wenigen Minuten von mir per E-Mail. Ich wünsche uns viel Erfolg.«

Susanne Bolero verließ jetzt nicht etwa als Erstes den

Raum, um ihre Macht zu demonstrieren, nein, sie wartete ab, bis sich alle Abteilungsleiter von ihren Plätzen erhoben hatten. Sie folgte den Männern auf dem Fuß bis zum Treppenhaus, wo sich die Wege ihrer Untergebenen trennten. Sehr schön, dachte sie, damit habe ich eine Diskussion fürs Erste unterbunden. Lächelnd, aber müde ging sie zu ihrem Büro und dachte an heute Abend, wo sie mit Yvonne verabredet war. Keiner wusste, dass Yvonne und sie ein Paar waren. Wenn dieses Verhältnis öffentlich werden sollte, wäre sie ihren Job sofort los genauso wie die Mitgliedschaft in der Partei, in der gleichgeschlechtliche Partnerschaften verpönt waren. Zur Tarnung ihrer sexuellen Orientierung hatte Susanne Bolero vor drei Jahren einen Entwicklungshelfer geheiratet, der die meiste Zeit des Jahres irgendwo in Afrika zubrachte und an der sexuellen Auslebung seiner Ehe kein Interesse zeigte. Das Gefährliche an Boleros Beziehung war, dass Yvonne ausgerechnet die Sekretärin ihres Redaktionschefs war. So hatte sie zwar von Schwarz' Beziehung mit Yvonne erfahren, dennoch war dieses Dreiecksverhältnis eine riskante Sache. Ich muss ihr einen anderen Job verschaffen, dachte sie, während sie ihren Rechner startete.

-5- FEINDLICHE ÜBERNAHME EINER SPEDITION

»Wer sind Sie noch mal? Und wie kommen Sie an diese Unterlagen? Die Jahresabschlüsse meines Unternehmens sind doch streng vertraulich!« Auf Alois Blatter wirkte der Besucher äußerst bedrohlich. Vor ein paar Minuten war der Kerl, der ihn um Haupteslänge überragte, einfach so und ohne Ankündigung in sein Chefbüro eingedrungen.

»Ihre Sekretärin war so nett, mir den Weg zu Ihnen zu zeigen«, sagte der Besucher mit fester Stimme.

»Ich habe keine Sekretärin!«, erwiderte Blatter.

»Dann von mir aus die Dame, die neben dem Eingang an der Schreibmaschine saß. So ein altes Ding habe ich schon lange nicht mehr gesehen, und damit meine ich nicht Ihre Mitarbeiterin.«

Blatters Hände begannen leicht zu zittern. Was wollte der Kerl nur von ihm? Kam unangemeldet in sein Unternehmen und störte ihn bei der Lektüre der Tageszeitung. Ohne große Begrüßung legte er ihm seine eigenen Bilanzen auf den Tisch, deren Inhalt er nur zu gut kannte.

»Was wollen Sie von mir?« Blatter wagte einen neuen Anlauf.

»Wir arbeiten in der gleichen Branche«, antwortete der Besucher gelassen und setzte sich auf den einzigen freien Stuhl in Blatters kleinem Büro. »Falls Sie meinen Namen nicht richtig verstanden haben: Herold Blauermann. Vielleicht haben Sie ihn schon mal gehört. Wir beide sind so etwas wie Kollegen.« Das letzte Wort sprach er verächtlich aus. »Selbstverständlich nur Branchenkollegen. Bilanz- und größenmäßig sind unsere Unternehmen beim besten Willen nicht vergleichbar.« Blauermann lachte trocken.

Bei Blatter fiel der Groschen. »Ach, der sind Sie. Habe tatsächlich mal von Ihnen gelesen. Aber was wollen Sie von mir?«

»Ihr Unternehmen.«

»Mein Unternehmen? Wie soll ich das verstehen?« Blatter starrte Blauermann mit offenem Mund an.

»Sie sind überschuldet, Sie müssten längst Insolvenz anmelden. Hat Ihnen das Ihr Steuerberater nicht gesagt?«

»Insolvenz? Ich bin nicht pleite«, mokierte sich Blatter. »Die Situation ist momentan etwas schwierig, aber da komme ich schon drüber weg. Und außerdem kann mich mein Steuerberater mal, der hat von dem Geschäft keine Ahnung. Meine Umsätze sind jedenfalls nicht schlecht.«

»Umsätze?« Blauermann lachte höhnisch. »Das mag schon sein. Allerdings fahren Sie seit Jahren Verluste ein. Da nützt Ihnen der ganze Umsatz nichts, wenn die Kosten höher sind als die Einnahmen.«

»Und wenn schon, wen interessiert das? Was mischen Sie sich in mein Unternehmen ein?«

»Ich will es kaufen«, antwortete Blauermann unbeirrt.

»Zehnfacher Jahresumsatz«, sagte Alois Blatter frech, weil er wusste, dass dieser Preis für seine heruntergewirtschaftete Spedition unrealistisch war. Für diese Summe würde er gerne in Frührente gehen, dachte er sich.

Herold Blauermann lachte schallend. »Sie sind wohl ein Scherzbold, wie? Schauen Sie sich doch Ihren Fuhrpark genauer an: Die alten Brummis sind reif für den Schrottplatz. Hier, ich habe eine Aufstellung Ihres Fuhrparks und Ihrer restlichen Anlagegüter. Alles hoffnungslos veraltet. Haben Sie noch nie etwas von Ersatzinvestitionen gehört?« Er knallte dem eingeschüchterten Blatter weitere Papiere auf dessen Schreibtisch.

Bevor dieser sich von dem Schock erholt hatte, sprach Blauermann weiter. »Ich zahle Ihnen den fünffachen Durchschnittsgewinn der letzten drei Jahre für Ihr Unternehmen. Das ist mein letztes Wort. Entscheiden müssen Sie sich aber sofort.«

In Alois Blatters Kopf rotierte es. Fünffacher Gewinn der letzten drei Jahre? In allen Jahren hatte er Verlust gemacht. Fünfmal null waren immer noch null.

»Na, haben Sie bereits nachgerechnet?«, blökte Blauermann weiter. »Wenn man es genau nimmt, müssten Sie mir für Ihre alte Bruchbude noch etwas bezahlen. Doch ich will gnädig sein und Ihren Kundenstamm und den Auftragsstand anständig bewerten. Sagen wir, ich gebe Ihnen für Ihre Spedition genau einen Euro. Dafür übernehme ich die Schulden der Spedition. Die Verlustvorträge kann ich steuerlich gut geltend machen. Dann haben wir beide etwas von dem Deal.«

»Niemals«, entrüstete sich Blatter. »Verlassen Sie sofort mein Büro!«

Herold Blauermann blieb ruhig sitzen. »Dachte ich es mir doch, dass Sie nicht so schnell klein beigeben werden«, sagte er leise. »Doch ich habe vorgesorgt und Ihnen eine weitere Entscheidungshilfe mitgebracht. Bitte schauen Sie sich die Unterlagen genau an. Die Beweise sind hieb- und stichfest. Die Originale liegen übrigens bei meinem Notar.«

Alois Blatter sah bereits mit dem ersten Blick, was Sache war. Wie konnte Blauermann nur an diese vielen Informationen gekommen sein? Nicht einmal seine Mitarbeiter wussten davon. Selbst seine geschiedene Frau hatte er zu keinem Zeitpunkt eingeweiht.

»Na, habe ich die Unterlagen nicht gut aufbereitet?«, fragte Blauermann nach einer Weile sarkastisch. »Ich kann ja verstehen, dass Sie versuchen, Ihre Spedition zu retten. Doch mit diesen kriminellen Aktionen stehen Sie mit einem Bein im Gefängnis, und das für sehr lange Zeit. Sogar mit beiden Beinen, wenn diese Papiere zufällig beim Staatsanwalt landen sollten.«

Alois Blatter bekam einen Schweißausbruch. Seine komplette Zukunftsplanung war von dem einen auf den anderen Moment zerstört. »Was wollen Sie?«, fragte er, obwohl ihm die Antwort klar war.

»Ihr Unternehmen«, antwortete Blauermann. »Diese Unterlagen bleiben in diesem Fall für immer unter Verschluss.«

-6- DER FÜHRUNGSZIRKEL DER NAFD

Wiebke Wiedemann tobte. Die rhetorisch geschickt, aber charakterlich schwache Bundesinnenministerin fuchtelte gestenreich mit den Armen, als wären sie knochenlose Tentakel. Ihre Gesichtsröte würde jeder Internist als Vorstufe eines Herzinfarktes deuten.

»Ich reiße mir im Bundestag den Arsch auf, um die Bevölkerung zu beruhigen, und dann passiert so etwas!« Wiedemann legte im Moment auf ihre normalerweise intellektuelle Ausdrucksweise keinen Wert. »Wie soll ich das bitte schön wieder geradebiegen?« Schnaufend setzte sie sich und trank einen Schluck 2007er CHÂTEAU LAFITE-ROTHSCHILD PAUILLAC AC, 1ER CRU CLASSÉ, die Flasche zu 890 Euro.

Die streng abgeschottete Villa am Berliner Wannsee im Bezirk Steglitz-Zehlendorf lag fast in Sichtweite der bekannten Liebermann-Villa. In dem pompösen Gebäude mit der riesigen Gartenanlage tagte in regelmäßigen Abständen der innere nichtpolitische Führungszirkel der NAFD, was nur wenige Eingeweihte wussten.

»Jetzt mach mal nicht so viel Wind«, sagte Bernhard Bender, der milliardenschwere Alleinerbe des Bender-Konzerns.

Die Innenministerin öffnete ihren Mund, um loszubrüllen, doch Bender kam ihr zuvor. »Du hast dich nicht unter Kontrolle, Wiebke«, erklärte er ihr mit sanfter und ruhiger Stimme. »Du machst das, was wir dir sagen, verstanden? Als Gegenleistung darfst du in der Politik den großen Macker spielen und den vermeintlichen Willen des Volkes kundtun. Und wenn das nicht in unserem Sinne klappt, bist du ganz schnell weg vom Fenster, hast du das kapiert?« Mit einem sarkastischen Grinsen provozierte er Wiedemann zusätzlich.

Die Gesichtsfarbe der Innenministerin hatte inzwischen Karminrot erreicht. Bender blieb ruhig und abwartend in seinem Sessel sitzen. Seine innere Ruhe lag vor allem an der Vielzahl an Tabletten, die er sich ständig einwarf. Durch seinen Pharma-Konzern hatte er Zugriff auf alles, was sein Herz und der Rest seines Körpers begehrten. Sein aufgedunsener Körper mit den nahezu 150 Kilogramm Lebendgewicht war nur der auf Anhieb sichtbare Teil der Nebenwirkungen des chronischen Arzneimittelmissbrauchs.

Bevor es zu einem Eklat kam, mischte sich eine weitere Person ein: Herold Blauermann, ein blonder Hüne von über zwei Metern und athletischem Körperbau. Der Sprecher und unausgesprochene Chef der NAFD legte beruhigend eine Hand auf den Rücken der Innenministerin. »Keine Angst, Wiebke. Für alles gibt es eine Lösung.«

»Dann sorgt endlich dafür, dass die Presse besser kontrolliert wird. Das versteht sowieso kein Mensch mehr. Seit unserer Gründung schreien wir die Parole ›Staatsmedien sind unser Feind‹ heraus, und jetzt, wo wir an der Regierung sind, macht die Presse immer noch, was sie will. Das ist schon so manchen Mitgliedern sauer aufgestoßen. Ja, es gibt sie, die mitdenkenden Parteimitglieder«, ergänzte sie trotzig.

Blauermann, dessen Name, genauso wie Benders, in Parteikreisen unbekannt war, pflichtete ihr beruhigend bei. »Du weißt ganz genau, dass es in Wahrheit keine Staatsmedien gibt. Zumindest nicht in dem Sinne, wie wir es propagieren. Mit dieser Finte versuchen wir, unsere Sympathisanten auf unsere eigenen Medien umzulenken. Die Druckauflage der Parteizeitung steigt ständig. Und das ganze Internet-Gedöns! Bei den Zugriffszahlen können wir uns locker mit den großen Portalen messen.«

Die Innenministerin, die als Quereinsteigerin von Politik nur wenig Ahnung hatte, ließ nicht locker. »Dann muss die freie Presse plattgemacht oder zumindest kontrolliert werden.«

Blauermann seufzte. »Zumindest die Basics solltest du inzwischen draufhaben. Um die Presse zu kontrollieren, müsste eine Änderung des Grundgesetzes beschlossen werden. Das können nach Artikel 79, Absatz 2 des Grundgesetzes nur der Bundestag und der Bundesrat gemeinsam mit einer absoluten Zweidrittelmehrheit tun. Wie du bestimmt weißt, sind wir im Bundesrat sehr unterrepräsentiert und im Bundestag als stärkste Partei nur in Koalition mit der CDU/CSU an der Regierung. Für die Zweidrittelmehrheit fehlt noch ein gutes Stück.«

Wiebke Wiedemann nickte ihm zu. Nur sehr langsam beruhigten sich ihre bebenden Lippen. »Das, was letzte Nacht passiert ist, kann aber nicht zu einem Dauerzustand werden. Und genau danach sieht es aus.« Sie holte kurz Luft, bevor sie weitersprach. »Dass in der jetzigen Situation erneut ein Flüchtlingsheim angezündet wurde, ist schlimm genug. Ich fühle mich wie bei einem Spießrutenlaufen. Die Presse hat sich auf mich eingeschossen, als wäre ich für die Sache allein verantwortlich. Und die drei Schwerverletzten sind nicht einmal Asylanten, sondern Feuerwehrleute. Deutsche! Schaut.« Sie hob das Bündel Tageszeitungen auf, das ordentlich gestapelt vor ihr lag, und warf es quer über den Tisch. »*Die NAFD hat ihre Ortsgruppen nicht im Griff*, sind noch die harmloseren Schlagzeilen. Kein Medium, das nicht von der auflodernden Gewalt seit den Bundestagswahlen spricht. Die ›Süddeutsche‹ fragt schon sarkastisch, wann die Regierung die Bundeswehr im Innern einsetzt. Wir müssen reagieren, sonst machen wir uns alles kaputt!«

Während Bender zwei rote Tabletten mit einem Glas Champagner hinunterspülte, ging Herold Blauermann auf die Innenministerin ein. »Wie du weißt, Wiebke, sind wir in einem Dilemma. Um unsere Partei und deren Ziele weiterzuentwickeln, benötigen wir die Unterstützung der breiten Masse. Nur damit können die nächsten Landtags- und möglichst viele Kommunalwahlen gewonnen werden. Vorher kann der politische und gesellschaftliche Umbau Deutschlands nicht umgesetzt werden. Uns allen im Raum ist klar, dass die NAFD speziell in den untersten Hierarchiestufen über 80 Prozent bildungsferne Mitglieder besitzt, viele davon bisherige Nichtwähler. Das ist für uns ein riesiges Potenzial. Die ehemals schweigende Mehrheit gehört uns! Wir repräsentieren den Willen des Volkes.«

»Das weiß ich«, unterbrach ihn Wiebke Wiedemann mit einer hektischen Handbewegung. »Diese Erkenntnis nützt uns aber im Moment nicht viel. Sobald ich zurück bin, muss ich der Pressemeute Rede und Antwort stehen.«

»Lass mich doch erst mal ausreden«, sprach Blauermann, Eigentümer einer der größten deutschen Speditionen. »Selbstverständlich werden wir über die Medien den Anschlag sofort bedauern und verurteilen. Natürlich auch über unsere eigenen Kanäle. Wir haben bereits eine Erklärung verfasst, die du nachher mitnehmen wirst. Grundsätzlich finde ich solche Alleingänge unserer Mitglieder aber eher förderlich, diese Ausländerfeindlichkeiten dürfen nur nicht zu oft vorkommen. Bei den anderen Parteien gibt es ebenfalls Skandale, schau nur, was zurzeit bei diesen abgeht. Die sind auch keine Waisenkinder. Die Altparteien sind fast alle Repräsentanten eines korrupten Systems. Und genau hier setzen wir mit unserem Parteiprogramm an.«

Die Innenministerin widersprach Blauermann nicht. »Was ist mit dem Bundeskanzler?«

»Mit dem sprechen wir morgen«, antwortete Blauermann. »Sobald er von seiner Chinareise zurück ist, wird er dich unterstützen. Und noch etwas zu deiner Beruhigung: Über die Gauverbände werden wir zukünftig die Ortsgruppen wesentlich intensiver führen. Wir werden neben dem ausgeklügelten Hierarchiemodell Beschäftigungstherapien für die Mitglieder entwickeln, Vereinshäuser bauen, soziale Projekte starten, das kommt in der Bevölkerung immer gut an. Das stärkt das ›Wir-Gefühl‹, geht nur leider nicht von heute auf morgen. Außerdem wird es eine neue Talkshow-Reihe geben, angelehnt an unsere Erfolgsreihe, die vor der Bundestagswahl in den Sozialen Medien und vor allem auf Youtube bespielt wurde. Da hatten wir eine höhere Resonanz als bei den Öffentlich Rechtlichen.«

Wiebke Wiedemann, die sich wieder beruhigt hatte, schaute auf die Uhr. »Ich muss zurück, sonst werde ich vermisst.«

Im Gehen rief ihr das Schwergewicht Bernhard Bender noch nach: »Pass auf wegen deiner Doktorarbeit, am besten verweigerst du jede Erklärung. Übermorgen habe ich einen Termin beim Rektor der Universität. Mal schauen, was ich für dich machen kann.«

Die Bundesinnenministerin seufzte. Eine weitere persönliche Baustelle, um die sie sich kümmern musste. Seit sie im Fokus der Öffentlichkeit stand, hatten selbst ernannte Wächter ihre Dissertation unter die Lupe genommen und in erheblichem Umfang Plagiate entdeckt. Diese Schweine, fluchte sie. Sogar eine Liste deutscher Dissertationen mit Plagiaten wurde in Wikipedia gepflegt. Irgendwann in naher Zukunft würde sie sich diese Bande schnappen, und dann war Schluss mit lustig. Wiedemann wusste, dass sie bezüglich des Plagiatvorwurfs vorsichtig agieren musste. Dass Bender, der den Rektor der Universität persönlich kannte, den Vorwurf des Abschreibens entkräften konnte, dessen war sie sich sicher. Aber niemals durfte irgendjemand erfahren, dass sie kein einziges Wort der Doktorarbeit selbst geschrieben hatte, sondern als Auftragsarbeit gekauft hatte. Selbst die Zugangsvoraussetzungen zur Universität hatte sie damals in Ungarn fälschen lassen. Nur die Mittlere Reife, die hatte sie ganz alleine geschafft. Der Rest ihrer Karriere bestand aus ausgeprägtem Selbstbewusstsein, ihrem stets aktiven Auftreten, ihrer geschliffenen Sprache sowie mit geerbtem Geld erkauften illegalen Zeugnissen, zu dem auch der Führerschein gehörte, nachdem sie dreimal durch die Prüfung gerasselt war.

-7- LKW-BRAND MIT TODESFOLGE

Wenige Tage nach dem Brand auf der A61

Die Rauchsäule auf der A7 war kilometerweit zu sehen, selbst im Stadtzentrum von Fulda wurde sie wahrgenommen. Die Autobahn war rund um den Parkplatz Pilgerzell auf beiden Seiten komplett gesperrt, und das mitten im morgendlichen Berufsverkehr. Rolf Spannagel, ein freier Journalist der »Fuldaer Zeitung«, änderte sofort seinen Tagesplan, als er den Verkehrsfunk hörte, während er in seinem Fiat Panda, der aus dem 20. Jahrhundert stammte, durch den knapp 3.000 Einwohner kleinen Künzeller Ortsteil Pilgerzell fuhr, um den Vorstand eines Angelvereins zu interviewen.

Als Ortskundiger fuhr er zum südöstlichen Ortsausgang und musste feststellen, dass die Straße Am Kiest bereits vollständig durch Einsatzfahrzeuge blockiert war. Genauso erging es ihm Minuten später, als er den Weg Im Wiesengrund nehmen wollte. Mehrere Polizeibeamte stoppten sein Vorhaben, sodass er im freien Feld wenden musste. Spannagel empfand dies als Herausforderung. Zügig verließ er zum dritten Mal den Ort, dieses Mal in Richtung Steinbach. Auf Schleichwegen fuhr er bis zu einem kleinen Wäldchen, wo er seinen Kleinwagen abseits des Weges parkte. Bereits nach wenigen Metern Fußweg lag erneut ein Acker vor ihm. Danach folgte ein weiteres Wäldchen. Und durch dieses verlief die A7.

Die Rauchsäule, deren Ursprung sich in schätzungsweise 300 Meter Entfernung befand, sah imposant aus. Nach wie vor kamen über Pilgerzell weitere Fahrzeuge mit Blaulicht angerast.

Der Journalist konnte schnell zu dem zweiten Wäldchen gelangen. Ein kurzer, aber dorniger Weg durch das Unterholz, und er sah den hell erleuchteten Parallelweg, der an dieser Stelle nur wenige Meter neben dem Autobahnparkplatz verlief.

Es herrschte Westwind, sonst wäre es hier wegen der enormen Rauchentwicklung äußerst ungemütlich. Spannagel schlich seitlich des Weges nach links. Er musste nicht besonders aufpassen, da niemand von der Feuerwehr auf die Idee kam, nach hinten zu schauen. Endlich hatte er eine Position gefunden, wo er zwischen zwei Tanklöschfahrzeugen und dem an dieser Stelle spärlichen Bewuchs bis zum Parkplatz schauen konnte. Die Rettungskräfte hatten inzwischen einen Schaumteppich über mehrere Lkws gelegt, offenes Feuer konnte er von seiner Position aus nicht erkennen. Der Journalist ärgerte sich, dass er nur seine kleine Digitalkamera dabeihatte. Bei solchen Lichtverhältnissen war sie aus dieser Entfernung unbrauchbar. Er musste näher ran. In dem ganzen Trubel ging das leichter als vermutet. Zunächst harrte er am hinteren Radkasten des Tanklöschfahrzeuges aus, bis er keinen der Feuerwehrkräfte mehr in der Nähe sah. Er folgte den Wasserschläuchen in Richtung Autobahn. Da er sich sicherheitshalber etwas abseits der Schneise hielt, die durch den Ansturm der Feuerwehr entstanden war, musste er sich durch dorniges Gestrüpp kämpfen. Was macht man nicht alles für ein paar exklusive Aufnahmen, dachte er sich, als er den Riss an seinem Hosenbein bemerkte. Die Lichtverhältnisse waren außergewöhnlich diffus. Das frühe Morgenlicht, der wolkenverhangene Himmel sowie der Ruß der Rauchwolke, die inzwischen kleiner, aber dafür breiter wurde, boten einen Anblick, den Spannagel bisher nur aus Fantasyfilmen kannte, die er für sein Leben gerne schaute.

Rund ein Dutzend Feuerwehrleute hatte er in seinem Blickfeld. Insgesamt hatte es vier Lkws erwischt, zählte er. Der dunkle Ruß stieg vor allem aus einem der beteiligten Laster auf. Für einen Moment überlegte er, ob es gesundheitsschädlich sein könnte, sich hier aufzuhalten. Sämtliche Feuerwehrleute, die mit der Brandbekämpfung zu tun hatten, trugen Schutzanzüge, aber nur wenige hatten Atemmasken auf.

Er setzte sich ins Gras und beobachtete die weitere Brandbekämpfung. Es dauerte keine Minute, bis er die erste Zecke entdeckte, die auf seinen Jeans herumkrabbelte. Seufzend schnippte er sie von seinem Unterschenkel und nahm sich vor, zu Hause eine genaue Untersuchung seines Körpers vorzunehmen.

Von den Lkws war so gut wie kein Lack mehr zu erkennen, alles lag unter einer dicken Schaumdecke. Es dauerte, bis sich der Qualm einigermaßen verzogen hatte. Spannagel wurde Zeuge, wie von der A7 ein Schwerlastbagger auf den Parkplatz bog. Zwei Personen, die Hitzeschutzanzüge trugen, befestigten lange Ketten an dem hinteren der ausgebrannten Lastwagen. Wie der Journalist längst vermutet hatte, zog der Bagger die Lkws auseinander. Dabei konnte er ein paar spektakuläre Fotos schießen. Wenn das mal keine Extra-Prämie gibt, dachte er grinsend.

Es dauerte endlos, bis die vier Lkws separiert waren. Nun befreite die Feuerwehr die Führerhäuser von dem dicken Schaumteppich. Warum macht man das, fragte sich Spannagel. Wurde einer der Fahrer vermisst? In seiner Erregung stand er auf und wurde prompt entdeckt.

»He, Sie, was machen Sie da? Das darf doch nicht wahr sein!« Der Mann sprach in sein Funkgerät, und im Nu stand zornig ein Polizeibeamter vor ihm. »Sind Sie einer der Fahrer?«, herrschte er ihn an.

Spannagel reagierte cool. »Wieso? Vermissen Sie einen?«

Ohne eine Antwort zu geben, ergriff der Polizist seinen Oberarm und führte ihn zurück auf den parallel führenden Feldweg. »Kommen Sie mit«, sagte er schließlich. »Ich werde Ihre Personalien aufnehmen.«

Im Hintergrund stand ein Polizeitransporter, auf den sie nun zugingen. Spannagel hätte fast laut herausgelacht, als sich die seitliche Schiebetür öffnete und sein früherer Klassenkamerad Hans Wunder heraustrat.

»Kannst du mal übernehmen?«, sprach ihn der andere Beamte an. »Ich habe ihn vorne bei den Lkws erwischt.«

Wunder nickte nur und deutete mit einer Geste an, dass Spannagel in den Transporter kommen sollte.

»Was machst du denn hier?«, fragte er erstaunt, nachdem er die Tür von innen verschlossen hatte.

»Ich bin Journalist, das weißt du doch. Wie geht's dir so? Wir haben uns seit der letzten Kerwe nicht mehr gesehen.«

Den Hinweis auf die Kerwe hatte Spannagel ganz bewusst gesetzt. Damals hatte ihn Hans nach einem Zechgelage unter Alkoholeinfluss nach Hause gefahren.

»Immer das Gleiche«, antwortete Wunder. »Für Fuldaer Verhältnisse sind wir hier schon Wüste. Solch eine Action wie heute haben wir selten.«

»Was ist da passiert?«, fragte Spannagel nach.

Wunder wurde leise. »Von mir weißt du es nicht, kapiert?« Nachdem sein Freund genickt hatte, fuhr er fort. »Der Brand begann möglicherweise in einem Gefahrguttransporter und hat dann auf die benachbarten Lkws übergegriffen. Wir vermuten, dass er etwas anderes geladen hat, als uns die Spedition vorhin am Telefon nannte.«

»Etwas anderes? Geht es genauer?«

»Tut mir leid, die Untersuchung beginnt ja jetzt erst richtig. Der Fahrer ist bisher nicht gefunden. Die drei anderen Besatzungen hatten Glück. Einer war schon wach und konnte die Kollegen warnen.«

Es klopfte an der Schiebetür, die daraufhin aufgezogen wurde.

»Wir haben ihn gefunden«, sagte eine Beamtin und machte mit ihrer flachen Hand eine Schnittbewegung am Hals.

-8- E-MAIL AUS DER VERGANGENHEIT

Paul Haberstahl hatte ein Problem. Seine Vergangenheit hatte ihn eingeholt. Eine blöde Jugendsünde, für die er sechs Monate Jugendarrest kassiert hatte. Längst vergessen und ad acta gelegt. Ausgerechnet jetzt, 20 Jahre später, meldete sich sein damaliger Freund per E-Mail.

Hi Paul,

na, da staunst du? Ich bin's, Heiner, dein alter Kumpel. Wir haben uns ja seit Ewigkeiten nicht mehr gesehen. Ich wusste gar nicht, dass du in die Pfalz gezogen bist. Hat es dir in Dresden nicht mehr gefallen? Kleiner Scherz am Rande, ich weiß ja nur zu gut, dass du mit deiner Vergangenheit abschließen wolltest. Hast es schließlich deutlich gesagt, als wir zusammen einsaßen. Mein tätowiertes Hakenkreuz habe ich immer noch auf dem Oberschenkel. Ist im Sommer ein bissel doof, doch was soll's, ich bin immer noch stolz darauf. Du hast deins bestimmt weglasern lassen, oder? Das waren Zeiten, als wir die Drecksbuden von diesem Gesocks angesteckt haben! Schade, dass uns die Bullen geschnappt haben, ich hätte voll Bock auf mehr gehabt. Egal, trauern wir den guten alten Zeiten nicht nach. Dich habe ich übrigens bloß per Zufall gefunden. Ich bin seit der Bundestagswahl auch in der NAFD. Im letzten Newsletter der Partei war ein Bericht über dich drin. Meinen Glückwunsch, dass man dich zum Gauleiter Vorderpfalz ernannt hat. Ich bin mir sicher, dass du der richtige Mann für diese Position bist. Sogar der Partei-

verlag liegt in deinem Gebiet. Ich glaube, du wirst es in der Politik noch weit bringen.

Du, ich habe ja im Moment viel Zeit, weil's mit der Arbeit nicht so klappt und früh aufgestanden bin ich ja noch nie so gern. Wie wär's, ich komme am Freitag mal bei dir vorbei, dann können wir über die guten alten Zeiten plaudern. Ich bin leider momentan etwas knapp bei Kasse. Aber für die Hinfahrt wird's schon noch reichen, da pumpe ich halt noch mal meinen Alten an.

Bis zum Freitag dann, Heini

Haberstahl war klar, dass es nur um Geld ging. Die E-Mail war nicht mehr oder weniger als eine verklausulierte Erpressung. Wenn seine Vergangenheit öffentlich wurde, war es vorbei mit der Karriere. Er kannte zwar einige brisante Informationen über hohe Mitglieder der NAFD, doch das half ihm zunächst nicht weiter. Die Partei war bemüht, nach außen hin nicht revolutionär aufzutreten, sondern als gewaltloser Aufklärer für die breite Masse der Bevölkerung. Viele nationalkonservative CDU/CSU-Mitglieder waren inzwischen konvertiert, weil die NAFD sich viel volksnäher als die alteingesessenen Parteien gab, die in ihren Elfenbeintürmen residierten.

Dem Leiter des Gauverbandes Vorderpfalz waren zwar die Folgen der langsamen, aber permanenten politischen Infiltration in den Staatsapparat bewusst, doch als Führungspersönlichkeit sah er sich auf der sicheren Seite. Bei keiner anderen Partei hätte er mit seinem Leumund und vor allem in der Kürze der Zeit solch eine Position erreichen können. Die als Beschleuniger seiner Karriere gezahlten 50.000 DM, die er zu seiner Dresdner Zeit einer alten Frau aus dem Wäscheschrank gestohlen hatte, waren jedenfalls in seinen Augen gut investiertes Geld.

Paul Haberstahl öffnete den Rollcontainer unter seinem Schreibtisch und holte die angefangene Flasche Bourbon hervor. Seine Nervosität, die in letzter Zeit immer stärker wurde, verlangte nach einem Beruhigungsmittel. Eine Viertelstunde später, nach dem Genuss eines randvoll gefüllten Glases Bourbon, fasste er einen Plan. Er musste vorsichtig sein, ohne Frage. Wenn das rauskam, könnte er seine Sachen packen, vorausgesetzt, er schaffte das noch. Natürlich kannte er die Gerüchte von dem spurlosen Verschwinden unliebsamer ranghoher Mitglieder. Es half alles nichts, er musste sich dem Tagesgeschäft widmen, um nicht aufzufallen oder eine schlechte Bewertung durch seinen Vorgesetzten zu kassieren. Widerwillig las er die weiteren E-Mails. Wie beinahe jeden Tag war auch wieder eine Handlungsdirektive aus der Berliner Zentrale dabei. Missmutig öffnete er die verschlüsselte E-Mail.

Persönlich – vertraulich

Mitteilung 2017/154

An alle Gauleiter

Mit gestrigem Datum wurde das Unternehmen »Deutschlands WLAN Netz GmbH« gegründet. Gesellschafter zu 100 Prozent ist die Partei Neue Alternative für Deutschland.

Ziel dieser Tochtergesellschaft ist die flächendeckende Versorgung der Bevölkerung mit WLAN. Das WLAN-Netz, dessen Start noch in diesem Jahr erfolgen soll, kann von Jedermann nach einmaliger Registrierung genutzt werden. Für Parteimitglieder ist die Nutzung kostenlos. Entsprechendes Werbematerial für ihre Ortsgruppen sowie zur Mitgliedergewinnung geht Ihnen rechtzeitig vor dem Start zu.

Für die Organisation und als Ansprechpartner muss in jeder Ortsgruppe ein Arbeitskreis gebildet werden. Die Arbeitskreismitglieder erhalten Sonderstatus. Sie sind außerplanmäßig um eine Stufe zu befördern. Die Teilnahme im Arbeitskreis wird ehrenamtlich erwartet. Für den Aufbau der Arbeitskreise in den Ortsgruppen sind die jeweiligen Ortsgruppenleiter verantwortlich. Sie werden in einer getrennten Ortsgruppenleiter-Mitteilung davon in Kenntnis gesetzt. Sie als Gauleiter sind für die Aufbaukontrolle verantwortlich. Einen entsprechenden Zeitplan finden Sie anbei. Er ist strikt einzuhalten. Die technische Umsetzung wird mittels Fremdfirmen realisiert, die direkt von der GmbH beauftragt werden. Die Termine der Arbeitseinsätze zum Aufbau des Netzes durch die Firmen sind im Zeitplan bereits enthalten. Jegliche Zeitverzögerung ist unverzüglich an die Zentrale in Berlin zu melden.

Für jede konflikt- und zeitverzugsfreie Umsetzung erhalten Sie je Ortsgruppe in Ihrem Gau kostenlos eine Bonus-Goldaktie der NAFD. Für jede Umsetzung, die den Vorgaben nicht entspricht, werden Ihnen drei Malusaktien von Ihrem Bestand abgezogen.

Hochachtungsvoll

F. Müller, Bundesgauleiterverantwortlicher

Aktien, immer wieder Aktien, fluchte Paul Haberstahl. Warum nicht cash? Der Gauleiter wusste natürlich die

Antwort. Der Aufbau der Organisation und die Mitgliedergewinnung verschlangen Unsummen an Geld. Schon so manches Unternehmen in der freien Wirtschaft war an einem zu schnellen Wachstum gescheitert. Um dies zu vermeiden, hatte die NAFD nicht nur hoch qualifizierte Spezialisten und Controller eingekauft, sondern auch eine Art Mitarbeiterbeteiligungsprogramm aufgelegt, das in dieser Dimension für eine Partei einmalig war. Wie Haberstahl einem vertraulichen Bericht entnommen hatte, der nicht für seine Hände gedacht war, erzielte die Partei rund ein Drittel ihrer Einnahmen aus Mitgliederbeiträgen. Ein weiteres Drittel stammte von Parteiaktien, die die Parteigänger erwerben konnten. Weitere Beträge kamen von der staatlichen Parteifinanzierung. Weit über 150 Millionen Euro wurden jedes Jahr durch den Staat an die Parteien verteilt. Durch die hohe Zahl der gültigen Zweitstimmen bei der Bundestagswahl, die mit je knapp einem Euro staatlich subventioniert wurden, sowie die vereinnahmten Mitgliederbeiträge, auf die der Staat zusätzlich 45 Prozent Bonus zahlte, konnte sich die NAFD ein großes Stück aus dem Gesamtetat herausschneiden und vereinnahmen.

Die wahre Brisanz lag aber in dem restlichen Teil der Parteieinnahmen: Großspenden von Unternehmen und Einzelpersonen. In dem vertraulichen Bericht war zu lesen, dass weniger als fünf Prozent dieser Einnahmen in der offiziellen Parteibilanz auftauchten. Der Gauleiter fragte sich, ob das andere Parteien genauso handhabten.

Viel mehr ärgerte ihn aber, dass er selbst einen beträchtlichen Teil seines Gehaltes, das er von der Partei bezog, in Aktien ausbezahlt bekam. Diese Aktien hatten wie die,

die die Mitglieder frei kaufen konnten, den entscheidenden Nachteil der mehrjährigen Sperrfrist. Erst nach der nächsten Bundestagswahl und den meisten Landtagswahlen konnte er, zumindest theoretisch, seinen Aktienbestand verkaufen. Und auch nur dann, wenn er bis zu diesem Zeitpunkt ununterbrochen Mitglied der NAFD blieb. Ein Verkauf würde ihm aber sofort ein Vieraugengespräch mit seinem Vorgesetzten einbringen, dessen war sich Haberstahl sicher.

Er schaute auf die Uhr. In zwei Stunden hatte er einen Termin bei der Ortsgruppe Ludwigshafen-Hemshof. Dort schien einiges aus dem Ruder zu laufen. Mal schauen, was er dort ausrichten konnte.

-9- IHR ERSTER EINBRUCH

Das Gelände im Speyerer Süden, etwas nördlich des Berghäuser Altrheins, war unübersichtlich. Nebenan befand sich das DHL-Frachtzentrum, in dem täglich bis zu 500.000 Pakete abgefertigt wurden. Die schwarz vermummte Gestalt drückte sich zum wiederholten Mal in einen Busch, als einer der großen Laster das DHL-Gelände verließ. Im Prinzip kannte sich die kleine Person in diesem Terrain aus, schon einige Male hatte sie das Betriebsgelände neben dem Frachtzentrum betreten. Nur noch nie in der Nacht. Der Himmel war wolkenverhangen, der Neumond lag gerade zwei Tage zurück, die Lichtverhältnisse waren entsprechend dürftig, was aber durchaus im Interesse der jungen Frau lag. Viel zu lange schon kniete sie in der Grasnarbe zwischen Gehweg und Firmengelände, das mit einem hohen Maschendrahtzaun umgeben war. Immer wieder zögerte sie, den nächsten Schritt zu tun. Noch konnte sie umkehren, und kein Mensch würde von ihrem Vorhaben je erfahren. Sie kämpfte innerlich mit sich selbst, sie war nervös, denn es war ihr erster Einbruch.

Nachdem der nächste Lkw an ihr vorbeigefahren war, packte sie aus ihrem Rucksack einen Seitenschneider aus. Mit ein paar Schnitten öffnete sie das Geflecht des Zauns, gerade so viel, dass sie, ohne sich zu verletzen, hindurchkriechen konnte. Eine Alarmanlage gab es auf dem Freigelände vor den Hallen nicht. Die beiden Schäferhunde musste sie nicht fürchten, denn die befanden sich in ihrem Zwinger auf der anderen Seite der Hallen.

Im Schutz einer Tankstelle, die zum Betriebsgelände gehörte, kroch sie in die Nähe des zentralen Platzes vor der Haupthalle. Es sah genauso aus wie heute Morgen, als sie das letzte Mal hier war, mit einer Ausnahme: Mehr als ein Dutzend Zugmaschinen teils mit, teils ohne Auflieger, standen auf dem Gelände. Sie wusste, dass dies nur ein verschwindend kleiner Teil des Fuhrparks der Spedition Blauermann war. Sie schlich zwischen den Aufliegern herum, immer bemüht um ihre eigene Deckung. Das Security-Personal bestand um diese Nachtzeit lediglich aus einem pensionierten Kantinenkoch, der bereits zwei Herzinfarkte hinter sich hatte und seine Arbeitszeit in der Pförtnerloge neben dem Haupttor mit dem Sammeln von pornografischen Bildern und Videos im Internet verbrachte.

Die Einbrecherin setzte sich auf den Betonboden und analysierte die Situation. Das, was sie zu finden hoffte, würde sie kaum in den im Freien stehenden Lkws finden. In das Hauptgebäude, in dem die Verwaltung saß, kam sie wegen der Alarmanlage nicht hinein. Die Nebenhalle zur rechten Seite des Verwaltungsbaus, fast so groß wie ein Fußballfeld, beherbergte die Werkstatt der Spedition. Dank ihrer Ortskenntnisse war es für sie ein Leichtes, in die Werkstatt einzudringen. In der vorderen linken Ecke befand sich der Sozialbereich für die nicht in der Verwaltung tätigen Mitarbeiter mit Pausenraum und Toiletten. Diese Räume waren sowohl von innen von der Werkstatt zugänglich als auch von außen, um den Fahrern der Lkws und den anderen im Freien tätigen Personen den Zugang zum Sozialbereich ohne größere Umwege zu ermöglichen.

Frauen waren in diesem Teil des Unternehmens, im Gegensatz zur Verwaltung, deutlich unterrepräsentiert. Aufgrund der harten Arbeit und noch viel mehr wegen des rauen Tons unter den Fernfahrern konnte sich das weibliche Geschlecht bisher nicht wirklich durchsetzen.

Sie lächelte, als sie den kleinen Holzkeil entdeckte, den sie heute früh in den Außenzugang zur Damentoilette gelegt hatte. Aber selbst ohne dieses kleine Hilfsmittel wäre es für sie einfach gewesen, in die Halle zu kommen. Drei oder vier Türen weiter, und sie stand im Pausenraum, der wie immer ekelhaft nach verschüttetem Feierabend-Bier der billigsten Sorte stank. Sie rümpfte die Nase und beeilte sich, den Raum zu durchqueren. Nach einem Flur, dessen Wände mit Einsatzplänen und einer Stechuhr zugepflastert waren, kam sie in den vorderen Teil der Halle. Dort standen zwei Zugmaschinen auf Arbeitsgruben, weitere fünf Montageplätze waren unbesetzt. Um nichts zu übersehen, schaute sie jeweils kurz in die Zugmaschinen hinein, dann konzentrierte sie sich auf ihr eigentliches Ziel: Im hinteren Bereich der Halle befand sich ein einzelner Montageplatz, der seitlich gegen allzu neugierige Blicke durch ein Hochregal, das als Reifenlager genutzt wurde, abgetrennt war. Der Auflieger, der in diesem abgeschirmten Bereich der Halle stand, hatte bereits heute früh ihren Argwohn erregt. Wenn nicht hier, wo dann, hatte sie sich sofort gefragt. Natürlich hatte sie sich nichts anmerken lassen.

Ein letzter umherschweifender Blick, und die Einbrecherin schlich hinter das Reifenlager. Jetzt war sie, wie der Auflieger auch, vor Blicken aus der Halle geschützt. Die Plane war festgezurrt und mit mehreren Ketten und stabilen Vorhängeschlössern gesichert. Diese Vorsichtsmaßnahme gab ihr weitere Sicherheit. Die albernen Ketten, davon abgesehen, dass sie viel zu auffällig waren, sollten wahrscheinlich nur allzu neugierige Mitarbeiter davon abhalten, einen Blick ins Innere zu werfen. Spätestens morgen, schätzte sie, würde der Auflieger auf Reisen gehen. Dann natürlich ohne Ketten und Vorhängeschlösser, dafür aber wahrscheinlich mit einem bewaffneten Fahrer. Jedenfalls dann, wenn sie fand, was sie vermutete.

Sie hatte zwar einiges an Werkzeug dabei, benötigte aber beinahe eine halbe Stunde, bis das Schloss aufsprang. Sie wischte sich den Schweiß von der Stirn und atmete erleichtert auf. Mit wenigen Handgriffen hatte sie sich einen Zugang ins Innere geschaffen.

Mehr als zwei Drittel des Aufliegers waren mit Kartons befüllt. Laut Verpackung handelte es sich um Mikrowellenherde einer bekannten Marke. Sie schätzte die Anzahl der Kartons auf 500 bis 1.000 Stück. Niemals würde sie innerhalb kürzester Zeit die Kartons öffnen und einzeln untersuchen können. Dennoch zog der Hauch eines Lächelns über ihre Lippen. Sie brauchte gar nicht alle Kartons zu öffnen, sondern nur die, die genau definierten Kriterien entsprachen. Vor einiger Zeit hatte sie intensiv im Internet recherchiert und kannte die gängigen Tricks der Schmuggler, um den Zoll auszutricksen. Da der Zoll diese Tricks ebenso kannte, war das Ganze ein ständiges Katz-und-Maus-Spiel.

Trick Nummer 1 besagte, niemals die heiße Ware in das hinterste Eck stellen, denn da suchte der Zoll zuerst. Trick Nummer 2 war mit Arbeit verbunden. Sie schichtete die Kartons um, um sie einer genauen Sichtkontrolle zu unterziehen. Bereits nach wenigen Minuten hatte sie drei Kartons identifiziert. Dies sollte genügen, um ihren Verdacht zu bestätigen. Sie verglich erneut die schweren Heftklammern, mit denen die Kartons verschlossen waren. Es war eindeutig, dass die Klammern bei diesen Kartons eine Nuance heller waren als beim Rest.

Die Einbrecherin zog mit einer Spitzzange vorsichtig die Klammern eines der identifizierten Kartons heraus. Nachdem sie ihn geöffnet hatte, hob sie den Schaumstoffschutz heraus, mit dem die Ware gegen Transportschäden geschützt wurde. Treffer, dachte sie und hätte fast laut herausgelacht. In dem Schaumstoffgehäuse lagen ein paar Plastiktüten mit weißem Pulver sowie vier Ziegelsteine. Mit den Steinen wurde das Gewicht des Kartons ausgeglichen, damit er bei einem Vergleichswiegen nicht auffallen würde.

Dass es sich bei dem Fund nicht um Milchpulver handelte, war ihr sofort klar. Zufrieden steckte sie drei der Tüten in ihre Tasche und verschloss anschließend den Karton mit größter Sorgfalt. Die Aufräumarbeiten im Innern des Aufliegers gingen fix vonstatten genauso wie das Anlegen der Kette und des Vorhängeschlosses. Ein letzter prüfender Blick, und die Einbrecherin verließ die Halle über den Zugang zur Damentoilette.

Leider litt der Nachtwächter seit ein paar Tagen an heftigen Wadenkrämpfen, was wohl einem Magnesiummangel geschuldet war. Gerade hatte er einen schmerzhaften Anfall überstanden. Um seine Muskulatur etwas aufzulockern, machte er nun einen seiner seltenen Spaziergänge über das Betriebsgelände der Spedition. Den PC mit den eindeutigen Bildern ließ er laufen, um nach seiner Pause mit dem Download dieser vielversprechenden Seite weitermachen zu können. Wer sollte ihn um diese Uhrzeit schon stören?

Ganz in Gedanken über seinen letzten Bordellbesuch, der wegen seiner knappen Rente und der grottenschlechten Bezahlung seines Nachtwächterjobs schon mehrere Tage zurücklag, traf ihn der Schlag, als unvermittelt vor ihm eine vermummte Person aus der Damentoilette ins Freie trat.

Mist, fluchte die Einbrecherin, als sie die Misere sah. Sie musste dem alten Mann helfen. Schneller, als sie es geplant hatte, rannte sie zu dem Loch im Drahtzaun und zog sich hindurch. Ein weiterer Handgriff, und sie hielt die Kopfmaske in der Hand. Die rund 100 Meter zu ihrem Auto legte sie ebenfalls im Laufschritt zurück. Als Erstes griff sie ins Handschuhfach und schaltete ihr Not-Handy ein, das sie im letzten Jahr mit einer Prepaid-Karte in Spanien anonym registriert hatte. Mit pochendem Herzschlag gab sie der Polizei die Informationen durch, wo und in welchem Zustand sich der Nachtwächter der Spedition befand.

Nachdem sie das Handy sofort wieder ausgeschaltet hatte, fuhr sie zum Altrheinarm. Ein kurzer Spaziergang, und ihr Not-Handy landete zur ewigen Ruhe im Wasser.

Kurz darauf retteten die eintreffenden Notfallsanitäter das Leben des Nachtwächters. Der eilig informierte kaufmännische Leiter der Spedition entdeckte wenig später den laufenden Computer in der Pförtnerloge nebst diversen Speichermedien, die er grinsend für den Eigengebrauch einsteckte.

-10- JAHRESFEST DER ORTSGRUPPE LUDWIGSHAFEN-HEMSHOF

Dass der Goerdelerplatz nach Carl Friedrich Goerdeler benannt war, einem Widerstandskämpfer gegen den Nationalsozialismus, der nach dem Attentat vom 20. Juli 1944 das Amt des Reichskanzlers übernehmen sollte, störte keinen. Vor allem deshalb nicht, weil so gut wie niemand mehr wusste, wer Goerdeler war. Und wenn dennoch eine Verbindung entdeckt werden sollte, konnte man gut damit argumentieren, dass das Hitlerattentat scheiterte und Goerdeler Anfang 1945 in Berlin hingerichtet wurde.

An der Stirnseite stand eine offene Bühne, auf der gerade eine germanische Mittelalterband spielte. Der Mittelteil des Platzes, auf dem an anderen Tagen Autos parkten oder ein Wochenmarkt seine Waren anbot, war mit rustikalen Bierzeltgarnituren bestückt. Rings herum hatte man rund ein Dutzend Zelte aufgebaut. Die Hälfte davon diente der Deckung der Nahrungs- und Getränkenachfrage, die anderen Zelte waren reine Informationspavillons.

Wolle, der sich mit seinen Kumpels bereits den ganzen Nachmittag auf dem Jubiläumsfest der Ortsgruppe Ludwigshafen-Hemshof aufhielt, feierte seine bestandene Prüfung zum Ortsgruppen-Unterführer. Ohne mit der Wimper zu zucken, verlieh der Ortsgruppenleiter Wolle seinen Beförderungstitel, obwohl dieser nur eine der drei

Fragen richtig beantworten konnte. Bei der Frage nach der Anzahl der Bundesländer antwortete Wolle »Elfer«, was den Ortsgruppenleiter kurz aus der Fassung brachte. Die Prüfung fand nicht öffentlich statt, daher anerkannte der Ortsgruppenleiter Wolles intellektuelle Bemühungen sowie seinen muskulösen Körperbau und redete ihm zu, sich weiterhin für die NAFD zu engagieren. »Kräftige Burschen können wir immer gebrauchen«, sagte er zu ihm und drückte Wolle ein paar Biergutscheine in die Hand.

»Volle Assi-Musik«, brüllte Wolle seinen beiden Freunden ins Ohr, die neben beziehungsweise auf der anderen Seite der Bank saßen. Seine Aussprache war schon sehr schwerfällig und klebrig, mehrmals war er fast von der Bank gekippt. Undeutlich legte er nach. »Können die auch AC/DC?« Freddie und Tom konnten nur erahnen, welche Band er meinte.

»Mach mal langsam, Wolle«, sagte Tom. »Du kannst dich nicht einfach so wegbeamen. Morgen früh haben wir Dienst am Infostand der Kinder-Rallye. Zusammen mit zwei netten Tussen«, ergänzte er.

»Die gehören beide mir.« Wolle machte eine einnehmende, aber vage Armbewegung, die ihn vollends von der Bierzeltgarnitur haute.

»Eigentor«, grinste Freddie. Nachdem Wolle schwerfällig aufgestanden war, meinte er zu seinen Kumpels: »Ich muss mal pissen gehen.« Torkelnd machte er sich auf den Weg.

Tom hatte nun endlich Zeit, mit seinem Freund Freddie über Wolle zu sprechen. »Bist du dir sicher, dass wir ihn überallhin mitnehmen sollen? Solange der bei uns hockt, können wir es mit den Mädels vergessen. Früher oder später landet er eh im Knast, und dann möchte ich besser nicht in der Nähe sein.«

Freddie nickte ihm zu. »Im Prinzip hast du recht. Allerdings haben wir beide ihm viel zu verdanken. Denk nur mal an die Sache mit dem REWE in Mannheim.«

»Das ist doch schon über zwei Jahre her.«

»Ohne Wolle hätten uns die Bullen damals bei dem Bruch geschnappt.«

Bei ihrem Einbruch im REWE-Markt war alles schiefgegangen. Die Beute war mickrig und die Polizei viel zu schnell vor Ort gewesen. In Wolles geistiger Beschränktheit sprang er als Einziger aus dem Versteck im Vollgutlager der Getränkeabteilung, rannte auf einen Gabelstapler zu und fuhr den beiden Polizeibeamten, die die Vorhut bildeten, mit Vollgas entgegen. Bevor die Beamten reagieren konnten, steuerte Wolle den Gabelstapler in einen riesigen Bierkastenturm, der mit einem Höllenlärm in sich zusammenstürzte und die Beamten unter sich begrub. Wolle, geschützt durch das Dach des Staplers, konnte ebenso wie seine Kumpels erfolgreich flüchten.

»Damals hat er nicht so viel gesoffen«, hakte Tom weiter nach.

»Wir beide auch nicht«, antwortete Freddie. »Vielleicht können wir unseren Oberschlauen noch ganz gut gebrauchen.«

»Wie meinst du das?«

Freddie lächelte. »Ich kenne doch die Tochter des Ortsgruppenleiters. Woher sollte ich sonst die Antworten zu den Beförderungsfragen haben? Die Melle ist zwar ziemlich arrogant, aber ich weiß, wie man die Weiber nehmen muss. Jedenfalls hat sie mich in ein paar Papiere ihres

Vaters schauen lassen. Bald werden kleinere Aufgaben an uns delegiert.« Er lächelte verschmitzt.

»Das ist doch jetzt schon der Fall. Morgen müssen wir bei diesem Kinderkram mitmachen.«

Freddie rückte mit seinem Kopf über den Tisch, um flüstern zu können. »Keine offiziellen Sachen, meine ich.«

»Bestrafungsaktionen?«, fragte Tom.

Freddie hob die Schultern. »Keine Ahnung, jedenfalls soll es sich lohnen. Und da können wir Wolle gut einsetzen.«

Ihr Kumpel kam zurück, zeitgleich war die Mittelalterband mit ihrer Session fertig. Ortsgruppenleiter Schweikemeier betrat die Bühne. Er begrüßte alle Mitglieder und sonstigen Gäste zur einjährigen Jubiläumsfeier der Ortsgruppe Hemshof. »In einer halben Stunde werde ich eine kurze Ansprache halten. Bis dahin gibt es Freibier und Freisekt.«

Die Stimmung steigerte sich um ein Vielfaches. Lautes Johlen, Hochrufe und wilder Applaus ließ Schweikemeier zufrieden lächeln. Genauso hatte er es sich vorgestellt. Die Massen würden nun das Getränkezelt stürmen und sich reichlich aus dem angereicherten Freibierfass und den manipulierten Sektflaschen bedienen. Der Ortsgruppenleiter hatte an alles gedacht. Die Investition in den halben Liter Flunitrazepam, den er über seinen Bruder bezog, der in der Türkei wohnte, lohnte sich. Fast jeder der Anwesenden würde diese Substanz in den nächsten Minuten oral aufnehmen. Bis zur Wirkung dauerte es 15 bis 20 Minuten, morgen früh würde die Substanz nicht mehr nachweisbar sein. Die Wirkung des Flunitrazepam beeinträchtigte das Urteilsvermögen und die Konzentrationsfähigkeit der Anwesenden. In Kombination mit Alkohol kam es nicht selten zu einer Amnesie, viele würden sich später nicht mehr an seine Ansprache erinnern können. Seine Worte würden sich suggestiv in ihnen einbrennen, ohne dass sie über Alternativen nachdachten. Er würde schon dafür sorgen, dass in seiner Rede alles in seinem Sinne zur Sprache kam. Querschläger oder sogar Querdenker konnte er wirklich nicht gebrauchen.

Als Ortsgruppenleiter hatte er einen undankbaren Job. Von oben bekam er seine Befehle, nichts anderes waren die Handlungsanweisungen, die er regelmäßig von der Bundeszentrale in Berlin, aber auch im geringeren Ausmaß von dem Landesverband Rheinland-Pfalz erhielt, denen er bedingungslos folgen musste, um seine Parteikarriere nicht zu stoppen. Und für diese Karriere würde er alles tun. Noch zwei, maximal drei Jahre schätzte er, dann würde er in Berlin angekommen sein. Für den Landesverband interessierte er sich nicht, für Schweikemeier galt alles oder nichts. Dann musste er sich nicht mehr mit dem ganzen Abschaum abgeben, der hier auf dem Fest saß und soff, als gäbe es kein Morgen. Jede Viertelstunde zog er sich kurz in sein Privatzelt zurück, um seine Hände zu desinfizieren, die seiner Meinung nach durch das ständige Händeschütteln kontaminiert wurden. Er dachte an den schwachsinnigen Wolle, mit dem er sich vorhin unterhalten musste. Dass dieser Typ mit solch einem kaum messbaren Intelligenzquotienten überhaupt lebensfähig war, dachte er kopfschüttelnd. Hauptsache, er ließ seine feuchtwarmen Griffel von seiner Tochter, denn da verstand er keinen Spaß. Jeden Kerl, der ohne sein Einverständnis seine Tochter anbaggerte, würde er sofort töten.

Schweikemeier atmete tief durch, während er von der Bühne aus breitbeinig die überfüllten Zelte betrachtete, in denen die Freigetränke ausgeschenkt wurden. Sein Ziel, die breite Masse zu akquirieren, war ihm gelungen. Die Anzahl der Mitglieder im Vergleich zur Bevölkerung lagen in seinem Einflussbereich deutlich über dem Durchschnitt aller Ortsgruppen in Rheinland-Pfalz. Mit den hohen Zahlen der östlichen Bundesländer war das zwar nicht zu vergleichen, aber ein guter Anfang für seine Ziele. Immerhin gab es seinen Hemshof-Stamm erst ein Jahr.

Er wusste aber, dass dies allein nicht reichte. Die Handlungsanweisung aus Berlin war eindeutig: Der Mittelstand darf nicht außen vor bleiben. Er war nicht ganz so einfach mit populistischen Parolen zufriedenzustellen, hier musste man intelligenter ran. Vieles wurde über die Zentrale in Berlin gesteuert, doch die Umsetzung musste wegen der Nähe zum Volk aus den Ortsgruppen heraus geschehen.

Das Angebot einer Kinder-Rallye, das er besonders perfide, aber zweckmäßig einschätzte, war nur eines der Beispiele, um an die gewünschte Zielgruppe heranzukommen. Jedes der teilnehmenden Kinder gewann nicht nur einen Preis, sondern auch ein buntes Magazin, dessen Innenseiten immer gleich aufgebaut waren: Auf der linken Seite befanden sich eine Malvorlage zu einem bestimmten Thema und ein kurzer kindgerechter Satz. Auf der rechten Seite gab es Hintergrundinformationen für die Eltern. Das Niveau war gehoben, aber dennoch leicht verständlich. Während die Kinder zum Beispiel eine Europakarte ausmalten, natürlich mit zentral gelegenem Deutschland und suggeriertem dickem

Grenzstrich, konnten die Eltern zahlreiche Gründe lesen, warum offene Grenzen für sie persönlich nachteilig waren. Dass die Argumente sehr einseitig beschrieben wurden, wurde bisher nicht bemängelt.

Der Ortsgruppenleiter Schweikemeier wusste, dass er sich erst gar nicht für einen Gauleiterposten als Zwischenstufe für den Weg nach Berlin bewerben brauchte, ehe er nicht gemeinsam mit seinen Kollegen der anderen hiesigen Ortsgruppen eine gewisse Durchdringung der Stadtverwaltung Ludwigshafen realisiert hatte. Mehr als 50 Prozent aller Beamten und städtischen Angestellten der höheren Entgeltgruppen sollen Mitglied der NAFD werden, lautete die interne Devise aus der Zentrale.

Dies alles kostete Geld. Viel mehr, als der mickrige Anteil der Mitgliederbeiträge, der nicht nach Berlin floss, hergab. Schweikemeier wusste nicht, wie seine Kollegen diesen Konflikt lösten. Er hatte sich für eine Lösung entschieden, die seiner Meinung nach fast idiotensicher war. Seine Tochter Melanie, die in einer Druckerei arbeitete, produzierte gegen eine kleine finanzielle Unterstützung regelmäßig nach Feierabend, natürlich ohne das Wissen des Druckereibesitzers, originalgetreue Kopien der Parteiaktien. Ihr Vater nutzte den zusätzlichen Verkauf der Parteiaktien nicht, um sich persönlich zu bereichern. Er setzte die Einnahmen komplett für seinen persönlichen Kampf, wie er die Steigerung der Mitgliederzahlen nannte, ein. In seinen Augen handelte es sich um nichts weiter als eine kleine inoffizielle, aber wohl gefüllte Unterkasse der Partei.

Dummerweise hatte Paul Haberstahl, sein unmittelbarer Vorgesetzter, Lunte gerochen. Gestern war der

Gauleiter Vorderpfalz bei ihm zur Stippvisite gewesen. Noch einmal war es ihm gelungen, seinen Vorgesetzten zu beruhigen. Dabei kam ihm die Nervosität des Gauleiters zu Hilfe. So aufgeregt und durch den Wind hatte ihn Schweikemeier noch nie erlebt. Ob da irgendetwas im Busch war? Jedenfalls hatte Haberstahl nicht registriert, dass die Argumentationskette sowie die eilig zusammengeschusterten Excel-Tabellen nicht zusammenpassten. Eine Detailprüfung der Parteiunterlagen würden allerdings seine privaten Mauscheleien schnell ans Tageslicht befördern. Und wenn er nicht komplett paranoid war, würde eine Prüfung nicht mehr lange auf sich warten lassen. Eine Antwort darauf hatte er nicht. Oder etwa doch? Ein Geistesblitz schoss ihm durch den Kopf.

-11- DER BUNDESKANZLER INKOGNITO

Die abgedunkelte Limousine fuhr die Einfahrt bis zum Hintereingang der Villa am Wannsee. Hohe Hecken und der weiträumige Park machten die Rückseite des Gebäudes uneinsehbar. Der Mittvierziger mit den streng nach hinten gekämmten Haaren wartete nicht, bis der Chauffeur um das Auto gelaufen war, um ihm die Tür zu öffnen. »Bleiben Sie im Wagen, Herbert«, befahl er. »Es wird nicht sehr lange dauern. Anschließend muss ich ins Kanzleramt, und Sie können Feierabend machen.«

Der Chauffeur nickte. »Soll ich Ihnen die Tasche reintragen, Herr Dr. Segrem?«

Segrem schüttelte den Kopf und stieg aus.

Er wurde nicht am Hintereingang erwartet, was ihm die Zornesröte ins Gesicht trieb. Fast war er versucht, sich von seinem Chauffeur zurückfahren zu lassen, doch das würde die Lage nicht entschärfen, sondern eher verschlimmern. Seufzend drückte er auf den Klingelknopf, der mit dem Hinweis »Lieferanteneingang« beschriftet war.

Nach einer für Segrem unangemessen langen Wartezeit wurde ihm geöffnet. Ein Koch stand vor ihm. »Ich soll Sie hereinlassen, Herr Segrem. Die Herrschaften sind im Salon.«

»Herr *Doktor* Segrem«, verbesserte er wütend. »Der Doktortitel ist Bestandteil meines Namens.«

»Wie Sie wünschen«, antwortete der Koch und deutete eine kleine Verbeugung an. »Sie kennen den Weg?«

»Natürlich kenne ich den Weg!«, bellte er den Hausangestellten an. Er nahm sich vor, fortan aggressiver aufzutreten. Trotz seiner Abhängigkeit musste er sich nicht alles bieten lassen. Schließlich kannte er genügend Interna, um für einen gewaltigen Skandal zu sorgen.

Im Flur vor dem Salon betrachtete er sich kurz im Spiegel und korrigierte den Sitz einiger Haarsträhnen. Danach trat er ein.

Ein halbes Dutzend Männer und eine Frau saßen in einer gediegenen Couchlandschaft aus dem 19. Jahrhundert. Dem Gelächter nach, das ihm beim Eintreten entgegenschallte, musste einer der Anwesenden gerade einen frivolen Witz erzählt haben. Endlich wurde er bemerkt.

»Ah, da ist er ja, unser Bundeskanzler! Komm her und setz dich zu uns, Mathias.« Herold Blauermann stand auf und kam auf ihn zu. »Hattest du eine gute Anfahrt?«

»Zum Glück muss ich nicht mit deinen versifften Lastwagen herumfahren«, antwortete er dem Spediteur bissig.

»Immer zu Späßen aufgelegt«, sagte Blauermann. »Deine Kollegin Wiebke ist bereits vor einer halben Stunde angekommen.«

Der Bundeskanzler konnte es nicht leiden, wenn seine Minister als Kollegen bezeichnet wurden. Dies galt insbesondere für Innenministerin Wiebke Wiedemann, die er auf den Tod nicht ausstehen konnte. Außerdem hatte sie einen ekelhaften Mundgeruch. Sie blieb ebenso sitzen wie Bernhard Bender, den der Kanzler in Gedanken Fettsack getauft hatte.

Er setzte sich auf einen freien Sessel und ignorierte die Aufforderung, sich an dem Champagner zu bedienen. Provozierend schaute er auf die Uhr. »Was gibt's? Ich sollte schleunigst zurück ins Kanzleramt. Morgen Mittag muss ich bereits in München sein.«

»Wir kennen deinen Terminplan«, fiel ihm Blauermann ins Wort. »Wir haben ein paar grundsätzliche Themen zu besprechen. Du kannst dir ja denken, dass wir mit ein paar Dingen nicht zufrieden sind, so, wie sie sich entwickeln.«

»Blödsinn«, antwortete Segrem. »Gib mir noch ein wenig Zeit, bis ich den ganzen Ministerstab unter Kontrolle habe. Mit ihr«, er zog das Kinn in Richtung Innenministerin, »und den anderen der NAFD läuft es doch schon ganz gut.«

»Das reicht nicht«, konterte Blauermann. »Ein Bundeskanzler muss das komplette Kabinett im Griff haben, nicht nur einen Teil davon. Außerdem musst du Tabus brechen. Missstände der Vergangenheit, an der auch die CDU beteiligt war, müssen angeprangert werden. Polarisieren kannst du doch, oder? Mach es von mir aus ein bisschen wie dein Kollege Donald Trump. Der hat von der Politik auch keine Ahnung.«

»Soll ich vielleicht in die CDU eintreten?«, fragte der Bundeskanzler giftig. »Wir haben nun mal eine Koalition, basta. Ohne die CDU/CSU wären wir nicht regierungsfähig gewesen, das wisst ihr ganz genau. Nur weil die Schwarzen in den für sie sauren Apfel gebissen haben, um nicht komplett die Kontrolle zu verlieren, können wir jetzt regieren. In vier Jahren sieht es vielleicht anders aus, wenn ich mir die aktuellen Zahlen anschaue.«

»Vier Jahre«, warf Fettkloß Bender ein. »Wenn deine Regierung überhaupt so lange überlebt.«

Der Bundeskanzler war nahe dran, die Contenance zu verlieren. »Was habt ihr vor? Wir sind auf dem besten Weg, ihr werdet doch hoffentlich nicht die Nerven verlieren?«

»Der Einzige, der die Nerven verliert, bist du, mein Lieber.« Blauermann sprach in eindringlichem Tonfall. »Klar, dass die CDU versucht, sich zu profilieren, um nicht komplett ihr Gesicht zu verlieren. Du musst weiterhin, wie wir besprochen haben, sämtliche Anträge dieser überflüssigen Partei abschmettern, auch wenn dies dem

Koalitionsvertrag zuwiderläuft. Lass dir halt was einfallen, du bist doch auch bei anderen Dingen nicht auf den Kopf gefallen. Wir brauchen einen starken und durchsetzungsfähigen Bundeskanzler. Und wenn du das nicht bist, werden wir die Konsequenzen ziehen.«

»Das heißt?« Segrem war das erste Mal eingeschüchtert. Die Felle schienen ihm davonzuschwimmen.

Wiebke Wiedemann, seine Innenministerin, gab die Antwort. »Dann bist du Kanzler *gewesen*, Mathias. Eine ganze Reihe von Parteimitgliedern wartet nur darauf, dass du dir eine Panne erlaubst. Sie alle halten sich schon für den zukünftigen Bundeskanzler nach der Ära Segrem.« Sie machte eine kurze Pause. »Mit mir als Innenministerin ist es das Gleiche. Glaube nur nicht, dass du in Zukunft irgendwann mal in deinem Kabinett einen Minister ernennen wirst, den dir dieser Führungszirkel nicht vorschreibt.«

Die nickenden Gesichter der Anwesenden gaben ihm den Rest. Im Prinzip hatte er das bereits gewusst. Nur in dieser Deutlichkeit hatte es noch keiner der Gruppe ausgesprochen.

Um eine kleine Nachdenkpause herauszuschinden, stand er auf und goss sich ein Glas Champagner ein. »Wie weit seid ihr mit den Exposés?«

»Immer langsam«, antwortete der Pharmachef Bender. »Wir wollen unser Pulver nicht gleich zu Beginn verschießen. Immer nur häppchenweise und wohldosiert. Mit der Bundesfinanzministerin sind wir am weitesten, auch wenn diese Position im Moment strategisch gesehen eher zweitrangig ist.«

Segrem seufzte. Sechs der Minister seines 15-köpfigen Kabinetts stellte die CDU, darunter waren vier Frauen.

Weibliche NAFD-Ministerin gab es nur eine: Wiebke Wiedemann.

»Ich brauche schnellstmöglich Informationen über die CDU-Minister«, sagte er eindringlich. »Nur damit kann ich sie auf unsere Spur bringen.«

»Genau«, fiel ihm Blauermann ins Wort. »Du musst das Eigenleben deiner Kabinettsmitglieder unter Kontrolle halten und lieber einmal zu viel als einmal zu wenig Eigenmächtigkeiten unterbinden. Und erst wenn du nicht weiterkommst, geben wir dir Futter an die Hand.«

»Wir erpressen niemanden rein aus Freude«, ergänzte Bender heuchlerisch. »Nur dort, wo es unbedingt sein muss.«

Der Kanzler seufzte. Dass die Anwesenden über jedes seiner Kabinettsmitglieder in Bälde ein Exposé mit unliebsamen Erlebnissen erhalten würden, die nicht an die Öffentlichkeit gelangen durften, daran hatte er keinen Zweifel. Auch über ihn lag ein solcher Geheimbericht vor. Nur solange er die Rolle des Bundeskanzlers im Sinne der NAFD ausfüllte, würde es ein Geheimnis bleiben, dass er vor zehn Jahren kurz nach dem Tod seiner Mutter seinem dementen Vater zu einem würdevollen, aber unfreiwilligen Tod verhalf, bevor die Heim- und Pflegekosten das wertvolle Einfamilienhaus auffraßen.

-12- EIN WÜTENDER CHEF

»Wir tun unser Möglichstes, Chef!«

»Das ist nicht genug!«, polterte Herold Blauermann und ließ sich in den dick gepolsterten Chefsessel im Besprechungsraum 1, der mit mehreren Original-Gemälden von Hans Purrmann ausgestattet war, fallen. Vor einer Stunde war sein Flieger aus Berlin in Mannheim gelandet. Die kurze Fahrt nach Speyer zu seinem Firmensitz hatte mal wieder länger gedauert als der Flug selbst. Seit in Ludwigshafen die Vorbereitungen für den Abriss der Hochstraße liefen und die Alternativstrecke A61 bei der Rheinquerung zur Dauerbaustelle mutierte, war das Überqueren des Rheins zum Ärgernis geworden. Blauermann, der Autofahren mit und ohne Chauffeur hasste, besaß natürlich einen Privatjet, der auf dem Flugplatz Speyer stationiert war. Genau dieses Flugzeug war einer der Gründe für die übereilige Reise von der Landeshauptstadt zu der Zentrale seiner Spedition in Speyer. Sein Unternehmen war durch die zweite Führungsebene im täglichen Geschäft gut gerüstet, um eine Weile ohne ihn auskommen zu können.

Der zurückliegende Wahlkampf hatte ihn allerdings viel Kraft und Zeit gekostet. Überrascht war er, dass nach dem Wahlsieg der Aufwand für ihn nicht geringer geworden war. Ursprünglich hatte er mit seinen Mitstreitern vereinbart, dass ein Lenkungsausschuss, der sich einmal monatlich in Berlin traf, völlig genügen würde, um die operativ-taktischen Weichen der NAFD für die jeweils folgenden vier Wochen zu stellen. Schnell hatte sich gezeigt, dass die Tücke im Detail lag. Obwohl sie dem Bundeskanzler und den NAFD-Ministern strikte Vorgaben machten, gab es ständig Situationen, die sie im Vorfeld nicht bedacht hatten. Blauermann blieb wie seinen Kollegen des inneren Führungszirkels nichts übrig, als ständig in die Bundeshauptstadt zu pendeln.

Die knapp bemessene Zeit, die er in den letzten Monaten in Speyer verbrachte, investierte er in seine Spedition, die er in den vergangenen 20 Jahren von einem Einmannbetrieb zu einer der leistungsstärksten europäischen Speditionen entwickelt hatte. Geld spielte für ihn schon lange keine Rolle mehr. Blauermann ging es nur um Macht und Ansehen.

Selbstredend schwächte die häufige Abwesenheit sein Familienleben; seine Frau und die beiden Kinder sah er nur selten. Seiner Frau machte dies nicht allzu viel aus: eine Villa, ein Luxusleben ohne Arbeit sowie wechselnde Liebhaber, die sie mit großzügigen Geschenken bei der Stange hielt, solange es ihr Spaß machte.

Heute hatte Blauermann die zweite Führungsebene für 18 Uhr zu einer Sondersitzung einberufen.

»Ihr müsst hartnäckiger bei der Polizei nachfragen!«, schrie er seinen Mitarbeitern zu. »In den Ermittlungsakten steht nur belangloses Wischiwaschi.« Wütend warf er ein paar Akten auf den Tisch.

»Die Polizei tut nur ihre Arbeit«, warf die Leiterin der Buchhaltung ein.

»Das ist nicht genug!«, polterte Blauermann. »Ihr seid mir viel zu passiv. Schmiert von mir aus die Bullen, ich will wissen, wer hinter den Anschlägen steckt.«

»Die Polizei steht vor einem Rätsel«, versuchte ihn sein technischer Leiter zu beruhigen. »Hinzu kommt, dass die Lkws in verschiedenen Bundesländern gebrannt haben. Die Abstimmung innerhalb der Polizeibehörden ist wegen des Föderalismus sehr viel schwieriger.«

»Das ist keine Entschuldigung«, unterbrach er ihn. Föderalismus, dachte er für einen Moment abschätzig. Dieses politische Missgebilde würde hoffentlich bald Vergangenheit sein. Deutschland benötigte zentrale Strukturen in sämtlichen Belangen. Und die NAFD würde diese Strukturen vorgeben. Schnell verabschiedete er sich gedanklich von diesem Thema, denn keiner seiner Mitarbeiter wusste von seiner Rolle im Führungszirkel der Partei.

»Vier Lkws in sechs Wochen, das kann kein Zufall sein.«

Die Buchhaltungsleiterin nickte ihm zu. »Und beim letzten Mal sogar ein Toter.«

Blauermann winkte mürrisch ab. Der tote Fahrer war zwar einer seiner Mitarbeiter gewesen, aber spanischer Nationalität. Daher ging sein Interesse an dem Todesopfer gegen null.

»Da muss ein Konkurrent dahinterstecken«, ereiferte sich der Chef. »Irgendein Mitbewerber. Ich habe da sogar bereits einen in Verdacht.«

»Ein Konkurrent?«, hakte der Leiter der Werkstatt nach. »Gibt es da ein Motiv?«

»*Gibt es da ein Motiv*«, äffte ihn Blauermann nach. »Natürlich gibt es ein Motiv. Du weißt ganz genau, dass das Speditionsgeschäft ein knallhartes Geschäft ist. Wer es nicht schafft, seine Auslastung zu maximieren, ist schneller weg vom Fenster, als er Piep sagen kann.«

»Welchen Konkurrenten meinen Sie, Herr Blauermann?«

Im Speditionsgewerbe war es zwar üblich, dass sich sämtliche Mitarbeiter untereinander duzten, doch in Richtung des Chefs hatte sich dies noch keiner getraut.

»Es ist zu früh, um Namen zu nennen. Ich bin mir aber sicher, dass es um die Aufträge der Regierung geht, die wir kürzlich in einer Ausschreibung gewonnen haben.«

Dass es überhaupt keine Ausschreibung gegeben hatte, verschwieg er seinen Mitarbeitern. Alleine durch die Regierungsaufträge, die er in der nächsten Zeit übernahm, konnte er seinen Fuhrpark und seinen Umsatz um rund ein Drittel ausbauen.

Blauermann sah, dass er eine weitere Erklärung abgeben musste. »Die Aufträge, die wir nun bekommen, hatten logischerweise vorher andere Speditionen inne. Ihr wisst ja, Neider gibt es überall. Dass diese Unternehmen die Ausschreibungen verloren haben, ist aber nicht unser Problem.«

»Und deswegen zünden sie unsere Lastwagen an?«

»Ganz genau. Bei vier Brandanschlägen kann und will ich nicht an Zufall glauben, selbst wenn es die Polizei anders sieht. Die hat nicht mehr Arbeit in die Aufklärung reingesteckt als bei einem Dieb, der im Supermarkt eine Schachtel Zigaretten geklaut hat.«

Seine Mitarbeiter nickten stumm.

»Die Sache mit Ihrem Flugzeug – gehört das auch zu dieser Serie?«, fragte die Verwaltungsleiterin.

Herold Blauermann wurde schlagartig aggressiv. »Wer immer das getan hat, wird mir dafür büßen. Mit diesem Attentat will man mich persönlich treffen. Mich, der so vielen Menschen Arbeit gibt!«

In der Nacht von Freitag auf Samstag war sein Privatjet, der ausnahmsweise nicht in der Halle neben dem Speyerer Flugplatz gestanden war, mit großkalibriger Munition beschossen worden. Der Schütze wusste genau, wo die neuralgischen Punkte waren, um ein Flugzeug mit wenigen Schüssen flugunfähig zu machen. Es würde Wochen dauern, bis sein Flieger repariert war, von den Kosten ganz abgesehen. Aber diese spielten bei Blauermann sowieso keine Rolle.

»Sollen wir bei jedem Lkw einen Zusatzmann zur Bewachung mitfahren lassen?«, fragte der Werkstattleiter, um von dem Flieger seines Chefs abzulenken.

»Spinnst du?«, fuhr dieser ihn an. »Wo soll ich die ganzen Leute hernehmen? Nein, die Lkws müssen nachts runter von den Autobahnen. Ab sofort sind Raststätten, Autohöfe und Parkplätze tabu für unseren Fuhrpark.«

»Das wird aber nicht so einfach«, erwiderte der Logistikleiter. »Es gibt nur wenige Orte, wo die Lkws auf Landstraßen parken dürfen.«

»Lieber zahl ich 30 Euro, als einen kompletten Lkw nebst Ladung zu verlieren.«

Während Blauermann überlegte, ob er sich um seinen persönlichen Schutz kümmern musste, meldete sich der Werkstattleiter. »Und der Einbruch bei uns? Geht das auch aufs Konto der Konkurrenz?«

Der Chef schnaufte durch. »Es wurde nichts gestohlen, das wisst ihr ja. Das waren nur ein paar Jugendliche, die sich verbotenerweise auf dem Betriebsgelände aufgehalten haben.«

So ganz stimmte dies nicht. Blauermann wiederholte lediglich die offizielle Darstellung, die er auch den Polizeibeamten zu Protokoll gegeben hatte. Dass spezielle Ware fehlte, die nirgendwo registriert war, ging die anderen nichts an.

Blauermann löste die Versammlung auf. Er wusste genau, was er nun zu tun hatte. Die nächsten Tage würden sehr spannend werden.

-13- MEDIENHAUS »DER NEUE DEUTSCHE« UNTER DRUCK

Susanne Bolero war nicht amüsiert. Der Druck der Sonderausgabe musste in spätestens vier Tagen starten, damit der knappe Zeitplan eingehalten werden konnte. Die Berliner Zentrale würde es ihr nie verzeihen, wenn die Inhalte bis dahin nicht komplett juristisch überprüft zur Verfügung stehen würden. Sie wusste nur zu genau, dass es einige Personen gab, die auf ihren Posten heiß waren. Und diese Aasgeier, wie sie sie selbst nannte, kamen nicht nur aus den eigenen Reihen des Medienhauses, sondern auch von außerhalb. Bolero war ein absoluter Gewinnertyp. Skrupellos verfolgte sie ihre Ziele. Das aktuelle Ziel bestand darin, diese blöde und ihrer Meinung nach überflüssige Sonderausgabe zu produzieren. Davon abgesehen verfügten sie im Verlag nicht einmal über ausreichende personelle Ressourcen, doch das war im Moment das Problem ihrer Untergebenen der zweiten Reihe. Für Susanne Bolero stand viel auf dem Spiel: Sie kannte die Bundesinnenministerin Wiebke Wiedemann. Vor Jahren hatten sie eine kurze Beziehung gehabt, doch Wiebkes Bisexualität zog diese immer wieder in Richtung Männer, was Susanne anekelte. Nach der Bundestagswahl hatte sie erfolgreich Kontakt mit ihrer früheren Bekanntschaft aufgenommen. Schnell war man sich einig. In einem informellen Gespräch vertraute ihr Wiebke an, dass man nach der nächsten Bundestagswahl, die man selbstverständlich mit einer absoluten Mehrheit zu gewinnen gedachte, unter anderem ein Bundesinformationsministerium gründen wolle. Und Susanne wäre doch eine hervorragende Kandidatin für den Posten der Bundesministerin. Seit diesem Treffen ging Susanne Bolero mit ihren Untergebenen noch rücksichtsloser um. Knapp vier Jahre musste sie noch aushalten und dafür sorgen, dass der Laden bestens lief.

Frau Dr. Wiebke Wiedemann hatte Susanne angelogen. Wenigstens zum Teil. Die Gründung eines offiziellen Bundesinformationsministeriums war der wahre Teil. Dass Susanne für die Position der Ministerin quasi schon vorausgesucht sei, war der gelogene Teil. Aber niemand durfte wissen, dass Wiebke bei solchen Dingen kein Mitspracherecht hatte, ja nicht einmal ein Vorschlagsrecht. Sie hatte ihrer früheren Freundin diese Lüge nur aufgetischt, um sie ruhigzustellen, damit ja nichts von ihrer Bisexualität an die Öffentlichkeit drang.

Ohne anzuklopfen, trat Susanne in das Büro von Herrn Schwarz. Er war Verlagsleiter und Redaktionsleiter in einer Person. Aus Kostengründen hatte man diese Hierarchie verschmolzen. Zudem gab es für die Position eines Verlagsleiters nicht viel zu tun, da Bolero alleine die Strippen zog.

Schwarz sprang wie von der Tarantel gestochen aus seinem Stuhl auf, als seine Chefin eintrat.

»Frau Direktorin Bolero, welch eine Ehre«, säuselte er mit schlechtem Gewissen, denn ihm war durchaus bewusst, dass er nicht im Zeitplan lag.

»Nach Angaben der Empfangsdame sind Sie gestern schon wieder kurz nach 20 Uhr heimgegangen«, begann sie ohne Begrüßung.

Schwarz lief kurz rot an, dann wurde sein Gesicht weiß. »Ich hatte, äh …, ich musste zum, äh …«, stotterte er herum, bis er ein geeignetes Argument gefunden hatte. »Die Tagesplanung war abgeschlossen, es gab nichts mehr zu tun. Zaubern können wir leider nicht, Frau Direktorin Bolero. Wollen Sie nicht Platz nehmen?«

»Ich will nicht Platz nehmen«, donnerte sie. »Ich platze gleich! Vor Wut! Warum halten Sie die Vorgaben nicht ein?«

»Zwei meiner Mitarbeiter haben sich krankgemeldet …«, entgegnete er kleinlaut.

»Dann müssen die anderen eben mehr arbeiten«, unterbrach sie ihn brüsk. »Ich habe den Eindruck, Sie haben Ihre Mannschaft nicht im Griff.«

»Doch, natürlich, Frau Direktorin Bolero. Ich habe

Wochenendarbeit angesetzt. Damit holen wir den Rückstand auf.« Dies war eine glatte Lüge, aber etwas Besseres war ihm unvermittelt nicht eingefallen. Er alleine würde am Samstag und Sonntag in den Verlag kommen und so viel aufarbeiten, wie nur ging.

»Ich werde das am Montagfrüh kontrollieren«, sagte Bolero in scharfem Ton. »Am Mittwoch ist Andruck, vergessen Sie das nicht. Und vorher muss der Satz nach Berlin zur Endkontrolle.«

»Ja, selbstverständlich, Frau Direktorin Bolero. Wollen Sie sehen, was wir gerade entwickeln?« Schwarz versuchte, von der heiklen Situation abzulenken, und zeigte auf einen Stapel Ausdrucke.

»Damit können wir punkten: Laut einer aktuellen Erhebung haben bei der letzten Bundestagswahl 22 Prozent der Gewerkschaftsmitglieder die NAFD gewählt. Damit werden wir eine der letzten Bastionen aufbrechen. Zwei Gewerkschaftsmitglieder drucken wir repräsentativ für alle mit Bild und Originalzitaten ab. Oder schauen Sie auf diese Seite.« Schwarz zog einen anderen Papierbogen hervor. »Das war meine Idee. Ich habe die Positionen der Gegner, äh, also der etablierten Parteien zusammengefasst. Im jeweiligen Fazit werte ich deren Positionen ab und erkläre, warum sie falsch sind. Und das fast ohne Statistik, dafür mit vielen Klischees, die das Bauchgefühl ansprechen.«

Bolero nickte. »Das sieht gut aus. Übertreiben Sie es aber nicht, Schwarz. Die Artikel müssen einer juristischen Prüfung standhalten.«

»Selbstverständlich, Frau Direktorin Bolero. Mit den Themenblöcken ›Sozialschmarotzer‹ und ›Verbot des

Baus von neuen Moscheen‹ agieren meine Mitarbeiter sehr vorsichtig. Wir wecken bei den Lesern die Sehnsucht nach der guten alten Zeit. Traditionelle Werte kommen immer gut an, die Menschen hassen Veränderungen in ihrem Leben.«

»Und der Merkel-Artikel? Ich meine die Unterschiede der politischen Schwerpunkte zwischen der Ex-Bundeskanzlerin Angela Merkel und unserem Mann?«

»Der ist fast fertig. Wollen Sie mal schauen? Das ist der Rohtext. Merkel hat laut Öffentlichkeitsmeinung viel zu viel über die EU, Asylanten, die Rettung des Euros und Griechenland debattiert, aber eindeutig die deutschen Interessen vernachlässigt.«

Bolero überflog den halb fertigen Artikel und nickte schließlich zustimmend. »Bringen Sie ein wenig die Wirtschaft ins Spiel, schreiben Sie vom Wirtschaftsabschwung in der Ära Merkel.«

»Aber das stimmt doch nicht«, widersprach Schwarz. »Es gab nachweislich einen Wirtschaftsaufschwung. Der Exportüberschuss vergrößerte sich rapid, die Verschuldung ging zurück, und die Arbeitslosenquote war die niedrigste seit der Wiedervereinigung.«

»Und wenn schon«, blökte Bolero, weil sie sauer wegen des Widerspruchs war. »Das weiß kein Mensch mehr. Außerdem hatte die Öffentlichkeit eine andere Sicht der Dinge. Dass die falsch war, ist jetzt egal. Schreiben Sie vom Abschwung. Nennen Sie es aber nicht so direkt, umschreiben Sie das Problem. Irgendetwas zum Thema Wirtschaft wird es ja wohl geben, das während der Regierungszeit von Merkel nicht so klappte, wie es sollte.«

Bolero fiel noch etwas ein. »Vergessen Sie nicht, dass das Niveau der Sonderausgabe sprachlich leicht gehoben sein soll. Zielgruppe ist dieses Mal zusätzlich der Mittelstand und nur bedingt das einfache Volk, das von billigen Stammtischparolen lebt. Dessen ungeachtet dürfen Sie diese zweite Zielgruppe selbstverständlich nicht vernachlässigen, wir müssen im Prinzip beide Klientelen versorgen. Wie Sie das machen, ist Ihre Sache.«

Schwarz nickte, es war ihm gelungen, seine Chefin von dem Zeitdilemma abzulenken. »Stellvertretend für die vielen Beförderungsfeiern, die es zurzeit gibt, berichten wir aus der Ortsgruppe Ludwigshafen-Hemshof. Die Ortsgruppe unter der Leitung eines gewissen Schweikemeier ist eine der am stärksten wachsenden in Süddeutschland.«

Bolero nickte erneut. Sie ging davon aus, dass sie Schwarz genügend unter Druck gesetzt hatte. Bis zum Andruck würde sie nun täglich bei ihm vorbeischauen und die Fortschritte kontrollieren. Mit gemischten Gefühlen ging sie zurück in ihr Büro. Die Organisationsarbeit, die ihrer Erledigung harrte, hätte sie gerne delegiert, doch sicherheitshalber machte sie sich selbst an die Arbeit. Es galt, den Fuhrparkbedarf zu planen, der für den Abtransport der gedruckten Sonderausgaben notwendig wurde. Die Spedition Blauermann hatte ihr vor ein paar Tagen entsprechende Formulare zugeschickt. Doch dies war nicht alles.

Susanne Bolero hatte in dem Medienhaus eine weitere Aufgabe zugeteilt bekommen: Sie musste in den nächsten Monaten eine eigene M&A-Abteilung aufbauen, wobei das M für »Mergers« und das A für »Akquisitions« stand.

Dieser Trupp hochqualifizierter Betriebswirte sollte nichts anderes tun, als andere Medienhäuser zu finden, die für eine Übernahme geeignet waren. Erklärtes Ziel war, in den nächsten Jahren einen Großverbund parteiabhängiger Verlage zu besitzen, der direkt von der NAFD geführt werden sollte. Die Recherche nach geeigneten Übernahmekandidaten war nicht einfach. Es galt herauszufinden, welcher Verlag sich in Händen von älteren Gesellschaftern befand, die möglicherweise bereit waren, aus Altersgründen zu verkaufen. Eine andere Methode bestand darin, Verlage in finanzieller Schieflage zu finden und aufzukaufen. Und wenn der M&A-Trupp einen interessanten Verlag fand, auf den die genannten Kriterien nicht zutrafen, gab es weitere Ansätze, die allerdings wenig gesetzestreu waren. Mit dem Aufbau dieser M&A-Abteilung hatte die Parteispitze mit Absicht zugewartet, da bei Übernahmen in der gleichen Branche ab einer gewissen Größe immer das Bundeskartellamt ein Wörtchen mitzureden hatte. Und gerade in Sachen Medien waren die Hüter des Kartellamtes noch rigider als bei anderen Unternehmen.

Doch inzwischen hatte die Parteiführung grünes Licht gegeben: Das Bundeskartellamt war an den entscheidenden Stellen von eigenen Leuten unterwandert.

-14- DIE VERGANGENHEIT DES BUNDESKANZLERS

Dr. Mathias Segrem fühlte sich unwohl. Mit diesem Zustand musste er sich in letzter Zeit des Öfteren herumschlagen. Bundeskanzler zu sein, war alles andere als einfach. Dass das politische Tagesgeschäft in einem demokratischen Staat aus einer endlosen Aneinanderreihung von Kompromissen bestand, das wusste er seit seiner Schulzeit. Der »größte gemeinsame Teiler«, wie sein damaliger Mathematiklehrer das Prinzip der politischen Einigung beschrieben hatte, der gleichzeitig auch Sozialkunde unterrichtete. Weitaus effektiver für die Weiterentwicklung eines Staates wäre natürlich das »kleinste gemeinsame Vielfache«, wie man mathematisch etwas unkorrekt zu Synergien sagen konnte. »Synergien«, eine Luftnummer, ein Schlagwort wie »Alternativlos« oder »Wir schaffen das«, von Politikern und Managern gerne benutzt, in der Realität so selten wie ein Sechser mit Zusatzzahl im Lotto.

Segrem hatte keinen Bock auf Kompromisse, dies war auch der Grund, warum er sich nie sonderlich für Politik interessiert hatte. Erst die Dresdner Pegida-Gruppe brachte ihn Ende 2014 durch ein Schlüsselerlebnis zur großen Politik.

Als Sachbearbeiter im Koblenzer Rathaus wurde er vorübergehend zum Fachbereich »Flüchtlingshilfe« versetzt. Seinen kleinen Büroraum im Kellergeschoss des

Rathauses, der so abgelegen lag, dass er bis zur Frühstückspause die BILD und wöchentlich drei bis vier Science-Fiction-Romane lesen konnte, ohne dass es auffiel, musste er gegen ein offen einsehbares Quartier auf dem Messegelände eintauschen. Fortan musste er sich mit täglich bis zu 100 Flüchtlingen herumärgern, die fast nie seine Sprache beherrschten und ihn mit ihren Ansprüchen nervten und seinen wachsenden Unmut gegen diese Menschen ständig verstärkten. Dass er nun jeden Tag für jedermann erreichbar auf dem Präsentierteller saß, war schon schlimm genug. Weitaus schlimmer für ihn war, dass sich keiner um seinen korrekten Namen scherte. Am zweiten Tag hatte er es mit einem größeren Namensschild versucht, doch die Resonanz war gleich null. Dabei hatte er das »Dr.« sogar in Fettdruck geschrieben.

Segrem war stolz auf seinen Doktortitel. Das Thema war absolut belanglos, das war ihm genauso bewusst wie der Umstand, dass seine Dissertation nur mit »rite« bewertet wurde, also hart am Ungenügend vorbeigeschrammt war. Noch am Tag der Verleihung des Titels hatte er die Eintragung in seinen Pass beantragt und an seinem geerbten Haus das Namensschild gewechselt.

Ein schlechtes Abitur, ein noch schlechter bestandener Studienabschluss in einem Fach, von dem die meisten nie gehört hatten, und sein mit Ach und Krach verliehener Doktortitel nutzten ihm auf der Karriereleiter nicht das Geringste. Längst hatte er sich als kleiner Beamter arrangiert, der nachmittags völlig entspannt und ausgeruht das Rathaus verließ, um seinen Feierabend zu genießen. Drei Abende der Woche gehörten den Vereinen, in deren Vorstandschaft er mitwirkte und einen guten Ruf genoss. Alle anderen wurden bei ihrem Vornamen oder einem Spitznamen gerufen, nur Segrem war überall »der Doktor«. In seinen Vereinen konnte er sich und seine Ideen einbringen, und es stellte sich heraus, dass es ihm leichtfiel, seine Mitmenschen in seinem Sinne zu überzeugen. Ein Außenstehender würde von Manipulation sprechen, doch solange die Vereinsmitglieder dies nicht erkannten, war alles im grünen Bereich.

Einer der Vereine, der Brauchtumsverein Deutsches Eck e. V., war seit seiner Gründung satzungsgemäß deutschbezogen. Die Zeiten eines Ariernachweises waren zwar auch für den Verein längst vorbei, dennoch schaute man bei der Neuaufnahme von Mitgliedern genauer hin. Die Frage nach dem Leumund war beim Brauchtumsverein obligatorisch.

Bis zu diesem Zeitpunkt hatte der Doktor sich mit dem Thema Ausländer und Flüchtlinge nicht beschäftigt. Sie waren einfach da und taten ihm nicht weh.

Die Stammtischdiskussionen in der Vorstandsrunde häuften sich, als Segrem von seiner Versetzung zur Flüchtlingshilfe erzählte. Ob es am Gruppenzwang lag oder an seiner persönlichen Unzufriedenheit mit dem Job, Segrem machte sich unbewusst immer mehr die Meinung der anderen zu eigen, die, ohne tieferes Hintergrundwissen zu besitzen, die Flüchtlingsproblematik als erste Stufe des Untergangs Deutschlands ansahen. Der Ton verschärfte sich, die oberflächlichen Argumente waren bekannt, die Situation ungeklärt.

Segrem, der gerne andere überzeugte, sich aber damit schwertat, sich selbst überzeugen zu lassen, wusste nicht so recht, wie er reagieren sollte.

Zu Hilfe kam ihm einer der vereinsfreien Tage, die er zu Hause vor dem Fernseher verbrachte. Zunächst ärgerte er sich, dass der Film, den er sehen wollte, abgesetzt worden war. Die stattdessen gesendete Studiodiskussion, an der mehrere Pegida-Anhänger teilnahmen, brachte sein angeschlagenes Weltbild endgültig zum Einsturz. Wenn nur die Hälfte wahr war, was diese Leute über Ausländer, Flüchtlinge und EU sagten, dann war er selbst genauso wie viele Millionen andere Deutsche davon persönlich betroffen. Die Beweisführungen klangen für Segrem schlüssig, und er traf die Entscheidung, sich für die gleichen Ziele persönlich einzubringen.

Just zu dieser Zeit wurde in seiner Heimatstadt die Initiative Koblenzer Alternative gegründet, die sich dafür einsetzte, die Aufnahme weiterer Flüchtlinge zu stoppen und die bereits angekommenen ohne Ausnahme zurückzuschicken.

In kurzer Zeit gelang es ihm, sich zu einem der führenden Mitglieder dieses chaotisch organisierten Haufens zu entwickeln. Eine rechtspopulistische Partei, die inzwischen längst wieder in der Versenkung verschwunden war, erkannte das Potenzial Segrems und lockte ihn mit einem gut bezahlten Führungsposten in Teilzeit, den er selbstverständlich seinem Arbeitgeber gegenüber verheimlichte.

Das Jahr 2016 war für ihn das Jahr des kometenhaften Aufstiegs, als er aus dem Stand heraus zum Gauleiter Rhein-Mosel der neu gegründeten NAFD berufen wurde. Die Strukturen der sehr schnell wachsenden Partei waren zu Beginn völlig instabil, sodass er mit seiner Überzeugungskraft und letztendlich seinem blenderischen Doktortitel schnell in der Parteizentrale in Berlin landete. Dass er es schließlich zum Bundeskanzler schaffte, hätte er wenige Monate vor der Wahl selbst als völlig utopisch angesehen.

Seine Wahl in den Deutschen Bundestag war teuer erkauft. Politik und Kompromiss waren ein untrennbares Wortpaar, wie er wusste. Als Bundeskanzler konnte er vielleicht einige wichtige Akzente setzen, Angela Merkel und ihren Vorgängern war das ja auch mehr oder weniger gelungen. Leider erkannte Dr. Mathias Segrem die Wahrheit erst spät, die Wahrheit, die in der NAFD und in der restlichen Bevölkerung unbekannt war: Er und die Kabinettsmitglieder der NAFD waren weisungsgebunden. Die politische Richtung gab ein Führungszirkel vor, der niemals öffentlich in Erscheinung trat. Segrem kannte beziehungsweise erahnte die Motivation dieses halben Dutzends, das ausschließlich aus Männern bestand und zu den mächtigsten Personen Deutschlands gehörte. Machterhalt und Sicherung der eigenen Pfründe, das funktionierte in ihren Augen nur, wenn Deutschland sich von allen schädlichen außenpolitischen Strömungen fernhielt.

Segrem hatte die Aufgabe, die Vorgaben des Führungszirkels umzusetzen und die Minister sowie die Abgeordneten der NAFD auf eine gemeinsame Linie zu bringen. Noch gab es regelmäßige Störfeuer durch den Koalitionspartner oder die Oppositionsparteien, doch das war nur noch eine Frage der Zeit.

Gleichwohl war Segrem mit seinem jetzigen Leben und der aktuellen Position halbwegs zufrieden. Seine scheinbare Macht nutzte er gnadenlos für persönliche Zwecke aus und machte jeden zur Schnecke, der es wagte, seinen Namen nicht vollständig zu nennen.

-15- SCHWIERIGE KINDER-ELTERN-GESPRÄCHE

»Na, wie läuft's mit dem Studium?«

Günter grunzte, ohne von der Tageszeitung aufzusehen, einen nicht näher bestimmbaren Laut.

Sein Vater schnaufte kurz durch und wandte sich an seine Tochter. »Und wie geht's dir, Julia? Du lässt dich immer seltener zu Hause blicken. Ich habe dich fast nicht mehr erkannt, als du gekommen bist.«

Julia sah von dem Brötchen auf, das sie gerade mit Johannisbeermarmelade beschmierte. Mit ihrer markant tiefen Stimme entgegnete die Dunkelhaarige: »Ich habe was mit Mama zu besprechen. Außerdem bist du selber auch nicht gerade ein häufiger Gast in diesem Haus. Mama ist die meiste Zeit allein.«

Von den wechselnden Liebschaften ihrer Mutter

wusste sie genauso wenig wie ihr Vater Herold Blauermann.

»Ich führe ein Großunternehmen«, erklärte er seiner Tochter. »Auch wenn du bei den Grünen aktiv bist, braucht unser Land die Lastwagen, um die vielen Güter zu transportieren. Den Joghurtbecher zum Beispiel, den du vor dir stehen hast«, ergänzte er mit einem zufriedenen Lächeln. Seit seine Tochter mit 15 Jahren begann, sich politisch zu interessieren, hatte er mit ihr schon zahlreiche Debatten ausgefochten. Außerdem interessierte Herold Blauermann die Politik kein bisschen, für ihn war alles nur ein Spiel um die Macht. Einzig eine autoritäre Diktatur kam für ihn als sinnvolle Regierungsform infrage, selbstverständlich nur mit ihm an der Spitze.

»Das hat Mamas Haushaltshilfe besorgt«, nörgelte Julia. »Ich kaufe ausnahmslos nach ökologischen und ethischen Gesichtspunkten ein. Aber mit Ökologie hast du es ja nicht so mit deinen stinkenden Lastwagen.«

Julia konnte es sich erlauben, ihren Vater zu provozieren. Längst hatte sie sich von ihrem Elternhaus, wenn auch nicht finanziell, abgenabelt und besaß eine kleine Wohnung in Neustadt an der Weinstraße, direkt in der Fußgängerzone. Dank monatlicher Geldzuwendungen in reichlicher Höhe durch ihre Mutter konnte sie sich ein angenehmes Leben ohne feste Arbeit gönnen und dabei gleichzeitig einen beträchtlichen Teil des monatlichen Schecks für schlechte Zeiten zurücklegen. Dass sie diese Lebensumstände indirekt ihrem Vater und seinen Einkünften zu verdanken hatte, war Julia durchaus bewusst.

»Immerhin gehört die Spedition zu den größten Europas«, erwiderte ihr Vater stolz. »Ohne sie könnten wir nicht in dieser netten Villa wohnen. Und selbst der Joghurt, der vor dir steht, ist dem Gewinn meiner Spedition zu verdanken. Hätte ich in deinem Alter nicht die Ärmel hochgekrempelt und von morgens bis abends gearbeitet, könnten wir uns das heute nicht leisten. Auch du könntest deinen Teil dazu beitragen.«

»Ja ja, immer die gleiche Leier. Ich mag nicht in deiner Firma arbeiten, wie oft soll ich dir das noch sagen? Das kann ich mit meinem Gewissen nicht vereinbaren.«

»Gewissen? Pah!«

»Das kann man ja nicht mit anhören.« Günter stellte die Kaffeetasse hin und stand auf. »Ich hau ab, bevor hier die Fetzen fliegen.«

Herold Blauermann und seine Tochter blieben stumm am Küchentisch sitzen. Keiner wollte den nächsten Satz sagen. Als nur kurze Zeit später die Tür erneut aufging, dachten beide, dass Günter zurückkam, doch es war Herolds Frau.

»Hallo, meine Süße«, begrüßte sie Julia mit flötender Stimme. »Du bist früh dran, ich habe noch gar nicht mit dir gerechnet.« Ihren Mann bedachte sie mit keiner Silbe.

»Du sollst keinen Joghurt mehr in Plastikbechern kaufen«, sagte dieser zu ihr.

Während seine Frau ratlos in die Runde schaute, stand Julia auf. »Ach, Vater, musst du immer gleich stänkern.« Und mit einem Blick zu ihrer Mutter ergänzte sie: »Komm, wir gehen ins Wohnzimmer, ich bin fertig mit dem Frühstück.«

Herold Blauermann stand ebenfalls auf. »Ihr könnt hierbleiben, ich muss sowieso in die Spedition. Es kann spät werden heute Abend. Wahrscheinlich muss ich morgen auf Geschäftsreise zu unserer neuen Niederlassung in Berlin.« Ohne eine persönliche Verabschiedung verließ er die Küche.

Frau Blauermann setzte sich neben ihre Tochter und streichelte Julias langes Haar, das diese ausnahmsweise offen trug. »Na, wieder in Finanznot?«, fragte sie Julia und lächelte dabei. »Ich weiß, was heutzutage alles kostet. Dein Vater hat mir kürzlich das Haushaltsgeld kräftig erhöht, ich kann dich also weiterhin unterstützen. Ich möchte doch, dass es dir gut geht, mein Schatz.«

Julia seufzte. »Ist dein Leben nicht irgendwie langweilig, Mama? Du arbeitest nicht, bist in keinem Verein aktiv und auch sonst hast du kein Hobby.«

»Du arbeitest doch auch nicht, meine Süße.«

»Ich habe aber eine Aufgabe! Meine ehrenamtlichen Tätigkeiten bei den Grünen machen mir sehr viel Spaß.«

Ihre Mutter, die zehn Jahre jünger wirkte, als sie war, war in ihrem Leben mit Intelligenz nur sehr zurückhaltend bedacht worden. Herold Blauermanns Frau war sie allein aus optischen Gründen geworden.

»Und ich habe ein großes Haus zu führen, das ist nicht immer einfach.«

Julia sah sie mitleidig an. »Die Arbeit machen doch andere für dich. Wann hast du das letzte Mal Papas Hemden gebügelt oder Lebensmittel eingekauft? Wahrscheinlich kennst du im Umkreis von 100 Kilometern außer Boutiquen keine Geschäfte.«

Ihre Mutter erkannte den Sarkasmus in Julias Stimme nicht. »Wir können gerne gemeinsam shoppen gehen. Ein etwas eleganterer Kleidungsstil würde dir gut stehen, glaub es mir. Schau dich an: Jeans mit zerrissenen

Knien und T-Shirt von der Stange. Wie wäre es mit einer weiten …«

»Ach, Mama«, unterbrach Julia. »Du verstehst mich nicht. Ich will so bleiben, wie ich bin.«

»Natürlich darfst du das, schließlich bist du volljährig. Deine monatliche Überweisung lasse ich gleich heute aufstocken. Seit die neue Regierung an der Macht ist, bekommt dein Vater laufend neue Aufträge, die sehr rentabel sein sollen.«

»Ich weiß, von der NAFD.«

»Genau. Übrigens, Günter ist jetzt ebenfalls in die Partei eingetreten. Dein Vater hat seine Beziehungen spielen lassen, sodass er gleich als stellvertretender Ortsgruppenleiter von Speyer-Süd einsteigen konnte. Ich bin mir sicher, dass es dein Vater gerne sehen würde, wenn du auch der NAFD beitreten würdest.«

»In diesen Chaotenverein? Niemals! Vorher wandere ich aus, von mir aus nach Nordkorea.«

»Dein Vater sieht das anders. Die neue Regierung hat in der kurzen Zeit schon viele kleine Änderungen durchgeboxt, die wichtig für die Menschen in unserem Land sind. Es muss langsam etwas getan werden, man kann ja nicht mehr auf die Straße gehen, ohne Angst zu haben. Die ganzen Überfälle, von denen man laufend liest und hört. In den letzten Tagen sind sogar nachts ein paar Jugendliche auf das Gelände der Spedition eingebrochen.«

»Bei Papa?« Julia wurde hellhörig. »Was war mit den Hunden? Wurde was gestohlen?«

Ihre Mutter schüttelte den Kopf. »Der Nachtwächter hat sie verscheucht, dabei hat er einen Herzinfarkt bekommen.«

»Ist er tot?«

»Nein, er hat überlebt. Die Polizei wurde anonym alarmiert. Wer das war, konnte bisher nicht geklärt werden. Du kannst es dir ja nachher genauer erzählen lassen, du fährst doch bestimmt noch bei Laura vorbei.«

Julia nickte. Laura war eine ehemalige Schulkameradin, die als kaufmännische Mitarbeiterin bei ihrem Vater in der Spedition arbeitete. Ihr Vater sah es nicht so gerne, dennoch besuchte sie regelmäßig ihre Freundin an deren Arbeitsplatz, um gemeinsam einen Kaffee zu trinken.

»Laura hat gerade mit ihrem Freund Schluss gemacht, sie braucht jetzt meine Unterstützung.«

Frau Blauermann nickte desinteressiert und schaute dabei heimlich auf die Wanduhr. In einer Stunde würde sie Besuch bekommen, bis dahin musste ihre Tochter gegangen sein.

»Nimm dir doch ein paar dieser Broschüren mit«, sagte sie. »Dein Vater hat sie mitgebracht.«

Julia war entsetzt. »NAFD Parteiprogramm? Mit Sonderteil Aktienprogramm? Spinnst du, Mama? Wirf den Scheiß in den Abfalleimer. Weißt du, was ich über diese sogenannte Partei gehört habe?« Sie machte eine kleine Kunstpause, um die Spannung zu erhöhen. »Korruption bis hoch zum Bundeskanzler und dem Kabinett soll es in der NAFD geben. Es würde mich wundern, wenn Papa die Aufträge von der Partei auf legalem Weg bekommen hat. Wahrscheinlich hat es nicht einmal eine Ausschreibung gegeben«, wetterte sie.

Frau Blauermann hatte nur die Hälfte verstanden. »Wo du gerade von Ausschreibungen redest. Dein Vater hat gemeint, dass die neue Regierung endlich die EU-Ausschreibungen abschaffen wird. Bei Ausschreibungen in Deutschland dürfen nur noch Deutsche mitmachen. Das ist nicht mehr als gerecht, finde ich. Schließlich geht es um unser Steuergeld.«

Julia verzichtete darauf, ihrer Mutter die Zusammenhänge zu erklären und die Sache mit den Ausschreibungen richtigzustellen. Den Gesetzesentwurf bezüglich der Einschränkung der EU-Ausschreibungen kannte sie durch ihre Parteiarbeit bei den Grünen und hoffte, dass die an der Regierung beteiligte CDU/CSU genügend Rückgrat beweisen würde, bei dieser Sauerei nicht mitzumachen. Zumal damit das EU-Recht mit Füßen getreten würde.

»Ich mach mich dann mal auf den Weg«, sagte Julia und stand endgültig auf. »Vorher muss ich noch schnell in den Keller, ich suche mein altes Poesiealbum. Du kannst in der Zwischenzeit in Ruhe frühstücken, Mama. Ich sag dir Bescheid, wenn ich gehe.«

Frau Blauermann blieb sitzen. Hoffentlich dauerte die Suche nach diesem Album nicht zu lang.

Im hinteren Teil des Untergeschosses befand sich der tatsächliche Keller, in dem alles Mögliche gelagert wurde, unter anderem Julias ehemalige Spielsachen. Da die Villa in einen künstlich angelegten Hang gebaut wurde, gelangte man vom vorderen Teil des Untergeschosses, in dem sich Herolds Privatbüro befand, in den Garten.

Julia grinste, während sie die Kellertreppe nahm. Poesiealbum, von wegen. Ihre Mutter hatte ihre Lüge sofort geglaubt. Julia ging zielstrebig an dem Kellerraum mit den vielen Kartons vorbei und öffnete die Tür zum Büro ihres Vaters. Ein letzter Blick zurück zur Treppe, und sie zog leise die Tür des Büros von innen zu. Hoffentlich hatte sie dieses Mal mehr Glück mit ihrer Suche.

-16- GEHEIMER MITSCHNITT – NUR ZUM INTERNEN GEBRAUCH

Inhalt: bilaterales Gespräch der Doppelspitze Franz Meier und Bernd Schröder der Landes-NAFD Rheinland-Pfalz am 02.11.2017 um 21.30 Uhr in der Wohnung des F. Meier
Verteiler: NAFD Bundeszentrale, Abteilung Interne Aufklärung Ebene 0 und 1

Meier: »Bald haben wir die Liste voll.«

Schröder: »Nicht so voreilig. Wenn es so weitergeht, müssen wir nachlegen. Bis zur Wahl sind es mehr als drei Jahre.«

Meier: »Es kommen ja ständig neue Interessenten hinzu. Letzte Woche ist eine von der SPD zu uns übergesprungen. Du wirst sehen, bis zur nächsten Landtagswahl haben wir so viele Mitglieder auf der Wahlliste stehen, wie es Mandate im Landtag gibt.«

Schröder: »Spielst du mal wieder den Größenwahnsinnigen? Nach aktuellem Stand kommen wir auf 20 Prozent.«

Meier: »Und in drei Jahren sind es mehr als 50 Prozent. Wollen wir wetten? Wer gewinnt, wird Ministerpräsident.«

Schröder: »Von mir aus. Damit ersparen wir uns ein paar ermüdende Diskussionen. Solange wir uns untereinander einig sind, mischt sich der Bundesverband nicht ein. Aber warum willst du so viele Leute auf die Wahlliste setzen? Das frustriert doch.«

Meier: »Du kennst doch die Anweisungen von oben. Berlin drängt darauf, dass eine Kreisleitungsebene in allen Landesverbänden aufgebaut wird. Dafür brauchen wir jede Menge geeignete und halbwegs qualifizierte Mitglieder, die sich für Lokal- oder Kommunalpolitik interessieren. Du kennst das Dilemma: Entweder sind sie weder geeignet noch qualifiziert, oder wenn sie es sind, wollen sie sich nicht mit einem kleinen Kreisleiterposten zufrieden geben. Und genau dort setzen wir mit der Wahlliste an. Jeder Kreisleiter kommt, sobald er seine Kompetenz bewiesen und seinen Kreisverband erfolgreich gegründet hat, auf die Liste und hat damit die Chance, im nächsten rheinland-pfälzischen Landtag zu sitzen. Die Reihenfolge ist nicht in Stein gemeißelt. Alle Kreisleiter werden halbjährlich evaluiert. Je nach erreichter Punktzahl steigen oder fallen sie in der Rangliste. Das machen alle anderen Landesverbände so, das Konzept kommt aus Berlin.«

Schröder: »Jaja, die Berliner. Die Gauleiter werden vom Bundesverband geführt, wir im Landesverband dagegen müssen uns mit den Kreis- und Ortsverbänden abmühen. Und selbst da mischt sich Berlin oft genug ungefragt ein.«

Meier: »Das nennt man Basisarbeit. Uns beiden war klar, auf was wir uns einlassen. Dafür sind wir zur Doppelspitze der Landespartei auserkoren worden. Und nach der nächsten Wahl bist du alleiniger Parteichef und ich Ministerpräsident.«

Schröder: »Wart's erst mal ab. In Bayern haben sie den Landesverband in der ersten Führungsebene komplett ausgetauscht, nachdem es zu Scherereien in mehreren Ortsverbänden kam und die Gründung von zwei oder drei Kreisverbänden an die Wand gefahren wurde.«

Meier: »Bayern kannst du mit Rheinland-Pfalz nicht vergleichen. Wir gehören seit dem letzten Krieg nicht mehr zu denen. CSU, Freistaat, wenn ich das schon höre! Die Bayern können froh sein, dass der Kurfürst Carl Theodor, als er 1777 Bayern erbte, seine Residenz nach München verlegt hat. Ansonsten würde Bayern heute von Mannheim aus regiert werden.«

Schröder (lachend): »Kein schlechter Gedanke. München hätte sich zu einem Provinznest entwickelt, und im Fußball würden sie höchstens in der Kreisliga spielen.«

Meier (ebenfalls lachend): »Die üblichen Was-wäre-wenn-Spielchen. Stell dir mal vor, die NAFD wäre nicht so erfolgreich. Du wärst immer noch Sozialversicherungsfachangestellter bei der Krankenkasse.«

Schröder. »Und du Hartz-IV-Empfänger.«

Meier: »War das jetzt sarkastisch gemeint? Immerhin habe ich Immobilienkaufmann gelernt.«

Schröder: »Ist doch egal, was früher war. Nun sind wir in der Politik und verdienen mächtig Kohle. Und richtig viel arbeiten müssen wir nicht, das meiste bekommen wir mundgerecht aus Berlin geliefert.«

Meier: »Nur das mit den Kreisleitern ist ein riesiger Aufwand. Fast 30 Kreisverbände sind noch unbesetzt. Und mit den Ortsgruppenleitern haben wir das gleiche Problem wie mit den Kreisleitern: Entweder sind sie für eine Beförderung zum Kreisleiter nicht geeignet oder sie streben nach Höherem.«

Schröder: »Zum Glück haben wir nur selten direkten Kontakt mit den Ortsgruppenchefs. Manche sind dumm wie Stroh.«

Meier: »Aber durchsetzungsstark, mein Lieber. Und darauf kommt es vorrangig an. Sie müssen in erster Linie autoritär sein, egal wie hoch oder niedrig ihr Intelligenzquotient ist. Und solch durchsetzungsstarkes Personal benötigen wir für die Kreisleiter, nur eben mit einem Hauch mehr Intelligenz.«

Schröder: »Dann müssten deiner Meinung nach die Gauleiter noch schlauer sein. Ich denke da nur an den Gauleiter Vorderpfalz Paul Haberstahl. Keine Ahnung, warum der Bundesverband den genommen hat. Kriminelle Vergangenheit in Sachsen, und abends bestellt er sich die Nutten in sein Parteibüro. Und auf die Landtagsliste will er auch nicht. Ist wohl auch einer, der denkt, dass er zu Höherem geboren ist.«

Meier: »Lass mal. Ich gehe davon aus, dass es in den einzelnen Stellenbesetzungen in den nächsten Jahren viel Bewegung geben wird. Vielleicht stellt sich irgendwann ein Kreisleiter als kompetenter heraus als sein Gauleiter? Ich denke, die Partei wird schon Mittel und Wege finden, die Posten anzupassen.«

Schröder: »Mir persönlich ist die Abhängigkeit vom Bundesverband zu groß. Nicht mal unseren Bürobedarf dürfen wir selbst bestellen. Warum machen wir beide uns nicht selbstständig?«

Meier: »Wie meinst du das?«

Schröder: »Wir sind doch beide politisch up to date, und an Ideen mangelt es uns auch nicht. Warum sollten wir keine eigene Partei gründen? Wie es geht, wissen wir allemal, und die NAFD hat uns gezeigt, wie man eine Partei in kurzer Zeit aus dem Nichts aufbauen kann.«

Meier: »Ja, mit unendlich viel Kohle. Mit unseren paar Kröten können wir da nicht mithalten und mit den komischen Parteiaktien, an die wir sowieso nie drankommen, erst recht nicht.«

Schröder: »Wir brauchen halt einen Sponsor. Jemanden, den wir mit unserer Idee begeistern können. Und ich weiß schon, wen.«

Meier: »Jetzt hast du mich aber neugierig gemacht. Seit wann kennst du eine Person, die reich ist?«

Schröder: »Der Mann meiner Cousine. Ich sehe ihn zwar nur bei Familienfeiern, aber der könnte der Richtige für uns sein. Stinkreich ist er und in der Partei ist er auch, das habe ich bereits recherchiert. Er scheint dort aber keine aktive Position zu besetzen, als Firmenchef wird er dafür keine Zeit haben.«

Meier: »Firmenchef? Davon hast du nie erzählt.«

Schröder: »Ich habe ja auch keine nähere Verbindung zu ihm. Das Unternehmen kennst du übrigens: Es ist die Spedition Blauermann in Speyer.«

Meier: »Was? Herold Blauermann ist der Gatte deiner Cousine? Das ist ja der Wahnsinn. Ob der mitmischt?

Wahrscheinlich hat er mit seiner Spedition genug um die Ohren.«

Schröder: »Der soll uns ja nur finanziell unterstützen. Im Gegenzug werden wir ein paar Gesetze in seinem Sinn geradebiegen, sobald wir an der Regierung sind.«

Meier: »Da hast du dir aber viel vorgenommen. Okay, lass uns über das Thema in den nächsten Tagen mal nachdenken. Hauptsache, die NAFD riecht davon nichts.«

Schröder: »Die in Berlin sind viel zu blöd dazu. Und mit Herold komme ich schon klar. Ich habe über meine Cousine etwas erfahren, was niemals an die Öffentlichkeit gelangen darf. Mit dieser Information werde ich ihn 100-prozentig überzeugen.«

Meier: »Das hört sich gut an, ich bin dabei. Übrigens, weißt du, wie spät es inzwischen geworden ist? Sollen wir noch auf einen Sprung in die ›Rote Laterne‹ zur Nadja? Ich glaube, sie hat neue Mädels reinbekommen.«

-17- KONKURRENTEN MÜSSEN VERBOTEN WERDEN

»Ferdi, was soll das jetzt wieder heißen?«

»Dass wir es nicht übertreiben dürfen, Herold. Willst du, dass die Presse auf dich aufmerksam wird und eine Verbindung zwischen der Partei und dir herausfindet? Dann bist du schneller am Arsch, als du glaubst.«

»Ach was«, plusterte sich Speditionschef Blauermann auf. »Dazu sind die Pressefuzzis viel zu blöd. Und selbst wenn sie eine Verbindung finden, ist das vielleicht ein Indiz, aber noch lange kein Beweis. Außerdem bin ich offizielles NAFD-Mitglied in Speyer.«

»Ich meine nicht deine normale Mitgliedschaft, sondern deine Rolle in Berlin«, antwortete Ferdinand Müller, der Bundesgauleiterverantwortliche.

»In unserer Villa sind wir mehrfach abgesichert. Wenn alle ihre Schnauze halten, kann überhaupt nichts passieren.« Blauermann richtete einen strengen Blick auf seinen Untergebenen. »Das gilt auch für dich. Du weißt, was passiert, wenn …«

»Selbstverständlich weiß ich das«, unterbrach Ferdinand. »Ich bin doch nicht blöd. Von mir hast du keine Störfeuer zu befürchten. Meiner Meinung nach solltest du aber mit deiner Spedition nicht so aggressiv in der Öffentlichkeit herumspuken. Deine Konkurrenz ist schließlich nicht auf den Kopf gefallen. Bisher hast du nur einzelne Konkurrenten um ihre Stammaufträge betrogen. Sag es, wie es ist: betrogen. Du hast ohne rechtliche Grundlagen Aufträge erhalten, die du ohne die Partei nie erhalten hättest. Zumindest nicht mit diesen Preisen.«

»Und wenn schon«, geiferte Blauermann. »Bisher hat sich keiner beschwert.«

»Noch nicht«, sagte Müller. »Was meinst du, wenn die untereinander mitkriegen, dass hinter allen verlorenen Aufträgen jedes Mal du steckst? Und dass es immer mit der NAFD zu tun hatte? Da brauchen sich nur mal die richtigen Leute auf einer Messe oder einem Kongress zu treffen und sich auszutauschen. Ruckzuck hast du den Schwarzen Peter.«

Blauermann wurde nachdenklich. »Vielleicht hast du recht. Ich komme kaum hinterher, Personal einzustellen und den Fuhrpark zu vergrößern. Aber trotz allem, das Verbot müssen wir durchboxen.«

Ferdinand Müller seufzte. »Lass es uns wenigstens ohne Eile angehen, wenn es schon sein muss. Vielleicht gibt es Alternativen?«

»Die beiden Konkurrenten müssen verboten werden, da führt kein Weg daran vorbei. Ich bin mir sicher, dass die beiden Halunken für die Attentate auf meinen Fuhrpark verantwortlich sind. Und dann mein Flieger! Das war eine Kriegserklärung.«

»Beweise hast du aber keine.«

»Beweise, Beweise!«, ereiferte sich Blauermann. »Wer sollte mir sonst so etwas antun? Meine Frau etwa?«

»Natürlich nicht«, antwortete der Bundesgauleiterverantwortliche. »Ich meine ja nur, dass es nicht so einfach ist, eine Spedition ohne stichhaltigen Grund zu verbieten. Denk doch mal an die Mitarbeiter.« Er machte eine kurze Pause. »Was hältst du davon, wenn wir die Sache etwas unmoralisch angehen? Ausnahmsweise?«

»Hast du eine Idee?«

»Noch nichts Spruchreifes. In ein paar Tagen könnte ich das ausarbeiten. Es müsste doch zu realisieren sein, deine beiden Konkurrenten mit ständigen Kontrollen und Umweltauflagen zur Verzweiflung zu bringen. Wenn wir denen mit hoher Schlagzahl immer neue Ämter und deren Beamten auf den Hals hetzen, vernachlässigen sie zwangsweise das Tagesgeschäft. Und ruckzuck müssen sie Insolvenz anmelden, anschließend kannst du die beiden Läden sogar günstig übernehmen.«

Blauermann lachte lautstark heraus. »Ferdi, du bist einfach der Beste. Ich glaube, du hast den Gordischen Knoten durchschlagen. Wir lassen meine beiden Mitbewerber ausbluten, und danach werden sie durch mich geschluckt. Dann kriegen sie gleich die passende Strafe für ihr schändliches Tun. Mach dich mal an die Arbeit, Ferdi, und schau, mit welchen abstrusen Gesetzen und Richtlinien wir da auffahren können. Und sei nicht zu sparsam. Lieber eine Anzeige zu viel als eine zu wenig. Jeder Spediteur hat Dreck am Stecken. Von mir natürlich abgesehen.«

»Ist klar«, antwortete Ferdinand Müller mit einem Grinsen.

»Und wenn es nicht reicht, denk dir ein paar neue Bestimmungen aus. Das boxen wir innerhalb von wenigen Tagen durch den Bundestag, ich habe da mächtig gute Beziehungen.«

-18- PRÄSENTATION IN DER BERUFSSCHULE

»Berufsschule? Für was braucht man das?«

Tom rollte mit den Augen. Solch eine blöde Frage konnte nur von Wolle kommen. »Wenn du einen Beruf lernst, musst du an manchen Tagen in eine Berufsschule. Im Betrieb lernst du die Praxis, in der Schule die Theorie.«

»So einen Mist brauche ich nicht«, grölte Wolle, der bereits um neun Uhr vorgeglüht und die Promillegrenze längst überschritten hatte. »Ich habe in der Schule genug gelernt, mehr brauche ich nicht.« Er setzte die halb ausgetrunkene Bierflasche an, wobei ihm ein Rinnsal seitlich über das Kinn lief.

»Das sehen wir, dass du genug gelernt hast«, sagte Freddie ironisch. »Trink aber nicht so viel. Was sollen die Lehrer von uns denken?«

Bevor Wolle antwortete, legte er einen weltrekordverdächtigen Rülpser hin. »Mann, ich bin halt nervös. Ich war noch nie in so einer Berufsschule. Gibt's da auch Mädels?«, fügte er an.

Freddie und Tom brauchten nicht zu antworten, da in diesem Moment zwei junge Frauen in ihrem Alter hinzukamen.

»Servus, ihr drei«, sagte die größere von beiden, deren Gesicht einer Altmetallsammelstelle glich. »Ist der Schweikemeier noch nicht da?«

»Mensch, Janette, das siehst du doch«, sagte ihre Begleiterin, die einen Kopf kleiner war, dafür aber das Doppelte wog. Sie sprach das Männertrio an: »Habt ihr Kippen? Ich krieg erst morgen Taschengeld. Mein Alter ist in letzter Zeit ziemlich geizig geworden.«

Während Wolle bei ihr einen ersten Anmachversuch startete, den sie ziemlich brüsk in nicht jugendfreiem Slang abwehrte, wandte sich Tom an Janette. »Was hast du da in deiner Tasche?«

Janette begann zu kichern, dabei klimperten ihre diversen Piercings. Sie öffnete ihre Aktentasche und ließ Tom und Freddie einen Blick in eine Mappe werfen, die sie ein Stück herauszog. »Das ist die Präsentation, die ich gemeinsam mit Herrn Schweikemeier entworfen habe. Ich habe über ein Jahr lang eine Ausbildung in einer Werbeagentur gemacht, da habe ich das gelernt«, erklärte sie stolz. »Wenn der Chef nicht so ein Arsch gewesen wäre, hätte ich die Ausbildung fertig gemacht.«

»Und da lernt man, wie man diese bunten Bilder malt?«, fragte Wolle, der inzwischen von Janettes Freundin genug hatte.

»Mit PowerPoint«, erklärte sie. »Alles am Computer erstellt und am Schluss ausgedruckt.« Sie zog die Mappe komplett aus der Aktentasche. »Herr Schweikemeier meinte, wenn es gut läuft, will er die Präsentation den anderen Ortsgruppen empfehlen. Und das Beste daran: Überall steht mein Name drauf. Vielleicht werde ich berühmt oder kriege einen gut bezahlten Job. Dann muss ich nicht mehr putzen gehen.«

Ein paar Meter neben ihnen parkte ein Audi A8 4.0 TFSI Tiptronic Quattro ein, Neupreis nicht unter 100.000 Euro. Der Ortsgruppenleiter Ludwigshafen-Hemshof stieg aus seinem Leasing-Fahrzeug aus. In beiden Händen hielt er jeweils eine Tasche. Diese Taktik nutzte er häufig, um unnötiges Händeschütteln zu vermeiden. In der Schule würde dies bei dem Lehrer zwar unvermeidlich, aber bei seinen eigenen Mitgliedern musste das wirklich nicht sein. Schweikemeier hatte sich bewusst für diese fünf Personen entschieden. Mit dem Vortrag und der Vorstellung des Quintetts wollte er keine hochgeistigen Diskussionen beginnen, die sowieso keinen interessierten. Schweikemeier plante, den Ball flach zu halten, mit den üblichen leicht zu merkenden Parolen zu agieren und hauptsächlich den Trumpf des Gemeinschaftsgefühls auszuspielen. Die wenigen wirklich politisch interessierten Jugendlichen waren nicht seine Zielgruppe. Der Ortsgruppenleiter wollte sich an Heranwachsende wenden, die sich mitten in ihrer Identitätsfindungsphase befanden. Jugendliche, die noch ein Ziel in ihrem Leben suchten, im Haifischbecken der Gesellschaft herumstocherten und bisher nicht ihren Platz gefunden hatten. Genau diesen Menschen wollte er zeigen, wie schön eine Gemeinschaft wie die seiner Ortsgruppe war, in der jeder für jeden da war. Natürlich wusste Schweikemeier, dass dies alles kein Alleinstellungsmerkmal und außerdem blödes Zeug war, denn soziale Geborgenheit in einer Gemeinschaft gab es in fast jedem beliebigen Verein. Nur mit dem Unterschied, dass selten jemand aus eigenem Antrieb sich bei einem Verein anmeldete, meist wurde man über Empfehlungen im Freundeskreis selbst Vereinsmitglied. Doch Schweikemeier handelte aktiv. Nur so konnte er in kurzer Zeit seine persönlichen Ziele erreichen. Um die Mitgliederzahlen seiner Ortsgruppe zu steigern, war ihm fast jedes Mittel recht. Für Jugendliche und junge Erwachsene bot er dieses Konzept einer heilen Welt an, die aus Gemeinschaft, interner Selbstkontrolle, schleichend aufzubauender Disziplin und Autoritätsgehorsam bestand und natürlich aus vielen Partys, Feiern und Freibier.

Um ältere Mitglieder warb er selbstredend auf andere Art und Weise.

Schweikemeier stand nun vor dem Quintett. Er deutete auf seine beiden Taschen, die er in jeweils einer Hand trug. »Hallo, da seid ihr ja. Leider kann ich euch nicht die Hand geben. Seid ihr bereit?«

Die Antworten bestanden aus Nicken, Wolles Grunzen und einem anhimmelnden Lächeln von Janette. Janette hatte ihm während der Erstellung der Präsentation in seinem Büro mehrfach eindeutige Avancen gemacht. Wenn er Piercings nicht so verabscheuen würde, hätte er längst nachgegeben und sie flachgelegt. Aber so bin ich wenigstens nicht erpressbar, redete er sich ein.

»Also, wie wir besprochen haben, gehen wir jetzt in die Schule hinein. Mit dem Schulleiter habe ich bereits telefoniert. Heute geht's in eine Klasse mit Friseurinnen, drittes Lehrjahr.«

Schweikemeier wurde durch ein stöhnendes Jauchzen von Wolle unterbrochen, das ihn für einen Moment irritierte. Vielleicht war es doch keine gute Idee, diesen Idioten mitzunehmen, dachte er sich.

»Die Damen werden nicht belästigt«, sagte er in eindringlichem Ton zu allen, schaute dabei aber Wolle an. »Die heutige Präsentation ist ein Test. Wahrscheinlich müssen wir in den nächsten Tagen inhaltlich noch etwas feilen, doch wenn alles klappt, werden wir nach und nach sämtliche Klassen der Schule besuchen. Da kann ich natürlich nicht immer mit dabei sein, deshalb werden wir weitere Parteimitglieder bitten, in Fünfergruppen die Klassen zu besuchen. Passt gut auf, damit ihr lernt, wie man das macht. Janette hat eine Präsentation vorbereitet.« Er verschwieg, dass er kräftig mitgearbeitet hatte, damit niemand auf dumme Gedanken kam. »Janette wird anschließend für die Organisation der Schulbesuche zuständig sein und die Gruppen einteilen.« Er blickte zu ihr, die ihn selig anhimmelte. »Keine Angst, ich werde dich dabei unterstützen.« Um ein Haar hätte er sie vor den anderen gefragt, ob sie nicht diese Metallbrocken aus ihrem Gesicht entfernen könnte, die sie so schrecklich verunstalteten. Die Frage würde er ihr aber bei der nächstbesten Gelegenheit stellen, sobald sie mal wieder alleine waren. Wenn er schon einen so hohen Einsatz für seine persönlichen Ziele zeigte, konnte er ab und zu auch mal an seine hormonelle Situation denken.

Nachdem sie der Schulrektor mit missmutigem Gesicht empfangen hatte, führte er die Gruppe zur Klasse. Der Schulrektor, ein Linksliberaler, konnte mit der NAFD nichts anfangen und hätte den politisch motivierten Auftritt verboten, wenn es da nicht diese Gesetzesänderung gegeben hätte, nach der die Regierungsparteien im öffentlichen Interesse Präsentationen zur politischen Bildung in allen Klassenstufen ab der neunten Klasse halten durften. Ihm war klar, dass es weniger um ausgewogene und neutrale politische Bildung ging, sondern um reine Parteiwerbung. Früher hatte er sich bei solchen Anfragen immer Rückhalt bei der zuständigen ADD, der Aufsichts- und Dienstleistungsdirektion geholt, die für die meisten Schulen und Lehrkräfte die Verantwortung und die Schulaufsicht trug. Nachdem er vorletzte

Woche, nachdem Schweikemeier ihm von seinen Plänen berichtet hatte, seinen zuständigen Abteilungsleiter in der ADD anrief, musste er feststellen, dass diese Behörde längst von der NAFD unterwandert war. Im Kern betraf dies zwar nur seinen direkten Ansprechpartner, doch das konnte der Schulrektor nicht wissen. Und eine Meldung an eine höhere Stelle wollte und konnte er sich nicht erlauben, zumal in seiner Personalakte seit längerer Zeit ein unschönes Detail stand, von dem keiner der Lehrkräfte etwas wusste. Und das war gut so. Daher übergab er die Gruppe um Schweikemeier wortlos an den Mathematiklehrer Kuntz, der gerade die Frisörinnen unterrichtete, und zog sich in sein Büro zurück.

Herr Kuntz, politisch völlig desinteressiert, konnte mit den Leuten ebenfalls nichts anfangen. Da aber sein Vorgesetzter den Termin anberaumt hatte, fügte er sich. Schließlich übernahm er keine Verantwortung. Er begrüßte die Gäste mit Handschlag, auch Schweikemeier. Mit einer Handbewegung zeigte er nach vorne zum Pult, danach setzte er sich auf einen freien Platz in der letzten Reihe.

Schweikemeier hatte Mühe, die drei Jungs unter Kontrolle zu halten. Er stellte sie vor die Tafel und blickte sie grimmig an. »Wartet auf euren Einsatz«, raunte er ihnen zu.

Der Ortsgruppenleiter drehte sich nun zu den Jugendlichen, die ohne Ausnahme weiblich waren. Er stellte sich und sein Anliegen vor, während die ersten gelangweilten Jungdamen damit begannen, ihre Fingernägel zu maniküren.

»Janette wird euch nun eine Präsentation halten, damit ihr seht, welche Vorteile ihr durch eine Mitgliedschaft bei der NAFD haben könnt.« Er drehte sich zu Janette. Diese nickte ihm kurz zu und ging zu einem kastenförmigen Gerät, das auf der Vorderseite ein Objektiv aufwies.

»Was machst du da?«, fragte Schweikemeier, als Janette an dem Gerät herumdrückte.

»Ich versuche, den Overheadprojektor aufzuklappen, damit ich meine Folien auflegen kann.«

Brüllendes Gelächter überflutete den Klassenraum. Lehrer Kuntz seufzte, stand auf und kam nach vorne. »Overheadprojektoren gibt's bei uns schon eine Weile nicht mehr. Dies ist ein Beamer. Hast du die Präsentation elektronisch auf einem Stick? Dann kannst du sie über das Whiteboard zeigen.«

Janette war zwar beim Betreten des Saales aufgefallen, dass die Tafel anders aussah als früher in ihren Klassen, dabei gedacht hatte sie sich nichts.

Sie schüttelte den Kopf. »Ich habe früher in der Schule immer mit Overheadprojektor gearbeitet.«

Schweikemeier wäre am liebsten im Boden versunken. Er musste versuchen zu retten, was zu retten war. »Janette, halte einfach die Blätter in die Luft und ich erzähle etwas dazu.«

Die nächste halbe Stunde verlief kurios. Da Schweikemeier sehr ausführlich auf die einzelnen Blätter der Präsentation einging, taten Janette nicht nur schnell die Arme weh, auch die Schülerinnen zeigten von Minute zu Minute immer mehr Desinteresse an seinen Worten.

Schließlich brach er ab und hielt eine freie Rede. Er sprach von Gemeinschaftsgefühl, den vielen Feiern, Freigetränken, kostenlosen Ausflügen in große Shoppingcenter und vieles mehr. »Demnächst gibt es für alle Mitglieder kostenloses und flächendeckendes WLAN. Außerdem haben wir ein Prämiensystem, mit dem ihr, wenn ihr wollt, jedes Jahr das neuste iPhone bekommen könnt. Kostenlos natürlich.« Die verständnislosen Blicke von Janette und ihrer Freundin ignorierte er. Kein Wunder, die Geschichte mit den iPhones und den Ausflügen zu Shoppingcentern hatte er gerade erfunden. Er fand seine Ideen gut und wollte sie in sein System mit einbauen. Mit solchen Goodies könnte es ihm gelingen, weitere Mitglieder zu gewinnen. Nur für die Schulbesuche musste er sich andere Leute suchen: intelligenter und reifer, sonst würde das nicht klappen.

-19- ZURÜCK AUF DEM GELÄNDE DER SPEYERER SPEDITION

Heute würde es deutlich schwieriger werden als beim ersten Mal. Statt des Nachtwächters, der noch immer im Krankenhaus lag, hatte man einen externen Security beauftragt, der im Stundenrhythmus das Betriebsgelände der Spedition unter die Lupe nahm. Zwei Nächte hatte sie benötigt, bis sie den Ablaufplan der Dienstleister kannte: Ein schmächtiges Kerlchen begann immer zur Minute 20 mit seinem Rundgang am Haupttor. Seine Runde, die eine Viertelstunde dauerte, verlief an dem das Gelände umgebenden Drahtzaun entlang. Bei seiner Tour achtete er nur wenig auf die Umgebung, zweimal konnte sie ihn beobachten, wie er über Grasbüschel stolperte, weil er während des Laufens fast permanent auf sein Smartphone schaute.

Sein Kollege, der die Hälfte seines Gewichts in der Bauchregion mit sich herumtrug, ging in der gleichen Zeit die einzelnen Gebäude ab und prüfte die Außentüren. Da diese Prüfung weniger Zeit in Anspruch nahm, setzte er sich anschließend auf einen Poller neben dem Haupttor und wartete auf seinen Kollegen. Als dieser zurückkam, fuhren sie mit einem Ford Fiesta weg, um vielleicht andere Unternehmen zu kontrollieren.

Wegen des externen Sicherheitsdienstes mussten die Hunde im Zwinger bleiben. Sie wartete ab, bis der schmächtige Smartphonestreichler um die Ecke verschwunden war, und ging danach zu der Stelle, wo sie das letzte Mal eingestiegen war. Prima, dachte sie, kein Mensch hatte die Lücke im Zaun entdeckt. Wahrscheinlich wurde nicht einmal nach so etwas gesucht. Leicht war die Stelle nicht zu finden, da direkt davor ein großer Busch wuchs, dessen Zweige sich durch den Zaun gearbeitet hatten. Auf dem Gelände angekommen, machte sie es sich hinter einer Ansammlung leerer Ölfässer bequem. Nach wenigen Minuten vernahm sie in der windstillen Nacht das Starten eines Motors. Sie blickte zur Seite und sah draußen den Fiesta davonfahren. Nun hatte sie eine halbe Stunde Zeit.

Der Zugang zur Halle über die Toiletten war verschlossen, doch das störte sie nicht. Ihr Ziel waren die Lkws, die abfahrbereit und beladen vor Halle 2 standen. Sie hatte herausgefunden, dass transeuropäische Touren häufig am Wochenende zusammengestellt wurden, sodass das zweiköpfige Fahrerteam Montagfrüh mit der Fahrt beginnen konnte. Sie entschied sich für die beiden Lastwagen, die eingekeilt zwischen anderen standen. Hier war das Entdeckungsrisiko am geringsten, da nicht auszuschließen war, dass die Security-Leute vorzeitig zurückkamen. Sie kontrollierte den Sitz ihrer Handschuhe. Ihre Haare hatte sie unter einem Haarnetz verborgen. Zusammen mit dem schwarzen Jogginganzug und den knöchelhohen Sportschuhen dürften diese Maßnahmen ausreichen, um keine verräterischen Spuren zu hinterlassen. Ihre DNA war zwar genauso wenig wie ihre Fingerabdrücke in irgendeiner Datenbank registriert, aber man wusste ja nie. Vielleicht führte die Regierung irgendwann unter dem Deckmantel der Terrorbekämpfung eine Zwangsregistrierung der Bevölkerung ein: eine deutschlandweite DNA-Analysedatei und eine Fingerabdruckdatenbank. Sie schüttelte sich bei diesem Gedanken, ärgerte sich aber sogleich darüber, dass ihre Fantasie mal wieder mit ihr durchgegangen war.

Die Befestigungsgurte des ersten Aufliegers hatte sie schnell geöffnet. Auf der Ladefläche standen irgendwelche unförmigen Geräte auf Europaletten, die mit schwarzer Folie transportsicher verpackt waren. Sie entschied sich für eine Palette in der zweiten Reihe. Sie bückte sich auf deren Rückseite und machte mit einem Taschenmesser einen 20 Zentimeter langen Schnitt in die Folie. Während sie mit zwei Fingern den Riss zu einer fast runden Öffnung erweiterte, stopfte sie mit der anderen Hand eine der beiden Plastiktüten, die sie aus dem Rucksack holte, hinein. Nachdem sie die Folie losgelassen hatte, konnte man den Schnitt nur bei sehr genauem Hinsehen erkennen. Zufrieden verließ sie den Auflieger, um die gleiche Aktion nebenan erneut durchzuführen. In diesem Hänger lag, wie sie erstaunt feststellte, ein riesiges Monstrum, das sie an einen Satelliten erinnerte. Ob das mit rechten Dingen zuging, war ihr egal. Auch hier fand sie ein geeignetes Versteck für die Plastiktüte. Das ging besser und schneller, als ich gedacht hatte, dachte sie bei sich, nachdem sie aus dem Hänger gesprungen war. Sie zog einen Notizblock aus ihrem Rucksack und schrieb sich die Kennzeichen der Lkws auf, deren Ladung sie präpariert hatte. Mit einem bösartigen Grinsen schlüpfte sie durch den Zaun auf den öffentlichen Gehweg. Kurze Zeit später fuhr sie mit ihrem Kleinwagen am Technikmuseum vorbei Richtung Bundesstraße.

-20- GEHEIMABSPRACHE IM FÜHRUNGSZIRKEL DER NAFD

Bernhard Benders aufgedunsenes rotes Gesicht glänzte feucht wie eine aufgeschnittene und überreife Tomate. Als letzte Person trat er in den Raum, gerade noch pünktlich. Mit einer Serviette wischte er sich über die Stirn, was seine Erscheinung nur rudimentär verbesserte. Heute Vormittag hatte er sich den Luxus gegönnt, zwei Callgirls gleichzeitig zu buchen. Nur mithilfe einiger Produkte seines Pharmakonzerns gelang es ihm, halbwegs seinen Mann zu stehen. Nun war er am vorläufigen Ende seiner körperlichen Fähigkeiten angelangt. Die Couch drohte mit einem scheußlichen Knarren auseinanderzubrechen, als er sich in diese hineinfallen ließ.

»Was ist mit dir los?«, fragte Herold Blauermann überrascht. »Sind die Hunde hinter dir her?«

Bender war zu einer Antwort zunächst nicht fähig.

»Hast du die falschen Pillen geschluckt? Sollen wir einen Arzt rufen? Wenn du jetzt abnibbelst, müssen wir dich mit einem Bagger irgendwo im Garten verscharren.«

Obwohl dies der Spediteur nur im Spaß gesagt hatte, reagierte Bender ziemlich ungehalten. Hart schnaufend stierte er zu seinem Freund. »Kümmere du dich lieber um deine fahrenden Fackeln. Das ist nicht gerade eine tolle Werbung für deine Spedition.« Es gelang ihm, sich gerade hinzusetzen und ein Glas Champagner einzuschenken, das er mit zwei gelben Tabletten anreicherte.

Auf ständig anwesendes Bedienungspersonal verzichtete der sechsköpfige Führungszirkel der NAFD. Bei ihren strategischen Geheimtreffen wollten sie ungestört bleiben. Im hinteren Bereich der Villa hielten sich zwei Köche, zwei Bedienungen, drei Helfer sowie mehrere Security-Leute auf, streng abgeschirmt vom abhörsicheren Salon, in dem sich die sechs Männer regelmäßig trafen. Nur auf ausdrückliche Aufforderung durfte das Personal den Salon betreten.

Ursprünglich hatte sich der Führungszirkel einmal im Monat in der Villa in Berlin-Wannsee getroffen, um den Aufbau und die strategische Ausrichtung der Partei zu kontrollieren und gegebenenfalls zu modifizieren. Nach dem hohen Wahlergebnis der NAFD reichte diese Minimalführung nicht mehr aus. Die Tücke lag im Detail, wie das halbe Dutzend Männer, die allesamt steinreich waren und gesellschaftlich über hohe Reputationen verfügten, schnell feststellen mussten. Nun trafen sie sich beinahe wöchentlich, und die zu besprechenden Themen waren so gut wie nie strategischer, sondern operativ-taktischer Natur.

Für die Bevölkerung bestand der Bundesverband aus Parteivorsitzenden sowie Bundeskanzler und den Bundesministern der NAFD. Politisch Interessierte kannten auch die den Ministern untergeordneten Parteisekretäre. Dass es über der offiziellen Parteispitze ein weiteres nichtpolitisches Führungsgremium gab, wussten nur wenige Eingeweihte.

Die Männerrunde war alles andere als politisch extremistisch veranlagt. Vom Ansatz her war es ihnen egal, ob sie sich im Auge des Volkes eher rechts oder links bewegten. Ihr Ziel war es einzig und allein, in Deutschland an die Macht zu gelangen. Für dieses Ziel setzten sie einen beträchtlichen Teil ihres Vermögens ein, um sich ein ewiges Denkmal zu setzen. Irgendwann in ein paar Jahren, wenn Deutschland nur noch eine Scheindemokratie unter der Führung der NAFD war, würden sie sich an die Öffentlichkeit wagen. Sie würden das Volk nicht zugrunde richten, sondern mit Zuckerbrot und Peitsche beherrschen und von ihm geliebt werden.

Den Fehler der englischen Brexit-Befürworter, die die Menschen in England angelogen und veräppelt hatten, wollten sie nicht wiederholen. Denn dieser Schuss ging eindeutig nach hinten los.

Bis dahin war es ein weiter und steiniger Weg. Die Erfolge des letzten Jahres waren zwar sehr vielversprechend, ob es so weiterging, stand aber noch in den Sternen. Für die Mehrheiten im Bundestag und vor allem in den Landtagen mussten noch viel mehr Sympathisanten zu ihnen überlaufen. Um solch eine kritische Masse an Wählern zu generieren, bediente man sich leicht verständlicher rechtspopulistischer Themen, mit denen man den einfachen Mann auf der Straße, aber auch, etwas differenzierter formuliert, die Mittelschicht der Bevölkerung erreichen konnte. Dass bei den rechtspopulistischen Themen die europafeindlichen ganz oben standen, kam der Führungsriege natürlich entgegen. Ein mehr oder weniger abgeschottetes Deutschland war wesentlich einfacher zu regieren als ein weltoffenes.

Die sechs Männer hatten alles genauestens geplant. Eine Revolution oder ein Putsch war für sie keine Alternative. Die Macht des Volkes, auch wenn sie manipuliert war, sollte ihnen zu Ruhm und Ehre verhelfen. Dafür nahmen sie einen längeren Zeitraum in Kauf, bis sie Deutschland übernehmen konnten. Spätestens bei der nächsten Bundestagswahl sollte das Ziel erreicht sein. Bis dahin hatten die meisten Bundesländer ihre Landtage beziehungsweise Bürgerschaften gewählt. Eine Mehrheit im Bundesrat sollte bis dahin sicher sein.

Der Führungszirkel versuchte, sich aus dem politischen Tagesgeschäft weitgehend herauszuhalten. Zu der zweiten Führungsebene, die aus Bundeskanzler und den Bundesministern der NAFD bestand, gab es klare Ansagen: Alles, was von oben vorgegeben wurde, musste umgesetzt werden, wobei sich der Führungszirkel auf die wichtigen Dinge beschränkte. Dies war im Moment unter anderem die Aufhebung oder Modifizierung einiger Gesetze, die ohne Hilfe des Bundesrates umgesetzt werden konnten und für die Partei von strategischer Bedeutung waren.

So war es jedenfalls bis zur Bundestagswahl geplant. Im Nachhinein zeigte sich, dass es ein Fehler war, einen Bundeskanzler und eine Bundesinnenministerin einzusetzen, die zwar durchsetzungsstark waren, aber von Politik so wenig Ahnung wie der US-amerikanische Präsident Donald Trump hatten. Ständig musste der Führungszirkel regulierend in deren Tagesgeschäft eingreifen, um die Stimmung in der Bevölkerung nicht kippen zu lassen.

»Dieses nervige Pharma-Kontrollgesetz für außereuropäische Importe, das die letzte Regierung umgesetzt hat, muss schleunigst wieder weg. Dieser Mist verhagelt mir die Rendite gleich von mehreren Tochtergesellschaften.« Die gelben Tabletten hatten Bender offensichtlich gutgetan.

»Schreib's auf unsere To-do-Liste«, meinte Blauermann lapidar. »Gleich hinter den Punkt ›kräftige Erhöhung der Hartz-IV-Sätze vor der nächsten Bundestagswahl‹. Aber viel Hoffnung kann ich dir leider im Moment nicht machen. Ohne Bundesrat geht da nichts.«

»Dann müssen wir die Kompetenz des Bundesrates beschneiden«, tobte der Pharmachef. »Für was brauchen wir diese überflüssigen Landtage? Das ist doch nur Beschäftigungstherapie für Wichtigtuer und Möchtegernpolitiker. Wegen dieses Konstruktes darf ich nicht mal mehr Rheumamittel aus Thailand nach Deutschland verschiffen, ohne dass ich 1.000 Bestimmungen beachten muss. Das ist doch lächerlich!«

»So ist der Föderalismus halt mal«, antwortete Blauermann. »Wir alle sind dafür, mit dieser blöden Eigenständigkeit der Bundesländer Schluss zu machen. Für unsere Ziele ist der Föderalismus ein gewaltiger Störfaktor. Aber das wussten wir vorher. Wenn wir erreichen wollen, was wir uns vorgenommen haben, führt kein Weg daran vorbei, die Mehrheit im Bundesrat zu erlangen. Erst danach können wir richtig mit dem Umbau Deutschlands beginnen.«

Ein weiterer Mitstreiter fiel ihm ins Wort. »Recht hast du, Herold. Wir dürfen aber nicht die anderen Dinge vernachlässigen, die wir uns vorgenommen haben. Mitspracherecht bei Schulbuchinhalten und eine zentrale deutsche Leitkulturprüfstelle, die die Kultur unter staatliche Aufsicht stellt, damit endlich mal dieser obskure Wildwuchs unterbunden wird.«

»Das sind deine Baustellen«, entgegnete Blauermann. »Du kannst gerne einen Bundeskulturminister nach deinem Gutdünken einsetzen, sobald wir den Bundesrat geknackt und den Föderalismus im Griff haben. Diese Themen interessieren mich persönlich nicht.« Der Speditionschef drehte sich zu Bender: »Wo wir gerade dabei sind, Bernhard: Ich kann dir ebenfalls ein paar blöde Gesetze nennen, auf die ich gerne verzichten könnte. Ich bin schon froh, dass wir das Thema ›Europäische Ausschreibungen‹ bald vom Tisch haben.«

»Aber nur, wenn sich unser Bundeskanzler anstrengt«, fiel ihm Bender ins Wort. »Aus meiner Sicht ist Mathias viel zu zahm. Selbst die Wirtschaft hat er nicht im Griff. Und genau dort geht es um das große Geld.«

Blauermann nickte. »Du hast vollkommen recht, Bernhard. Sobald wir wieder in ruhigerem Fahrwasser angekommen sind, sollten wir ihn ersetzen. Im Moment halte ich Umbesetzungen für fatal. Außerdem ist mit der Abwahl von Angela Merkel der Wirtschaftsaufschwung gestoppt. Weiß der Teufel, woran das liegt. Wenn wir da jetzt am Personalkarussell drehen, wird uns das gleich negativ ausgelegt. Die Wirtschaftspolitik ist sowieso ein sehr fragiles Geschöpf.«

»Du hast leicht reden«, widersprach Bender. »Du hast das beste Schnäppchen gemacht. So viele Aufträge, wie du im Moment ohne Ausschreibung für deine Spedition bekommst, davon kann ein normaler Geschäftsmann nur träumen.«

Blauermann lachte. »Dass wir keine normalen Geschäftsleute sind, darüber dürften wir uns im Klaren sein. Das nächste Mal bist du wieder dran, Bernhard. Auf dein Pillenmonopol wirst du allerdings noch ein paar Jahre warten müssen.«

»Können wir bitte zum Thema kommen?« Edmund Schmidt, ein weiteres Führungszirkelmitglied und Chef einer deutschlandweiten Discounterkette, schaute auf die Wanduhr. »Wenn ich vorher gewusst hätte, wie zeitaufwendig diese Sache wird …«

Herold Blauermann wollte einen dummen Spruch loswerden, beherrschte sich aber gerade noch. Streit galt es, unter allen Umständen zu vermeiden. »Gut, kommen wir zum wichtigsten Tagesordnungspunkt, die Führung der Landesverbände.« Er öffnete eine Akte. »Man sollte meinen, dass 16 Bundesländer eine überschaubare Anzahl wären. Trotzdem haben wir mit den Landesverbänden jede Menge Arbeit.«

»Dann sollen halt ein paar fusionieren«, warf ein weiteres Führungszirkelmitglied ein, das zwar durch Stahlgeschäfte steinreich, aber intelligenzmäßig eher unterdurchschnittlich versorgt war.

»Geht nicht«, erklärte der Speditionschef. »Wir benötigen für jeden Landtag beziehungsweise Bürgerschaft einen eigenen Landesverband. Sonst werden wir unglaubwürdig. Schwierig gestaltet sich die Koordination dieser Verbände, da läuft bisher noch so einiges quer. Nicht auszudenken, was passiert, wenn wir in weiteren Landtagen sitzen. In Deutschland gibt es in den Landtagen über 1.800 Mandate. Stellt euch mal vor, wenn nur die Hälfte davon uns gehört. Wo sollen wir das ganze Personal hernehmen? Da können wir nicht jeden x-Beliebigen nehmen.«

»An Bewerbern mangelt es sicherlich nicht.«

Blauermann schüttelte den Kopf. »Die meisten wollen immer gleich nach Berlin. Irgendwie kann ich die sogar verstehen. Nur bei uns wird das große Geschäft gemacht. Dass die Bewerber weder auf Landes- noch auf Bundesebene etwas zu melden haben, wissen sie zu Beginn ja nicht. Selbst die Gauleiter, eine Führungsebene, die sich inzwischen etabliert hat, winken fast immer ab, wenn deren Landesverbände anfragen, ob sie sich nicht als Kandidat für den Landtag aufstellen lassen wollen. Die sind alle der Meinung, dass sie für den Bundestag verbrannt sind, wenn sie mal im Landtag sitzen.«

»Vielleicht sollten wir ein spezielles Förderprogramm auflegen?«, unterbrach Bender. »Wer eine Legislaturperiode zur vollsten Zufriedenheit im Landtag schafft, wird automatisch ein aussichtsreicher Kandidat für den Bundestag. Oder irgendeine andere Führungsposition in Berlin. Im Notfall schaffen wir irgendwelche pseudowichtigen Ämter. Ihr wisst ja, wie die Leute ticken.«

Blauermann nickte zufrieden. »Das finde ich einen guten Ansatz, den sollten wir aufgreifen. Edmund, würdest du dich bitte darum kümmern? Konzepte schmieden, darin bist du doch Weltmeister. Du kannst das sofort in die Umsetzungspipeline geben, ohne uns das vorher noch mal zu zeigen. Wir wissen, dass du das perfekt kannst.«

Discounter-Eddi, wie Edmund Schmidt in der Presse genannt wurde, fühlte sich geschmeichelt. Selbstverständlich würde er diese Aufgabe übernehmen.

Herold Blauermann war aus dreierlei Gründen ebenfalls zufrieden. Die Idee mit dem Förderprogramm fand er gut und er wusste, dass Edmund es am besten entwickeln konnte. Gleichzeitig hatte er seinen Kollegen gebauchpinselt, der vorhin wegen des Zeitaufwandes leicht verärgert war.

»Jetzt benötigen wir nur noch eine kurzfristige Taktik. Die nächsten Landtagswahlen stehen an, und bis dahin greift unser neues Konzept noch nicht. Wir brauchen etwas, was für alle Landesverbände universell einsetzbar ist, egal, ob gerade Wahlen anstehen oder nicht.«

Bender öffnete seine Aktentasche, in der es aussah wie das Klischee einer großen Frauenhandtasche. Nur dass er darin keinen Krimskrams aufbewahrte, sondern einen breiten Querschnitt der Produkte seines Pharmakonzerns. Nach kurzem Wühlen zog er einen Tablettenstreifen mit unscheinbaren weiß-blauen Kapseln hervor. Nachdem er vier Stück davon mit einem Glas Champagner hinuntergeschluckt hatte, meldete er sich zu Wort. »Dann werben wir Landtagskandidaten von den anderen Parteien ab«, erklärte er. »Gerade die, deren Listenplätze weit hinten liegen, ahnen, was ihnen nach der nächsten Wahl blüht. Hier könnten wir investieren, wenn ihr wisst, was ich meine.« Er machte die typische Fingerbewegung für Geld.

»Da sind wir längst dabei«, entgegnete Blauermann. »Der Markt ist aber leider begrenzt, und nicht jeder will seiner angestammten Partei plötzlich den Rücken kehren. Ich glaube, wir müssen mehr in Nachwuchsarbeit investieren. Und vor allem mehr Werbung in der Kommunalpolitik betreiben. Gerade dort gibt es viele, die sich mehr zutrauen, als über einen neuen Zebrastreifen in der Ortsmitte abzustimmen. Ihr wisst, wir suchen händeringend nicht nur geeignete Mitglieder für Landtag und Landesverbände, sondern auch für die neuen Kreisverbände. In manchen Bundesländern gibt es diese Ebene faktisch überhaupt nicht.«

»Weil wir nicht genügend qualifizierte Mitglieder haben«, sagte Bender und schlug mit der Faust auf den Tisch.

»Dann müssen wir halt welche qualifizieren«, antwortete Blauermann und dachte einen Moment nach. »Überhaupt, das ist die Lösung: Wir gründen eine eigene Akademie. Die siedeln wir unterhalb des Bundesverbandes an. Dafür brauchen wir Führungspersonal, ein netter Nebeneffekt. Die Akademie bildet für die Partei Führungsnachwuchs aus: Landtagsmitglieder, Gauleiter, Kreisverbandsleiter und, weil es an vielen Orten mehr als nötig ist: Organisationslehrgänge für Ortsgruppenleiter. Na, was meint ihr dazu?«

Seine fünf Freunde waren von der Idee hellauf begeistert.

»Edmund, hast du Zeit, die Akademie zu übernehmen? Da kannst du kostenlos deine eigenen Führungskräfte schulen. Natürlich auf Parteikosten, wir sind ja nicht kleinlich.«

Discounter-Eddi nickte. »Das können wir sogar viel größer aufsetzen. Ich denke da an so was Ähnliches wie die Volkshochschule, nur komplett zentral gelenkt. Alle Kurse sind für die Mitglieder kostenlos. Mit einem geeigneten Kursangebot könnten wir vieles steuern.«

»Geniale Idee, Edmund«, sagte Blauermann. »So machen wir es.«

Der Führungszirkel legte eine kurze Pause ein, in der die Servicekräfte das Buffet auffrischten und neue Getränke brachten.

»Jetzt kommen wir zum letzten Tagesordnungspunkt für heute«, sagte Herold Blauermann, als sie wieder unter sich waren. »Das ist nur eine Formalie.«

»Ach, du meinst bestimmt die Zuschläge«, unterbrach Bender.

»Genau«, bestätigte der Spediteur. »Bald sind in Niedersachsen, Bayern und Hessen Landtagswahlen. Es wäre nett, wenn wir jeweils vier Wochen vor den Wahlen einen einmaligen Bonus an Rentner und Arbeitslose auszahlen würden. Der Finanzminister wird davon nicht begeistert sein, doch dessen Meinung kann uns egal sein. Wir müssen nur aufpassen, dass wir allein uns als Partei für den Bonus einsetzen und nicht gemeinsam mit unserem Koalitionspartner.«

»Und Mathias, unser Bundeskanzler, muss die Idee als seine eigene persönlich einbringen.«

»Ist einer der Anwesenden gegen diesen Vorschlag?«

-21- UMGANG MIT ALTEN FREUNDEN

»He, du hast dich fast nicht verändert!«

Paul Haberstahl seufzte. Vor ihm stand sein völlig verwahrloster Kumpel aus seiner Dresdner Zeit.

»Du dich auch nicht«, antwortete Paul.

Heiner lachte, was mehrere kariöse Zahnruinen zum Vorschein brachte. »Toll, dass du mich in Mannheim abholst. Bis zu dir nach Bad Dürkheim ist es ja eine richtige Weltreise, so mit Bimmelbahn und so.«

Der Gauleiter Vorderpfalz verkniff sich ein Lachen. Er hatte einen guten und absolut nachvollziehbaren Grund, warum er Heiner nicht in Bad Dürkheim haben wollte, wo er sein Büro unterhielt. Und auch nicht im Rest der Vorderpfalz. Eigentlich wollte er ihn überhaupt nirgendwo haben, doch den Kompromiss mit dem Mannheimer Hauptbahnhof hatte er eingehen müssen. Zur Tarnung hatte er sich eine Schiebermütze tief ins Gesicht gezogen, die er vor Jahren auf einem Flohmarkt erstanden und nie getragen hatte. Seit drei Tagen hatte er zudem auf eine Rasur verzichtet und die ältesten Klamotten angezogen, die er finden konnte. Kurz bevor er daheim losgefahren war, hatte er sein Konterfei zufrieden im Spiegel betrachtet. Fast so abgefahren wie früher, befand er sein Aussehen. Sehr darauf bedacht, dass er in dieser Aufmachung in der Vorderpfalz unerkannt blieb, fuhr er in die Tiefgarage des Mannheimer Bahnhofs.

»Ich habe heute Nachmittag einen Termin in Heidelberg«, erklärte Paul seinem früheren Freund. »Da wir sowieso schon im Badischen sind, können wir gleich einen kleinen Ausflug an die Bergstraße machen. Zeit haben wir genug, und heute Abend machen wir bei mir zu Hause einen drauf, dass es nur so kracht.«

Dies war genauso gelogen wie der angebliche Termin in Heidelberg.

Heiner war beeindruckt. »Ein Geschäftstermin

womöglich?«, hakte er nach und bekam ein Nicken zur Antwort. »Super, dass du da deinen alten Kumpel mitnimmst.«

»Das ist doch selbstverständlich«, log dieser weiter. »Vorher besorgen wir dir aber ein paar neue Klamotten in Heidelberg. Geht selbstverständlich auf Parteikosten.«

Stolz zog Heiner seinen NAFD-Ausweis aus der Hosentasche. »Ich wusste doch, dass ich mit dem Beitritt zur Partei keinen Fehler gemacht habe. Das hätte es viel früher geben müssen.«

Unauffällig schob Paul seinen unliebsamen Besuch in Richtung Gleisunterführung. »Lass uns zum Auto gehen. Dein Gepäck ist ja ziemlich überschaubar.« Außer einem verschlissenen Rucksack hatte Heiner nichts dabei.

Sofort nach dem Einsteigen ließ Paul die Fenster herunter. Es würde eine Weile dauern, bis er den Gestank aus dem Wagen hatte.

»Wo fahren wir überhaupt hin? Bergstraße? Keine Ahnung, wo das liegt.«

»Ist nicht weit«, beruhigte ihn Paul. »Wir fahren nach Weinheim, das liegt ein paar Kilometer nördlich von Heidelberg. Es geht los: Bitte anschnallen und das Kiffen einstellen!«

Heiner lachte über diesen Witz, den Paul zur zusätzlichen Beruhigung platziert hatte.

»Apropos Kiffen«, ergänzte er. »Wie du weißt, bin ich inzwischen eine Person des öffentlichen Lebens. Das hat leider auch ein paar Nachteile. In der Öffentlichkeit kiffen, das geht jetzt nicht mehr. Aber bei mir daheim sieht die Welt heute Abend anders aus. Ich habe extra über das Internet ein Spezialkraut für uns beide besorgt.«

»Ich dachte, die NAFD setzt sich für die Freigabe von Haschisch und dem ganzen Zeug ein?«

»Natürlich, Heiner. Das geht aber nicht von heute auf morgen. Solange wir in der Regierung noch nicht das alleinige Sagen haben, ist das schwierig. Aber irgendwann wird das natürlich kommen.«

»Da wird's auch Zeit«, stimmte Heiner zu. »Die oberen Zehntausend schlürfen jeden Tag Champagner und gönnen sich die teuersten Zigarren, und unsereins, die Menschen, die Deutschland wirklich weiterbringen, dürfen sich nicht einmal mit einem Joint erwischen lassen.«

Den Einwand, dass sein ehemaliger Kumpel Deutschland bisher garantiert nicht weitergebracht hatte und auch in Zukunft nicht weiterbringen würde, schluckte Paul hinunter.

»So sieht's aus«, sagte er stattdessen, meinte damit aber seine unausgesprochenen Gedanken. »Das Vermögen muss umverteilt werden. Das heißt, den Reichen etwas nehmen und dafür den Armen etwas geben. So Robin-Hood-mäßig.«

Mit diesen einfachen und primitiven Sprüchen gab sich Heiner zufrieden. Paul Haberstahl hatte durch seinen Aufstieg in der Partei inzwischen die sogenannte Gesinnungsgrenze überschritten. Solange man selbst wenig Vermögen und ein geringes oder gar kein Einkommen besaß, wetterte man gegen die Reichen, die angeblich über die Armen bestimmten, in dem sie mit Lobbyarbeit die Regierungen unterwanderten und gleichzeitig in Saus und Braus lebten. Die wirklich Reichen und Vermögenden sahen das naturgemäß anders. Wesentlich interessanter war aber der Teil der Bevölkerung, der im Laufe des Lebens die Seite wechselte. »Neureiche« wurden sie abfällig von beiden Seiten genannt. Die Gründe des wachsenden Reichtums mochten unterschiedlich sein, die schleichende Veränderung der eigenen sozialen Einstellung war aber allen gleich. Mit der Zeit versuchten sich diese Personen immer mehr von ihrem früheren sozialen Umfeld abzugrenzen. Und sobald es für das erste Reihenmittelhaus reichte, konnte der Gartenzaun oder die Hecke nicht hoch genug sein. Manchen plagte irgendwann das Gewissen. Diese Personen nutzten irgendeinen der speziell in der Vorweihnachtszeit hereinprasselnden Spendenaufrufe, um mit einem geringen monetären Aufwand das Gewissen zu entlasten. Der weitaus größere Teil der Bürger berief sich dagegen auf die hohe Steuerlast, die sie seit einiger Zeit zu tragen hatten und dass unser Staat, der immerhin ein Sozialstaat sei und keinen Bürger verhungern ließ, sich um die Armen kümmern sollte.

Es gab noch eine dritte, viel kleinere Gruppe von Neureichen. Diese waren mehr oder weniger prominent und standen im Licht der Öffentlichkeit. Einige von ihnen, zumindest die, die sich mit einer gewissen Intelligenz durchs Leben schlugen, waren bei Aussagen zu den Themen Armut, Reichtum, Umverteilung weitaus vorsichtiger. Oder wie der Volksmund sagte: Wasser predigen und Wein trinken.

»Schau mal auf die Rückbank«, sagte Paul zu Heiner, während er die B38 südlich an dem hessischen Viernheim vorbeifuhr. »Da steht eine Kühltasche.«

»Geil!«, entfuhr es Heiner, nachdem er die Tasche nach vorne gezogen und den Reißverschluss aufgezogen hatte. »Lübzer Bier, wie in alten Zeiten, wo hast du das aufgetrieben? Mann, da mach ich mir gleich ’ne Flasche auf.«

Heiner öffnete eine Flasche und reichte sie an Paul weiter. Dieser schüttelte den Kopf.

»Leider erst nach unserem Termin in Heidelberg. Ich darf dort auf keinen Fall mit einer Fahne auftauchen. Das wäre meiner Zukunft nicht förderlich.«

»Sag bloß, du wirst schon wieder befördert?«

Paul Haberstahl nickte und antwortete vielsagend: »Vielleicht bin ich bald in Berlin. Was das heißt, kannst du dir ja denken.«

»Super, dann besuche ich dich jede Woche. Berlin ist immer eine Reise wert.«

So weit kommt’s noch, dachte Paul und sagte: »Gib mir lieber ein Mineralwasser. Glaube mir, ein Bier würde ich jetzt viel lieber trinken.«

Auf das Mineralwasser musste er einen Moment warten, denn Heiner zog gerade die Flasche auf ex leer. Nach einem befreienden Rülpser, der die Geruchsbelastung im Wageninnern noch verschärfte, reichte ihm Heiner die Flasche Wasser, während er sich eine weitere Flasche Lübzer Bier gönnte.

Sehr gut, dachte Paul. Genau der richtige Zeitpunkt. In einer Viertelstunde wird er alles tun, was ich ihm sage.

»Schönes Städtchen«, meinte Heiner, als sie durch Weinheim fuhren. »Gehen wir was essen?«

»Später«, sagte Paul, der auf keinen Fall mit seinem Ex-Kumpel von irgendjemandem erkannt werden wollte. »Ich will mit dir hoch zur Burgruine Windeck. Keine Angst, man kann mit dem Auto hinfahren.«

»Auf eine Burg? Was soll ich dort?« Heiner öffnete die dritte und letzte Flasche Bier.

»Es geht um die Aussicht. Und um etwas ganz Spezielles, das ich dir dort oben zeigen will.«

Die geheimnisvolle Anspielung machte Heiner neugierig, doch Paul blieb vage.

Lediglich zwei weitere Pkws parkten auf der Freifläche vor der Ruine. Paul stellte seinen Wagen an das hintere Ende des Parkplatzes, sodass dieser einigermaßen vor neugierigen Blicken geschützt war.

»Auf, los geht's.« Paul stieg aus und zog seine Mütze nach vorne ins Gesicht.

»Hoffentlich gibt's einen Aufzug«, meckerte Heiner aufgrund der hohen Burgmauern. »Das Bier hat mich müde gemacht. Du hast nicht zufällig ein bisschen Gras einstecken?«

»Erst bei mir zu Hause«, erinnerte ihn Paul. »Komm, das schaffst du schon. Der Bergfried ist nur 28 Meter hoch und hat knapp über 100 Stufen. Da sind wir früher ganz andere Strecken hochgekraxelt.«

»Da hatten wir mehr vorgeglüht«, antwortete Heiner, folgte seinem vermeintlichen Freund aber auf dem Fuß.

Im Burghof gab es drei Treppen, die auf eine Art Terrasse führten. Von dieser Terrasse gelangte man über einen Wehrgang auf der Schildmauer zum Turm.

Paul Haberstahl hatte die Lage sofort überblickt. Im Hintergrund des Burghofes vesperte ein älteres Ehepaar, während zwei Frauen gerade eine der Treppen von der Terrasse hinunter in den Burghof stiegen. Wenn es keine Wanderer gab, könnte der Bergfried mit einem bisschen Glück im Moment menschenleer sein.

Paul zeigte auf die Treppe, die am weitesten von den beiden Frauen entfernt lag. »Komm, das ist unser Ziel.«

Heiner grummelte nur kurz.

Paul konnte sein Glück nicht fassen: Die Aussichtsplattform des Bergfrieds, der von Unwissenden oft fälschlicherweise Burgfried genannt wurde, war leer. Ohne seinem früheren Kumpel eine Sekunde Zeit zu lassen, ging Paul sofort zu der Mauerseite, die von dem Innenhof der Ruine weg zeigte.

»Was für ein herrliches Panorama«, schwärmte er über die weite Sicht der Rheinebene. »Bis zum Pfälzerwald kann man heute schauen. Da hinten liegt Bad Dürkheim, wo ich wohne.«

Heiner blickte angestrengt in die Richtung, die Paul ihm zeigte.

»Das liegt etwas verdeckt und ist schwierig zu erkennen«, sagte Paul. »Klettere mal auf die Mauer, da hast du einen besseren Überblick.«

Heiner, der keinen Verdacht schöpfte, tat, wie ihm geheißen.

»Siehst du es jetzt?«, fragte Paul, während er Heiner an der Taille fasste. »Hinter diesem kleinen Hügel im Hintergrund.« Heiner streckte sich ein paar weitere Zentimeter nach vorne. Der Schubser von Paul war nicht der Rede wert. Mit einem erstaunlich leisen Schrei stürzte sein ehemaliger Kumpel tief in den Burggraben hinab. Es würde eine Weile dauern, bis man ihn dort fand.

Zufrieden begann er mit dem Abstieg. Das ältere Ehepaar saß immer noch im Hintergrund des Innenhofes und unterhielt sich angeregt. Von Paul nahmen sie keine Notiz. Toll, dachte sich dieser. Nicht einmal die Notgeschichte mit dem Unfall musste er vorbringen. Ohne Eile verließ er die Burgruine und lief gemächlichen Schrittes am Burggraben vorbei, wo seit Kurzem eine Leiche lag. Vom Weg aus war nichts von Heiner zu erkennen. Grinsend begab er sich zu seinem Wagen. Nun musste er nur noch Heiners Rucksack verschwinden lassen. Bis zur Ankunft zu Hause hatte er ein geringes Restrisiko: die manipulierten Kennzeichen, die er gefahrlos erst in seiner Garage austauschen konnte. Bisher lief alles reibungslos, nicht einmal sein perfekt geschmiedetes Alibi würde er belasten müssen.

-22- DIE ERSTEN STÖRFEUER

Die zahlreichen Plakate in Niedersachsen, wo in acht Wochen der neue Landtag gewählt werden würde, waren nicht zu übersehen. Überall neben den Straßen und an den Häusern blickte die Bevölkerung auf die riesige Plakatwerbung. Die wechselnden Motive waren ein absoluter Hingucker. Der Hintergrund war jeweils in Braun gehalten. Als Hauptmotiv war in wechselnder Position der Bundeskanzler abgebildet. Die Plakatgestalter hatten ihm allerdings neben einem nicht zu übersehenden Hitler-Schnauzer einen prägnanten Seitenscheitel verpasst. Links unten brannte eine NAFD-Fahne in einem offenen Feuer. Die dazugehörenden Sprüche hatten es in sich: »Auch im Dritten Reich gab es Wähler, die aus Protest Hitler gewählt haben. Danach konnten sie nicht mehr protestieren.« Rund ein Dutzend solcher Motive waren über Nacht tausendfach aufgehängt worden und sorgten für reichlich Gesprächsstoff. Zahlreiche Medien nahmen die Idee auf und veröffentlichten in den Folgetagen eigene Sprüche, die die NAFD in Misskredit bringen sollten und die Gefährlichkeit der Partei andeuteten. Viele Redakteure sahen dies als Abrechnung für die Gängelung und teilweise unterschwellige Bedrohung an, denen sie in der letzten Zeit hauptsächlich von externen Kräften, in selteneren Fällen auch vom eigenen Verleger, ausgesetzt waren. Natürlich gab es gerade bei Tageszeitungen Abokündigungen, doch die weite Mehrzahl der Verleger, die bereits eine Schieflage der Demokratie wahrnahmen, sah dies weniger kritisch. Vor allem diese hatten die Gefährlichkeit der NAFD für die Pressefreiheit und den ganzen Staat längst erkannt und waren froh, auf einen fahrenden Zug aufspringen zu können. In allen Medienbereichen rumorte es, doch niemand hatte den Mut, als Erster offen aufzubegehren. Doch nun, nach dieser Initialzündung durch die Plakataktion, gehörte es fast zum guten Ton, Kritik an der rechtspopulistischen Partei NAFD zu veröffentlichen, egal wie politisch unabhängig das Blatt oder der Sender war.

Während sich die Einwohner von Niedersachsen an allen möglichen Orten heftige Wortgefechte lieferten, die manchmal und nicht nur im privaten Kreis eskalierten, befassten sich einige besonders ernsthaft politisch Interessierte mit der Frage, wer hinter der Plakatwerbungsaktion steckte.

Auch der Landesverband Niedersachsen der NAFD war ratlos. Mit dieser medialen Wucht war der Parteivorsitzende, der für die Bundeszentrale sowieso nur eine vorübergehende Notlösung war, hoffnungslos überfordert. Er und seine Kollegen steigerten sich in einen spontanen und unüberlegten Aktionismus hinein, der die Lage nur weiter verschlechterte. In einer eilig einberufenen und nicht vorbereiteten Pressekonferenz stammelte er nur blödes und unzusammenhängendes Zeug daher. Jeder, der die Ausschnitte im Regionalfernsehen sah oder einen Bericht von der Pressekonferenz las und über ein Mindestmaß an Bildung verfügte, musste davon überzeugt sein, dass diese Partei untragbar war.

Überraschenderweise gab es nicht wenige, die die verbalen Ergüsse des Landesparteivorsitzenden verteidigten und die Plakate als ursprüngliches Übel bezeichneten, das die Demokratie zu zerstören versuchte.

Herold Blauermann und seine Mitstreiter hatten in aller Eile eine Notkonferenz in Berlin einberufen. Die kommende Wahl in Niedersachsen schrieben sie ab, nach ihren Schätzungen würden sie in dieser Situation kaum mehr als 15-20 Prozent der Landtagsmandate erringen, ein kümmerliches Ergebnis im Vergleich zu den bisherigen Hochrechnungen. Sie nahmen diesen Schicksalsschlag relativ emotionslos auf. Viel wichtiger war ihnen die Frage nach dem Urheber der Plakataktion und wie man solche Aktionen in Zukunft verhindern konnte.

Mit der Recherche nach den Urhebern beauftragten sie ihr Spezialbüro für unangenehme Tätigkeiten, das offiziell den harmlosen Namen »Bundesparteibüro für interne Angelegenheiten« trug. Sie beschlossen, den Landesverband in ihrem Kampf um die letzten Wählerstimmen allein zu lassen. Kurz nach der Wahl würden sie die Kompetenzen neu regeln und den Landesvorsitzenden austauschen, ob er wollte oder nicht. Wegen des zu erwartenden miesen Wahlergebnisses verzichtete man darauf, ihm die Rolle des Ministerpräsidenten in spe abzuerkennen, da sie sowieso nicht zum Tragen kommen würde.

Das Spezialbüro für unangenehme Tätigkeiten war nicht nur Spezialist in Sachen rein körperlich ausgetragener Aussprachen, die manchmal tödlich endeten, es besaß auch eine sehr hohe Kompetenz an Recherchefähigkeit. Das dritte Standbein, das allerdings erst im Aufbau begriffen war, nannte sich prophylaktische Aufklärungsarbeit. Die Tätigkeit ähnelte einem Inlands-Geheimdienst, bekam allerdings wesentlich höhere Kompetenzen von der Parteiseite zugestanden als sein offizielles Pendant der Bundesregierung. Dass diese Kompetenzen in weiten Teilen dem demokratischen Grundverständnis der Bundesrepublik krass entgegenstanden, kümmerte keinen. Dazuzugehören war für die gut bezahlten Mitarbeiter wesentlich angenehmer, als ein Unwissender auf der anderen Seite zu sein.

Die Ergebnisse der Recherchen zogen sich über Tage hin. Schnell stellte sich heraus, dass es kein Großunternehmen oder eine bekannte Institution war, die die landesweite Aktion organisierte. Alles war viel kleinteiliger und diffiziler als erwartet. Es gab in Niedersachsen eine fast unüberschaubare Anzahl von Werbeplakatanbietern, die miteinander konkurrierten. Wie sich herausstellte, waren sie allesamt vor vier Wochen beauftragt worden, zu einem definierten Stichtag sämtliche Werbewände zur Verfügung zu stellen. Als Motivation wurde das Doppelte des normalen Preises in Aussicht gestellt, selbstverständlich bei Vorauszahlung. Die Vereinbarungen sahen weiterhin vor, dass die zu klebenden Plakate einen Tag vorher den Unternehmen per Direktlieferung zur Verfügung gestellt wurden. Da dies ein Sonntag war, kam kein Angestellter aus den kaufmännischen Bereichen auf die Idee, die Plakate vorher in Augenschein zu nehmen. Die Plakate wurden daher direkt an die jeweiligen Plakatklebetrupps weitergeleitet.

Dies allein war schon ein genialer Schachzug. Durch die kleinteilige Verteilung wurde vertuscht, dass es sich um eine landesweite Aktion handelte.

Das NAFD-Spezialbüro kam zu dem Schluss, dass es eines hohen organisatorischen und logistischen Aufwands bedurfte, die vielen Plakate an einem einzigen Tag zu verteilen, von den hohen Kosten der Werbung ganz abgesehen.

Leider wurde vieles erst im nächsten Schritt sichtbar. Jeder der vielen Werbeplakatanbieter wurde von einer anderen Werbeagentur beauftragt, die vorher unbekannt war. Durch die üppige Vorauszahlung war dies natürlich kein Problem. Die einzelnen Aufträge wurden zudem per E-Mail abgewickelt. Klar, dass jede dieser Werbeagenturen eine eigene E-Mail-Adresse besaß und die angegebenen Postadressen nicht existierten.

Es wurde gerätselt und gedroht, doch kein Einziger

der Werbeplakatanbieter hatte einen direkten Kontakt zu seinem Kunden. Die E-Mail-Adressen wurden im Ausland registriert und der Versand über verschiedene Proxyserver verschleiert.

Das Einzige, was das Spezialbüro in dieser Situation tun konnte, war Schadensbegrenzung, die aber indirekt durch den Bundesverband torpediert wurde. Dem Büro gelang es, fast alle der Werbeplakatanbieter davon zu überzeugen, die rufschädigenden Plakate sofort und ohne Diskussionen zu entfernen. Durch die lange Mietdauer von 28 Tagen hatten die Anbieter keine Nachbucher für die Plakatwände, sodass den Bürger überall weiße Plakatwände anstarrten, was irgendwie doof aussah und erst recht an die Aktion erinnerte. Der Bundesverband hatte mangels kurzfristiger Möglichkeiten des Landesverbandes trotz dessen mehrfacher Aufforderung darauf verzichtet, diese Leere mit NAFD-freundlichen Plakaten zu füllen. Der Grund war, dass in einer Woche der Wahlkampf begann, und das Sondernutzungsrecht für Wahlplakate erlaubte den Parteien, eigene Plakate aufzuhängen beziehungsweise aufzustellen. Und hier würde die NAFD kräftig mitmischen, denn gut klingende Parolen hatte sie mehr als genug in ihrem Portfolio.

Das Spezialbüro war kaum zur Ruhe gekommen, da folgte die nächste Aktion des großen Unbekannten.

Ein Unternehmen hatte in sämtlichen Wochenblättern Niedersachsens eine Werbebeilage gebucht. Die Auflage betrug mehrere Millionen Stück. Um den Zweck der Werbebeilage zu verheimlichen, handelte es sich um ein verschlossenes Briefkuvert, das mit dem verheißungsvollen Spruch »Sofort öffnen, Sie können gewonnen haben«

betitelt war. Die Testkuverts, die man den Verlagen im Vorfeld zur Verfügung gestellt hatte, waren allesamt harmloser Natur und sofort als billige Werbung erkennbar. Die nach Vertragsabschluss angelieferte Palettenware hatte exakt das gleiche Gewicht, aber einen wesentlich brisanteren Inhalt. Die Argumente gegen die NAFD waren plausibel und auch für einfachere Gemüter verständlich. Zahlreiche Zeitungen druckten das Pamphlet ab, selbst solche Verlage, die neben ihren Tageszeitungen eigene Wochenblätter verlegten.

Herold Blauermann und Kollegen reagierten dieses Mal schneller und verpassten dem Landesvorsitzenden in Niedersachsen einen Maulkorb, indem sie ihn nach einem klärenden Gespräch fast ohne Drohgebärden mit einem freiwilligen Kreislaufzusammenbruch aus dem Verkehr zogen. Parallel dazu wurde das Spezialbüro auf die neue Spur gesetzt. Wie vermutet, war das beauftragende Unternehmen nicht greifbar. Dieses Mal gab es zwar eine postalische Adresse, die benötigt wurde, um im Vorfeld mit den Wochenblattverlagen in Kontakt treten zu können, doch handelte es sich dabei nur um ein Mietbüro, das von einem unter falschem Namen handelnden Strohmann für kurze Zeit genutzt wurde. Das angefertigte interne Fahndungsfoto war wenig brauchbar, da niemand auf den einzigen unscheinbaren Mieter achtete, der täglich die Post abholte, aber das Büro selbst nicht aktiv nutzte.

Eine der Hoffnungen war die in dem Schmähbrief angegebene Internetadresse. Die Seite, die weitere Argumente gegen die NAFD vorbrachte, war in Ozeanien registriert und so geschickt verschleiert worden, dass sämtliche Versuche, die Hintermänner zu greifen, scheiterten.

Es gelang dem Spezialbüro lediglich, mit einer im Ausland teuer erkauften »Denial of Service«-Attacke die Server vorübergehend zu überlasten, sodass die Schmähseite für kurze Zeit nicht mehr aufrufbar war. Eine dauerhafte Blockierung der Seite wurde zwar diskutiert, doch mangels Erfolgsaussichten verworfen. Niemals würde sich im Bundestag in der jetzigen Konstellation eine Mehrheit für solch eine Zensur finden lassen, von dem Zeitaufwand ganz zu schweigen.

Man versuchte zwar, die größten Internet-Provider mit diversen Druckmitteln oder Bestechungsgeldern davon zu überzeugen, den Zugriff auf diese Seite zu sperren, doch darauf ließ sich ohne staatliche Zwangsverordnung begreiflicherweise kein Unternehmen ein. Wie in fast allen anderen mittleren und großen Unternehmen nahmen bei den Mitarbeitern und erst recht in der Leitungsebene der Anteil der NAFD-Mitglieder ab, je weiter diese in der Hierarchie oben standen und Entscheidungsbefugnisse für das Unternehmen hatten.

Das NAFD-Führungsgremium befand sich in einer Zwickmühle. Noch war die Demokratie in Deutschland nicht genügend aufgeweicht, um interne parteiliche Ziele wie eine Teilzensur nach dem Muster der Türkei oder Ungarns komfortabel durchsetzen zu können. Von vornherein war die Freiheit der Presse eines der Knackpunkte beim Aufbau der Partei gewesen. Blauermann und Kollegen forderten natürlich verstärkt die eigenen Parteimedien, die in hoher Schlagzahl Papier- und Online-Medien mit NAFD-freundlichen Texten bedienten, um den entstandenen Schaden zu minimieren. Doch längst war die Welle der Anti-NAFD-Bewegung über das Bundesland

Niedersachsen hinausgeschwappt. Es gehörte für viele unabhängige Medien in ganz Deutschland zum guten Ton, den Wortlaut der Wochenblattbeilage und den Internetlink zu wiederholen und mit weiteren Argumenten zu ergänzen. Selbst ausländische Verlage berichteten über den neuen Medienkrieg in Deutschland, bei dem es ausschließlich um Pro und Kontra der NAFD ging.

Im Gegensatz zu den meisten Auslandsmedien verurteilten alle türkischen, ungarischen und polnischen Zeitungen den Anschlag auf die demokratische Grundordnung Europas. Im Inland gab es neben dem inzwischen mächtigen Heer der Parteimitglieder weitere Sympathisanten: Stark rechts orientierte Parteien wie die NPD erhofften sich eine Partnerschaft mit der NAFD, indem sie deren Ideen wohlwollend lobten und als mit ihrem eigenen Parteiprogramm weitgehend identisch darstellten. Infolgedessen kam es zu ersten kleineren öffentlichen Demonstrationen, bei denen sich, wie in den letzten Jahrzehnten hundertfach erlebt, die eher radikaleren politischen Flügel gegenüberstanden.

Innerhalb der Sozialen Medien, wo jeder Bürger mehr oder weniger anonym mitmischen konnte, waren Sachargumente längst in den Hintergrund getreten. Gegenseitige Beleidigungen auf abscheulichstem und niedrigstem Niveau waren gang und gäbe. Hier konnten viele Menschen ihr wahres Gesicht zeigen, ohne ihre Identität, die offensichtlich nur eine Scheinidentität war, preisgeben zu müssen. Neutralen Betrachtern dieser Beiträge wurde es regelmäßig schlecht, wenn sie daran dachten, dass man solchen gefährlichen Idioten jederzeit auf der Straße begegnen konnte, ja, bei der Masse der hirnlosen

Beiträge eigentlich zwangsweise ständig begegnen musste, ohne es zu ahnen.

Mehrere Organisationen und Privatpersonen spiegelten die in Ozeanien vorgehaltenen Internetseiten, sodass die NAFD-feindlichen Argumente bei den Suchmaschinen wie Google und Co. inzwischen ganz weit oben angesiedelt waren.

In Hannover verteilte in einer Nacht- und Nebelaktion ein Bündnis »Leben in Demokratie« Flugblätter an alle Haushalte. Davon unabhängig wurden seit Tagen im ganzen Bundesland permanent NAFD-Plakate verschmiert oder gar abgerissen. Die örtlichen Wahlhelfer kamen mit der Wiederherstellung kaum nach. Hin und wieder wurde ein Bürger dabei erwischt, wie er eines der Plakate schändete, was zu mehreren schwerverwundeten Bauernopfern führte und der Polizei, den Sanitätern und letztendlich auch der Justiz zu erheblichen Mehrarbeiten verhalf.

Die traditionellen deutschen Großparteien nutzten die Gunst der Stunde, in eigener Sache zu werben, ohne den Fehler zu begehen, sich für oder gegen die rechtspopulistische Konkurrenz auszusprechen. Als nach außen hin neutrale Instanz warben sie für eine zukunftssichere Demokratie und versprachen mehr Bürgernähe. Ein Versprechen, das so alt war wie die Demokratie selbst.

Durch diese Gemengelage an Meinungen, Thesen, Aktionen und Demonstrationen wuchs rapide die Unzufriedenheit in der Bevölkerung, wie kurzfristig anberaumte Umfragen ergaben.

Die öffentlich-rechtlichen Fernsehanstalten, neben ein paar Zeitungen das einzig verbliebene neutrale Bollwerk, entschieden sich, das Übel bei der Wurzel zu fassen, auch wenn es nicht kurzfristig zu beseitigen war. In Talkshows und Diskussionsrunden wurde für mehr Bildung und eine Änderung des Bildungssystems geworben. Ein Thema, das seit Jahrzehnten bekannt war, aber von Philologen und anderen Experten immer wieder zu Nebenkriegsschauplätzen erweitert und totdiskutiert wurde. Mit harten Bandagen wurde darum gestritten, ob ein zwei- oder dreigliedriges Schulsystem das am besten geeignete sei, und um andere eher akademische Themen.

Ein paar wenige hatten es gewagt, in einzelnen Bundesländern die Stundentafeln zu kritisieren und waren damit regelmäßig gescheitert. So lernten Fünftklässler immer noch, wie viele Mägen eine Kuh hatte, Siebtklässler mussten in Sozialkunde alle Bundeskanzler und Bundespräsidenten der Bundesrepublik Deutschland aufsagen können, Neuntklässler sich mit Wilhelm Tell oder Goethes Werken beschäftigen. Praktische Lebenserfahrung lernten die Schüler in den Schulen meist nur ansatzweise. Für Erziehung sahen sich die Schulen weitgehend nicht in der Verantwortung. Man wusste, dass ein nicht unerheblicher Teil der Eltern in der Erziehung und dem Beibringen sozialer Kompetenzen schlichtweg versagte. Oft mussten Jugendamt und Gericht nachträglich versuchen, das Schlimmste zu verhindern.

Nun war eine andere Zeit angebrochen. Experten plädierten vor laufender Kamera einstimmig und ohne das Totschlagargument Föderalismus, Schule neu zu definieren. Der Unterricht, gerade in Hauptschul- oder Berufsreifeklasse sollte mit mindestens zweimaligem Mittagsunterricht je Woche ausgeweitet werden. Manche Fächer wie Biologie, Erdkunde, Musik, Geschichte sowie Sprachen sollten um bis zu ein Drittel gekürzt werden. Die Schüler sollten allerdings durch entsprechende Angebote dazu animiert werden, Unterrichtsstoffe der stundengekürzten Fächer je nach Talent und Interesse in Eigenregie zu erwerben. Selbstverständlich sollten vertiefende AGs auch zukünftig angeboten werden.

Der geschaffene Freiraum sollte dazu genutzt werden, den Schülern fehlende soziale Kompetenz, Lebenshilfe und praktische Lebenserfahrung zu vermitteln. Neu einzustellende Sozialpädagogen sollen beizeiten erkennen, wo es Erziehungs- oder Verhaltensdefizite gab, und diese in Kleingruppen im Rahmen des Stundenplans beseitigen. Als neue Schulfächer sollten in mittleren und höheren Klassen Rhetorik, Präsentationstechnik und der Umgang mit Internet und Co. eingeführt werden. Ein weiteres Schulfach sollte »Praxis« heißen und den Schülern grundlegendes Wissen zu Versicherungen, Bankwesen bis hin zum Umgang mit Geld vermitteln. In dem obligatorischen Fach Sozialkunde sollten verstärkt die Strukturen einer demokratischen Staatsordnung gelehrt werden mit stark praxistauglichem Bezug.

Während sich in den öffentlich-rechtlichen Fernsehanstalten die Experten austobten und schätzten, welche Geldsummen für dieses Modell in die Lehrerausbildung fließen mussten und wie viele Lehrer überhaupt zusätzlich benötigt wurden, hatte Herold Blauermann ganz andere Baustellen.

Er schlief in den letzten Tagen schlecht. Wenn er träumte, träumte er von einer zentralen Medienorganisation und -kontrolle in Deutschland, die er natürlich nicht als Zensur betiteln würde, sondern verharmlosend als »Recht auf authentische und unverfälschte Informationen für die Bürger«.

-23- LANDESVORSITZENDE STERBEN FRÜH

Herold Blauermann lächelte zufrieden, als er die Schlagzeile in der Zeitung las. Da in diesem Moment seine Frau in die Wohnküche kam, beendete er seine euphorische Gemütsbewegung.

»Dein Cousin ist gestorben, hast du es schon gelesen?«

Sie nickte. »Unser Sohn hat heute früh angerufen, er hat es im Radio gehört. Wie kann so etwas nur passieren?«

Blauermann vertiefte sich in den Bericht, obwohl er die Einzelheiten längst kannte. »Schlimme Unfälle gibt es immer mal wieder.«

»Aber doch nicht so brutal!«, echauffierte sich seine Frau.

»Wieso brutal? Die beiden sind friedlich eingeschlafen. Bei einer Kohlenstoffmonoxidvergiftung merkst du nichts, du schläfst einfach ein, und weg bist du.«

»Das müssen die doch gerochen haben. Gas riecht doch, soviel ich weiß?«

»Dieses Gas nicht. Jedes Jahr sterben viele Menschen an einer Kohlenstoffmonoxidvergiftung, weil sie zum Beispiel im Wohnzimmer gegrillt haben. Ohne ordentliche Belüftung geht das ruckzuck.«

Seine Frau gab sich immer noch nicht zufrieden. »Bernd hat ganz bestimmt nicht gegrillt. Davon steht nichts in der Zeitung.«

»Es gibt ja auch andere Möglichkeiten, sich mit Kohlenstoffmonoxid umzubringen.«

»Selbstmord?«, unterbrach sie ihn.

»Zum Beispiel. Aber natürlich nicht in diesem Fall. Es steht doch alles im Artikel. Ein Vogelnest im Kamin war schuld. Das passiert öfter, als man denkt.«

»Die beiden sind wegen eines Vogelnests gestorben?«

»So steht es in der Zeitung. Für mich ist das glaubwürdig. Wie gesagt, das passiert öfters, nur erfährt man davon nichts, weil die Opfer nicht prominent genug sind. Das ist übrigens ein klares Plädoyer für die Aufgaben der Kaminkehrer. Es hat schon seine Richtigkeit, wenn alle Schornsteine regelmäßig überprüft werden müssen.«

»In dem Fall hat der Handwerker aber wohl eher geschlampt.«

»Sag das nicht. Die letzte Überprüfung kann schon einige Monate zurückliegen. Und so ein Vogelnest ist schnell gebaut.«

Seiner Frau war nicht aufgefallen, dass Vogelnester in der Vorweihnachtszeit nicht gebaut wurden. Herold Blauermann hoffte, dass der Spezial-Einsatz-Trupp seine Arbeit professionell erledigt und ein älteres Nest in den

Kamin gesteckt hatte. Die Polizei würde feststellen, dass das Nest von der Kaminoberkante in den Kamin gefallen war und dort den Abzug verstopft hatte.

Seine Frau kam von der Kaffeepad-Maschine zurück und stellte ihrem Mann und sich jeweils eine Tasse hin. »Bernd und der andere waren ziemlich hohe Tiere in der Partei, oder? Kanntest du den anderen, diesen … äh … Meier?«

Ohne sich etwas anmerken zu lassen, schüttelte Blauermann den Kopf und log, was das Zeug hielt: »Ich bin zwar in der Partei und kenne natürlich berufsbedingt viele Leute, aber aktiv mische ich da nicht mit. Dazu habe ich gar keine Zeit. Ich bin Spediteur und kein Politiker. Aber du hast recht, Franz Meier und dein Cousin Bernd Schröder waren die Chefs des Landesverbandes Rheinland-Pfalz der NAFD. Aber was die da so genau gemacht haben, weiß ich nicht. Laut dem Zeitungsbericht wohnte Bernd in einer Altbauwohnung und hatte an dem tragischen Abend Franz Meier bei sich daheim zu Besuch. Als die beiden gestern früh bei einer Parteisitzung nicht auftauchten, suchte man sie und fand sie schließlich tot auf der Couch sitzend.«

Einen Moment herrschte Stille. Dann wandte sich Frau Blauermann an ihren Gatten. »Wirst du mit zur Beerdigung gehen?«

»Wenn es sich terminlich einrichten lässt, gerne. Leider ist mein Terminkalender die nächsten Tage rappelvoll. Übermorgen muss ich das nächste Mal nach Berlin. Wenn ich nicht hier sein sollte, schicke ich dir meinen Chauffeur, der fährt dich nach Mainz zur Beerdigung.«

Seine Frau war mit den Gedanken inzwischen woanders. »Glaubst du, dass Bernd homosexuell war? Unser Sohn hat das behauptet.«

Dem Speditionschef huschte für einen winzigen Moment ein gemeines Lächeln über das Gesicht. Der Spezial-Einsatz-Trupp hatte wirklich an alles gedacht. »Keine Ahnung.« Er zuckte mit den Achseln. »Allerdings ist es merkwürdig, dass ich ihn nie in Damenbegleitung gesehen habe. Da könnte durchaus was dran sein. Woher hat Günter diese Information?«

»Ach, du weißt doch. In diesen komischen Internet-Blogs oder wie das heißt, da hätte er es gelesen. Sogar mehrfach.«

»Dann wird's wohl stimmen«, sagte Blauermann zufrieden. »Für die Partei ist das natürlich ein Makel. Zwei schwule Parteichefs in Rheinland-Pfalz, da wird man nicht sehr erfreut sein. Gerade weil die NAFD ja die Ehe zwischen Mann und Frau propagiert und alles andere als fehlgeleitete sexuelle Orientierung ansieht, die geheilt werden muss.«

Seine Frau sah ihn von der Seite an. »Du bist doch in der Partei. Wie siehst du das?«

Nachdem Blauermann seinen Kaffee umgerührt hatte, antwortete er: »Ich sehe das etwas lockerer. Mir persönlich ist es egal, welche sexuelle Orientierung ein Mensch hat, solange er mich damit nicht persönlich belästigt. Die NAFD sieht das vielleicht etwas strenger, das ist aber denen ihr Bier.« Nach einer kleinen Pause fuhr er fort: »Nur um keine Missverständnisse aufkommen zu lassen: In fast allen Punkten gehe ich mit dem Parteiprogramm der NAFD konform. Es war an der Zeit, dass solch eine grandiose Partei gegründet wurde. Da kann man den Gründern nicht genug dankbar sein. Der gesellschaftliche und politische Wandel wird Deutschland in den nächsten Jahren gewaltig nach vorne bringen, davon bin ich fest überzeugt. Ich sehe es ja jetzt schon, wie sich meine Spedition positiv entwickelt. Vieles wird einfacher im Berufsleben. Im Privaten bestimmt auch bald.«

Frau Blauermann wirkte nachdenklich. »Weißt du, wer die Partei gegründet hat? Den Bundeskanzler kenne ich aus dem Fernseher, aber sonst? Günter meinte kürzlich, da wird ein großes Geheimnis draus gemacht. Glaubst du, dass da die Amerikaner oder die Russen dahinterstecken? Unser Sohn sagte, dass dies durchaus sein könnte.« Sie blickte ihrem Mann fest in die Augen. »Das wäre doch furchtbar!«

Blauermann fluchte innerlich. Natürlich kannte er die falschen Gerüchte, die irgendwelches unzufriedene Gesindel seit Wochen im Internet streute, um den Ruf der Partei zu schädigen. Seine Kollegen und er mussten sich dringend etwas einfallen lassen. Vielleicht sollten sie eine weitere Schattenebene einführen? Eine Pseudoführungsgruppe, die der Öffentlichkeit als Parteispitze präsentiert würde und gleichzeitig als unverbindliche Berater der Regierung auftrat. In Wirklichkeit wäre diese öffentliche Gruppe natürlich nur ein Handlungsgehilfe, die seine Wünsche und die der Kollegen an die Regierung transportierten. Mit diesem zugegebenermaßen schwerfälligen Konstrukt könnte es gelingen, weiterhin im Verborgenen die Fäden in der Hand zu halten.

»Das glaube ich nicht, meine Liebe«, antwortete er. »Ich bin davon überzeugt, dass die Partei für uns Deutsche das Beste will. Wenn da irgendwelche Ausländer daran beteiligt wären, würde man kaum den Austritt aus der EU und eine Verschärfung von Grenzkontrollen fordern. Nein, die Partei ist unsere Zukunft, eindeutig.«

-24- EIN ÜBERARBEITETER GAULEITER

Paul Haberstahl saß müde auf der Couch und zappte geistig abwesend durch das Fernsehprogramm. So langsam verlor der Gauleiter Vorderpfalz den Überblick über seine ständig wachsende To-do-Liste. Kaum hatte er einen Konflikt komplett gelöst – er dachte gerade an seinen toten Jugendfreund Heiner –, kamen zwei neue Probleme hinzu. Sein Job als Gauleiter kam ihm vor wie die Hydra, das vielköpfige schlangenähnliche Ungeheuer, dem laut griechischer Mythologie sofort zwei neue Köpfe wuchsen, wenn es einen verlor. Irgendwie passte das gut zur NAFD, zumindest hoffte er es, denn der zentrale Kopf der Hydra war unsterblich. Und von der Unsterblichkeit seiner Partei war er vollends überzeugt. Er musste da jetzt durch und den Wust an Aufgaben und Handlungsdirektiven, die ständig vom Bundesgauleiterverantwortlichen Ferdinand Müller auf ihn einprasselten, zur vollsten Zufriedenheit abarbeiten. Nur dann war sein Weg nach Berlin frei. Eines Tages, der ihm nicht mehr so fern schien, würde er da oben sitzen und Aufgaben delegieren, statt Aufgaben zu bearbeiten. Er würde endlich Häuptling sein und kein Indianer oder ein einfacher Gruppenleiter mehr.

Seine Schleimerei nach oben zeigte im Moment Nebenwirkungen, die er so nicht eingeplant hatte. Bedingt vor allem durch den Unfalltod der beiden Landesparteivorsitzenden suchte man händeringend nach geeignetem und zuverlässigem Personal für den rheinland-pfälzischen Landtag mit der Perspektive Minister oder Ministerpräsident. Natürlich schmeichelte ihm dieses Angebot, selbst wenn er wusste, dass er bei Weitem nicht der einzige potenzielle Kandidat war und dass es zu einem schwierigen, wenn nicht gar brutalen Auswahlverfahren kommen würde. Klar, in die Bundeszentrale aufzurücken, war inzwischen nicht mehr so einfach wie vor einem Jahr, doch nur dort spielte die Musik, nur dort sah er seine Zukunft.

Haberstahl könnte sich eine Halbtagssekretärin leisten. Die Personalkosten für diese Stelle waren in seinem Gehalt bereits enthalten, auch wenn es allen Gauleitern freigestellt war, die Position einer Sekretärin tatsächlich zu besetzen. Die meisten seiner Kollegen hatten eine Halbtagskraft angestellt, um von dem bürokratischen Schreibkram entlastet zu sein. Haberstahl versuchte es allein. Die 2.000 Euro zusätzliche Einnahmen waren ihm, auch wenn er sie wegen fehlender Ausgaben voll versteuern musste, ein willkommenes Zubrot. Doch so langsam rächte sich diese Taktik, da sämtliche Arbeit von ihm allein erledigt werden musste. Neben dem Verwaltungskram musste er sich um seine Ortsleiter kümmern, die er als bunten Haufen wahrnahm. Viele waren äußerst motiviert und zuverlässig, doch wenn er zum Beispiel an den Ludwigshafener Schweikemeier dachte, stellten sich ihm die Nackenhaare auf.

Dem nicht genug, musste er sich um den Aufbau der Kreisleiterebene kümmern, was sehr viel Zeit in Anspruch nahm und nur langsam in die Gänge kam. Erfreulicherweise war für dieses Projekt nicht der Bundesgauleiterverantwortliche federführend, sondern die Landespartei, die zurzeit in vielen Punkten sowieso einen zerstrittenen Eindruck machte.

Zur Trauerfeier der beiden Landesparteivorsitzenden musste er übermorgen nach Mainz fahren, was seinen Terminplan kräftig durcheinanderwarf. Mainz hatte in diesem Fall absolute Priorität, zumal sich zahlreiche Führungskräfte der Bundespartei angesagt hatten. Ein bisschen Profil zeigen und die Beziehungen auffrischen und erweitern, dazu würde die Beerdigung einen schönen Rahmen abgeben.

Das Geheimprojekt »Infiltri« durfte er ebenfalls nicht vernachlässigen. Sämtliche Gauleiter hatten sich bei ihrem Amtsantritt in einem geheimen Zusatzprotokoll dazu verpflichten müssen, sich ehrenamtlich in einer größeren Institution einzubringen, um dort in der Hierarchie möglichst weit aufzusteigen. Langfristiges Ziel war, mächtige Institutionen wie ADAC, Deutsches Rotes Kreuz und natürlich die kirchlichen und sozialen Einrichtungen zu unterwandern. Jeden Monat musste er einen detaillierten Status Quo in der Hauptstadt-Zentrale abliefern.

Er hatte sich bei Amtsantritt für den hiesigen Kreisverband des Deutschen Roten Kreuzes entschieden. Leider lief dort die Entwicklung alles andere als zufriedenstellend. Als regionale Person der Öffentlichkeit war er im DRK-Kreisverband natürlich mit seiner Parteifunktion bekannt. Irgendwie gelang ihm nicht, während der Treffen und Sitzungen einen emotionalen Zugang zu den anwesenden Personen zu schaffen. Sie waren ihm gegenüber äußerst reserviert, was daran lag, dass sich kein Mitglied des Kreisverbandes des DRK mit den Parteizielen der NAFD identifizieren wollte. Dementsprechend hatte er es bisher nicht geschafft, auch nur eine kleine offizielle Funktion zu ergattern. Er überlegte bereits, ob er mit Einschüchterungsversuchen weiterkam.

Am meisten Arbeit machte ihm die neue Handlungsdirektive 2017/157. Haberstahl nannte es sarkastisch »Beschäftigungstherapie für die Indianer«. Das Renommee der Partei, das in den letzten Wochen an der einen oder anderen Stelle etwas gelitten hatte, musste aufpoliert werden. Weg vom Image der gewaltbereiten und bildungsfernen Basismitglieder, deren Wortschatz dreistellig war und deren Intelligenzquotient höchstens an ihre Körpertemperatur heranreichte. Haberstahl wusste genauso wie die Parteiführung, dass dieses Image in weiten Teilen der Realität entsprach, genauso wie die seit der Bundestagswahl vermehrten Übergriffe auf Asylantenheime, die korrekterweise in vielen Fällen NAFD-Mitgliedern angekreidet wurden. Manche Ortsgruppenleiter hatten ihre Mitglieder einfach nicht im Griff, vielleicht unterstützten sie solche Aktionen insgeheim auch. Der Gauleiter konnte nur Vermutungen anstellen. Er ging mit der Meinung der

Parteispitze konform, dass eine breite Bevölkerungsbasis für die Weiterentwicklung der Partei nötig war. Nur mit diesem Stimmvieh, das zum Großteil aus bisherigen Nichtwählern bestand, konnten in den nächsten Jahren die Landtage und der nächste Bundestag übernommen werden. Haberstahl hoffte, dass er bis dahin eine wesentlich einflussreichere Position innehatte. Sobald die Gesetzgebung in Deutschland durch keine anderen Parteien mehr blockiert werden konnte, würde er dafür plädieren, die einfachen Mitglieder bis zur fünften oder sechsten Beförderungsstufe schnell mit legislativen Mitteln zu militarisieren, um mit autoritärem Gehorsam diese einfachen Menschen besser und zielgerichteter führen zu können.

Doch so weit war es noch nicht. Aktuell musste das Ansehen der Partei in der Bevölkerung verbessert werden, insbesondere bei den Nichtmitgliedern. Um diese Ziele zu erreichen, galt es, in soziale Projekte zu investieren, Vereinshäuser zu bauen und vieles mehr. Das deutschlandweite WLAN-Projekt war ein erster Baustein.

Paul Haberstahl grauste es davor, das Blutspendeprojekt in der nächsten Woche zu starten. Alle Gauleiter, die sich in Sachen »Infiltri« für das Deutsche Rote Kreuz oder einen ähnlichen Verband, der sich mit Blutspenden befasste, entschieden hatten, mussten in ihrem Gau zur NAFD-Blutspendewoche aufrufen. Jedes Mitglied wurde über seinen Ortsverband persönlich aufgefordert, einen der Termine wahrzunehmen, um Blut zu spenden. Als Belohnung würde man jedem Spender eine Bonusaktie der Partei gutschreiben. Für ein zweimaliges Spenden innerhalb eines halben Jahres konnte man sogar ohne Prüfung eine Beförderungsstufe in der NAFD überspringen.

Jetzt könnte Haberstahl die Aktion eigentlich egal sein, da sie weitgehend von den Ortsgruppenleitern organisiert wurde. Als zentraler Schirmherr der Aktion in seinem Gau musste er aber Flagge zeigen und der Presse und der Öffentlichkeit am Eröffnungstag zeigen, dass er hinter dieser Aktion stand. Dazu gehörte auch, Blut zu spenden. Haberstahl hatte in seinem Leben bisher nur selten eine Spritze gesehen, meist ging es um eine Impfung im Kindesalter. Jedes Mal endete dies in einem Desaster. Er erinnerte sich gut an die letzte Spritze in seinem Leben, eine Tetanusimpfung mit 13 Jahren. Bevor er bewusstlos vom Stuhl sank, landete sein Mageninhalt auf dem Kittel des Arztes. Seitdem wurde er von seiner Mutter von weiteren Impfungen verschont, die Angst vor der Spritze blieb.

-25- MIRJAM WILL EINFACH NICHT

»Musst du wirklich schon gehen?« Mirjam seufzte, während sie ihrem Freund den Kopf kraulte. »Es ist gerade so schön.« Sie schmiegte sich näher an ihn in der Hoffnung, ihn zu einer weiteren Erektion überreden zu können.

Günters Ich war nahe dran, dem Trieb nachzugeben, doch sein moralisches Über-Ich konnte ihn gerade noch zur Ordnung rufen. Pflichten blieben Pflichten, selbst wenn die Freundin sich nackt an ihn kuschelte.

»Wenn ich nicht zur Sitzung komme, gibt's Ärger«, sagte er, während er seine Klamotten suchte, die um das Bett herum verstreut auf dem Boden lagen. »Und mein Vater wäre nicht sehr amüsiert«, ergänzte er.

»Jaja, dein Vater«, äffte sie ihn nach. »Du bist 21, hast du das vergessen?« Sie zog eine Schnute und drehte sich zur Wand.

»Jetzt sei doch nicht gleich beleidigt«, verteidigte er sich und war nahe dran, sich wieder zu ihr zu legen und sie zu trösten. Sie sah aber auch einfach zu knackig aus, wenn sie so ausgestreckt und nackt auf seinem Bett lag.

»Ich bin bis spätestens um 20 Uhr zurück, dann haben wir den Abend und die ganze Nacht für uns. Morgen ist Samstag, da können wir ausschlafen.«

Mirjam drehte sich zu ihm um. »Wenn du glaubst, dass ich hier alleine über vier Stunden wie eine Gefangene warte, hast du dich aber geschnitten. Ich gehe ins FLAC.«

Diese Bemerkung traf Günter hart. Das FLAC war bekannt für seine hohe Männerquote und hatte den Ruf einer Anbaggerkneipe inne.

»Gehst du alleine hin?«, fragte er zaghaft.

»Was glaubst du denn?«, provozierte sie ihn mit einem unverfrorenen Blick.

»Willst du nicht lieber den Michael mitnehmen?« Michael war Günters Freund und ihm treu ergeben. Er würde auf seine Freundin aufpassen.

»Nein danke, ich brauche keinen Babysitter. Sag mal,

bist du eifersüchtig?« Erneut ein frivoler Blick. »Hast du kein Vertrauen zu mir? Ich weiß ja auch nicht, ob du wirklich zu deiner komischen Sitzung gehst.«

»Natürlich habe ich Vertrauen zu dir«, beeilte er sich zu sagen. »Ich habe ja nur gemeint.«

»Aha«, antwortete sie, während sie sich ebenfalls anzog.

Mirjam hatte ihren Freund fest im Griff. Nicht, dass sie ihn wirklich liebte, sie benutzte ihn lediglich für ihre ureigenen Zwecke. Mit ein bisschen Sex, der auch ihr guttat, hielt sie ihn bei der Stange und konnte alles von ihm bekommen, was ihr Herz begehrte. Mirjam machte im nächsten Frühjahr Abitur, hatte beinahe Modelmaße und sah sehr gut aus. Neben einer herausragenden Intelligenz verfügte sie über eine gehörige Portion Raffinesse. Zwei oder drei feste Freunde hatte sie bereits verschlissen, die zwar allesamt den Körper eines Adonis besessen, sich geistig aber als Luftpumpen herausgestellt hatten. Mirjam genoss die Zeit der Zweisamkeit, wollte aber nicht ihr Leben lang morgens neben einer Dumpfbacke aufwachen. So blieb sie schließlich bei dem in allen Dingen mittelmäßigen Günter hängen. Sein Aussehen beurteilte sie als »geht so«, ebenso seine sexuellen und intellektuellen Fähigkeiten. Mirjam war ihrem Freund in allen Lebensbereichen überlegen. Schnell merkte sie, wie leicht er zu beeinflussen war. Doch viel wichtiger war ihr Günters Vater: Er war reich. Seine Spedition warf riesige Gewinne ab, wie ihr Günter versichert hatte. Mirjam war allein schon von der luxuriösen Villa beeindruckt, in der Günters Eltern wohnten. Ihrem Sohn hatten sie zu seinem 18. Geburtstag eine 200 Quadratmeter große Eigentumswohnung geschenkt, direkt neben dem Rhein mit herrlicher

Aussicht. Kein Vergleich mit der 55 Quadratmeter kleinen angemieteten Bude, in der sie mit ihrer Mutter hauste. Mirjam sah ihre Zukunft gesichert. In ein oder zwei Jahren würde sie Günter vor den Traualtar zerren. Kinder waren für sie keine Option, zumindest in den nächsten 10 bis 15 Jahren nicht. Dazu liebte sie zu sehr ihre Freiheit und ihre persönlichen Bedürfnisse. Spätestens, wenn sie Frau Blauermann war, konnte sie sich alles leisten, was sie wollte. Natürlich würde sie ihre Mutter unterstützen, die mit ihrem Aushilfsjob im Supermarkt eher schlecht als recht über die Runden kam. Vielleicht würde sie sogar studieren, aber irgendwo in Norddeutschland, damit sie nicht jeden Tag Günter an der Backe hatte.

Während sich Günter die Schuhe band, wagte er in einer persönlichen Angelegenheit einen weiteren Versuch: »Du, Liebling, auch wenn wir schon zigmal über dieses Thema gesprochen haben, willst du es dir nicht doch noch mal überlegen?«

Obwohl Mirjam genau wusste, was er meinte, stellte sie eine Gegenfrage: »Was meinst du?«

»Ich meine die Partei. Mein Vater würde es sehr begrüßen, wenn du in die NAFD eintreten würdest. Bestimmt würde er dir über seine Beziehungen einen tollen Posten organisieren.«

Seine Freundin lachte ihn aus. »Mitmachen? Bei diesem Chaotenhaufen? Niemals! Mich wundert, dass du dich dafür instrumentalisieren lässt.«

»Mein Vater …«

»Immer dein Vater«, unterbrach sie ihn harsch. »Werde endlich mal erwachsen und bilde dir eine eigene Meinung.« In Wirklichkeit wünschte sie sich das natürlich nicht. Solange ihr Freund naiv und hörig war, hatte sie leichtes Spiel.

Günter nahm Mirjam in den Arm. »Du weißt genau, wie abhängig ich von meinen Vater bin. Ohne seine Unterstützung hätte ich weder diese Wohnung noch den Porsche und wahrscheinlich auch dich nicht.«

Mirjam widersprach sofort. »Das ist gemein, so über mich zu denken. Ich würde dich auch lieben, wenn wir in den Slums wohnen müssten, das weißt du genau.« Sie log sehr überzeugend.

Günter gab ihr einen Kuss. »Ich weiß doch, Kleines. Aber mich musst du auch verstehen. Ich bin der einzige Sohn meiner Eltern, und mit meiner Schwester kommt mein Vater nicht klar. Er macht sich halt Hoffnungen, dass ich später mal die Spedition übernehme.«

»Und das ist gut so«, stimmte sie zu. »Deshalb studierst du schließlich BWL. Aber diese Partei, die sich in einer populistischen Nische ein Weltbild basteln will und den Gerüchten nach vor der Bundestagswahl versucht hat, den Verfassungsschutz unter Kontrolle zu bringen, damit sie selbst nicht beobachtet wird, das hat für mich einen ziemlich bitteren Nachgeschmack. Du weißt, dass ich Sozialkunde als Leistungsfach habe. So langsam kommt mir diese NAFD vor wie die Regierungen in Ungarn und Polen. Dort versuchen sie seit ein paar Jahren, das Pressegesetz schleichend abzubauen und eine Zensur einzuführen. Und erst die politische Einflussnahme auf die Gewaltenteilung, das kann doch nicht angehen! Wir steuern auf ein neues Drittes Reich zu!«

Günter wusste, dass er gegen seine politisch gebildete Freundin keine Chance hatte. »Jetzt übertreibst du aber.

Das, was die Partei tut, ist ausschließlich zum Wohle Deutschlands und seiner Bürger.«

»Ha, dass ich nicht lache. Demokratieabbau soll zum Wohle der Bürger sein? Weißt du, was du das sagst?« Beinahe hätte sich Mirjam wieder in ihren Hass über die NAFD hineingesteigert und direkte Vergleiche zu Hitler und Nazideutschland gezogen. Sie konnte sich im letzten Moment beherrschen, da sie nur zu gut in Erinnerung hatte, wie lange sie nach dem letzten Mal gebraucht hatte, ihren Freund zu beruhigen. »Lassen wir das«, winkte sie ab, um die Diskussion abzuschließen. »Geh du zu deiner Versammlung, weil dein Vater das möchte. Aber ich mache da nicht mit. Du kannst deinem Vater sagen, dass ich wegen meines Abiturs so viel lernen muss und daher keine Zeit finde, bei der NAFD mitzumachen.«

»Das ist eine sehr gute Idee«, freute sich Günter. »Damit wird sich Vater zufriedengeben.« Mirjams Hasstiraden hatte er längst vergessen. »Da fällt mir ein, wie wäre es, wenn wir gleich nach den Weihnachtsfeiertagen in Urlaub fliegen?«

Mirjam bekam schlagartig ein seliges Lächeln.

»Wie wäre es mit den Kanarischen Inseln oder Tunesien?«, fragte Günter.

Mirjam nahm ihren Freund fest in die Arme und gab ihm einen innigen Kuss. »Vielleicht Hawaii? Oder ist das zu weit weg?«

»Wie du willst«, antwortete Günter. »Hauptsache, dort ist es nicht so kalt wie bei uns. Ich lasse über die Spedition meines Vaters zwei Tickets nach Hawaii buchen, ist das okay?«

Nur mit einem energischen Einschreiten seines Über-Ich gelang es Günter, sich von seiner Freundin loszureißen. »Ich muss jetzt los, wir sehen uns heute Abend.«

-26- VERKEHRSKONTROLLE MIT LEO

»Was ist das jetzt?«

Robert, der neben ihm saß und seine Facebook-Timeline checkte, zuckte erschrocken zusammen und ließ dabei sein Smartphone auf den Boden fallen. »Musst du mich so erschrecken?« Er bückte sich, um es aufzuheben.

»Schau lieber mal nach vorne«, meinte Peter.

Sein Beifahrer, der in der Koje liegen und schlafen sollte, blickte durch die Windschutzscheibe.

»Polizei. Bitte folgen«, leuchtete im Heck des Zivilfahrzeugs.

»Hast du mal wieder an der falschen Stelle überholt? Was wollen die von uns? Wir sind ja erst kurz vor München.«

»Keine Ahnung«, antwortete Robert. »Sicherlich nur eine Routinekontrolle. Passieren kann uns nichts. Die Papiere sind in Ordnung, ich bin weder zu schnell gefahren noch einem anderen Lkw oder Pkw zu nah auf die Pelle gerückt. Da vorne werden die Bullen uns auf den Parkplatz lotsen.«

Bei dem Zivilfahrzeug der Polizei handelte es sich um einen Transporter. Nachdem der Lastwagen hinter dem Polizeifahrzeug auf dem Parkplatz angehalten hatte, stiegen fünf Zivilpersonen aus dem Transporter aus und kamen auf das Führerhaus zu.

Was ist da los?, fragte Robert sich selbst. Das ist ja ein Massenauflauf. Meinen die vielleicht, wir sind Terroristen? Er versuchte sich an einem gekünstelten Lachen, ließ aber gleichzeitig die Seitenscheibe herunter. Peter legte sein Smartphone weg.

»Guten Tag«, begrüßte ihn einer der Zivilbeamten. »Routinekontrolle, können wir bitte die Papiere sehen?«

»Alles in Ordnung, Meister«, sagte Robert in lockerem Ton, denn er war sich keiner Schuld bewusst. Er reichte die gewünschten Unterlagen zum Fenster hinaus.

Während der Beamte mit den Papieren zum Transporter ging, um die Daten per Funk zu verifizieren, trat ein anderer an die Fahrertür. »Würden Sie bitte aussteigen?«, fragte er höflich. »Alle beide, bitte«, ergänzte er.

»Stimmt was nicht mit dem Reifenprofil?«, fragte Robert, während er aus dem Führerhaus kletterte. »Wir sind erst seit drei Stunden unterwegs.«

»Passt schon«, antwortete der Beamte. »Wir würden gerne die Ladung kontrollieren.«

»Aber warum denn? Die ist ordnungsgemäß gesichert. Das habe ich selbst kontrolliert.«

Der Beamte nickte als Antwort, da er bei Lkw-Kontrollen regelmäßig angelogen wurde.

»Öffnen Sie bitte die Plane«, sagte er in ruhigem Ton. Seine drei Kollegen beobachteten aus ein paar Metern Entfernung die Szene. Während Robert die Plane öffnete, kam der fünfte Beamte mit den Papieren zurück. »Alles in Ordnung«, sagte er laut, während er seinen Kollegen zuzwinkerte.

»Da, schauen Sie«, sagte Robert und hielt die Plane zur Seite. »Alles steht vorschriftsmäßig und gut verpackt auf Europaletten. Details sehen Sie ja in den Lieferpapieren.«

Zwei Beamte kletterten in den Hänger, während ein dritter gemächlich zum Transporter ging.

Kurz darauf war die Ladung oberflächlich kontrolliert. »Sieht gut aus«, rief einer der Beamten aus dem Hänger. »Leo kann kommen.«

Robert und Peter sahen sich verständnislos an. Wen meinte er mit Leo? Doch schon sahen sie den fünften Beamten aus Richtung des Ziviltransporters zurückkommen. Neben ihm lief ein Schäferhund. Robert und Peter fielen synchron die Kinnladen herunter.

»Leo ist unser Suchtmittelspürhund«, erklärte der Hundeführer.

»Was … äh … und warum?«, stammelte Robert. »Drogen? In unserem Laster? Aber nie im Leben!«

Sein Freund Peter war etwas kleinlauter, so als ahnte er etwas.

Ein kurzer Befehl, und Leo sprang frei in den Hänger. Ein weiteres Zeichen seines Herrchens genügte, und er begann mit der Arbeit. Es dauerte keine Minute, bis Leo anschlug. Dabei spielte es keine Rolle, dass die junge Frau, die die Tüte versteckt hatte, sie etwas perforiert hatte. Leo hätte die Drogen auch in einem luftdicht verschlossenen

Gefäß gerochen. Ein paar Moleküle, die bei der Abfüllung unvermeidlich freigesetzt werden, reichten dem ausgebildeten Suchtmittelspürhund völlig aus.

Ein weiterer Beamter kletterte in den Hänger und streifte sich Handschuhe über. Seine Kollegen waren unauffällig näher zu den beiden Lkw-Fahrern getreten. Der Hundeführer gab seinem Leo eine Belohnung und führte ihn zurück zu dem zivilen Polizeitransporter. Der behandschuhte Beamte benötigte nur wenige Sekunden, bis er die Plastiktüte mit dem weißen Pulver gefunden und seinen Kollegen präsentiert hatte.

»Das ist nicht von uns!«, schrie Robert. »Das wurde uns untergeschoben!«

Peter war kreidebleich geworden. Er hatte für Herold Blauermann schon zahlreiche Drogentransporte in den südeuropäischen Raum und in die Benelux-Staaten unternommen, ohne dass irgendetwas schiefgegangen war. Blauermann hatte ihn jedes Mal fürstlich für seine Dienste belohnt. Aus Sicherheitsgründen war bei diesen Transporten nur er als Hauptfahrer eingeweiht gewesen. Seinen wechselnden Beifahrern hatte man das riskante Zusatzgepäck verschwiegen. Doch dieses Mal war es anders: Er hatte von dem Drogentransport nichts gewusst. War es dieses Mal sein Freund Robert, der den Deal mit dem Chef Blauermann durchzog? Hat der Speditionschef nun ihn selbst hintergangen? Und wenn ja, warum? Er hatte seine Transporte immer fristgerecht und ohne die kleinste Schwierigkeit abgewickelt. Selbst die Übergaben an die Zielpersonen verliefen immer korrekt. Er schaute zu Robert, der sich immer noch aufregte und herumschrie. War das nur Tarnung, oder wusste er ebenfalls nichts? Hatte Blauermann sie beide hintergangen?

»Wir müssen das Fahrzeug beschlagnahmen«, sagte die Person mit den Handschuhen, der offenbar der leitende Beamte des Einsatzteams war. »Und Sie müssen mit auf das Präsidium zur Vernehmung. Alles Weitere entscheidet der Staatsanwalt.«

Sie mussten nicht lange warten, bis ein weiterer Polizeitransporter, dieses Mal in offizieller Lackierung, angefahren kam. Robert und Peter durften ihren Privatkram mitnehmen, während der Lkw einer Detailuntersuchung unterzogen wurde.

Die Einzelvernehmungen von Robert und Peter, bei denen jeweils zwei Beamte und ein Staatsanwalt anwesend waren, verliefen ergebnislos. Beide Aussagen deckten sich zu 100 Prozent. Peter verschwieg natürlich seine früheren Drogentransporte für Blauermann. Unter bestimmten Auflagen und wegen fehlenden Haftgrundes durften sie einige Stunden später das Präsidium verlassen und sich mit der Bahn auf den Heimweg machen. Erst kurz vor Mitternacht kamen sie in Speyer an. Die am gleichen Tag durchgeführten Hausdurchsuchungen bei den beiden ergaben keine weiteren Indizien. Lediglich in der Junggesellenbude von Robert fand man ein paar Gramm Amphetamine und eine umfangreiche Pornosammlung, die zwar grenzwertige Praktiken zeigte, aber kein verbotenes Material beinhaltete.

-27- ÜBERALL NUR DRUCK

Die Gebäude waren hell erleuchtet. In allen drei Hallen der Druckerei, die zum Medienhaus »Der Neue Deutsche« gehörten, wurde rund um die Uhr gearbeitet.

Dr. Goldwurst, der Abteilungsleiter der Halle 2, stand wie seine Kollegen in den Nachbarhallen unter ungeheurem Druck, und das konnte man durchaus doppeldeutig sehen. Die dritte Führungsebene, zu der Goldwurst gehörte, musste zwar nicht körperlich arbeiten, das bedeutete aber nicht, dass es in diesen Tagen ein leichter Job war.

Goldwurst, sowieso als Menschenschinder bei der Arbeiterschaft verschrien, hatte die Vorgaben der Unternehmensleitung rigoros umzusetzen. Die Sonderausgabe der Parteizeitung, die an sämtliche Haushalte in Deutschland verteilt werden sollte, musste in spätestens 48 Stunden versandfertig auf Europaletten bereitstehen. Selbst eine einzige Stunde Verzögerung würde ihm oder einem seiner Kollegen den Kopf kosten.

Schwierig war, dass ein paar fremde nicht parteigebundene Druckereien, die mangels Volumen der eigenen Druckerei einen Teil der Auflage produzieren sollten, sehr kurzfristig abgesagt hatten. Offiziell mit Maschinenschaden und anderer höherer Gewalt, in Wirklichkeit wohl wegen der Inhalte der zu produzierenden Zeitung.

Die Unternehmensleitung um Susanne Bolero, die ergebnisverantwortlich gegenüber der Berliner Parteizentrale war, musste reagieren. Und dies sehr schnell. Kurzerhand wandelte man den bisherigen 8-18 Uhr Einschichtbetrieb der Druckerei in einen Dreischichtbetrieb um. Sämtliche Arbeiter mussten sich bereit erklären, für die Dauer des großen Druckauftrages in Wechselschicht zu arbeiten. Dafür wurden sie von der Unternehmensleitung großzügig mit Sonderprämien geködert. Nur ganz wenige unwillige, die private Gründe gegen die Schichtarbeit angebracht hatten, wurden sofort gekündigt und freigestellt. Dass in dieser Gruppe zwei oder drei Alleinerziehende waren, wurde billigend in Kauf genommen.

Durch die Verteilung des leicht verringerten Mitarbeiterstabs von einer auf drei Schichten, fehlten natürlich jede Menge Mitarbeiter. Einige Lücken füllte man kurzerhand mit Redakteuren des Verlagshauses aus, aber auch Mitarbeiter der IT und der Buchhaltung wurden für die harte und vor allem laute Arbeit in der Druckerei zwangsverpflichtet. Richtiger Zwang war das freilich nicht, aber jeder wusste genau, was ihm blühte, wenn er sich dagegen wehrte.

Ein paar Dutzend Arbeiter fehlten immer noch, daher bediente man sich aus einem Pool ungelernter Leiharbeiter, die über ein Arbeitnehmer-Leasing-Unternehmen angeheuert wurden.

In der Theorie waren jetzt zwar die Arbeitskräfte für sämtliche Schichten vorhanden, doch bei weniger als einem Drittel handelte es sich um qualifizierte Fachkräfte, die sich mit den Maschinen auskannten.

Entsprechend dem Niveau der Mitarbeiterqualifizierung war die Qualität des Produktes. Ständig mussten die Druckmaschinen gestoppt und neu justiert werden. Die

Rate der Fehlexemplare, die die Endkontrolle aus dem Verkehr zog, wuchs rasant.

Goldwurst und seine Kollegen mussten an allen Stellen gleichzeitig sein, um rechtzeitig eingreifen zu können, wenn etwas augenscheinlich schieflief. Und mangels Vertretung bei allen drei Schichten.

Goldwurst zitterte, wenn er einen seiner Untergebenen zusammenstauchte. Bisher war er immer die Ruhe selbst, von seinen jähzornigen Ausbrüchen abgesehen. Das Zittern konnte er nicht abstellen, er war übernervös, seine Nerven waren am Ende. Um keine Schicht unbeaufsichtigt laufen zu lassen, schlief Goldwurst während jeder Schicht zweimal für jeweils eine knappe Stunde in seinem Kabuff. Mehr Erholungspausen gönnte er sich nicht. Mit Getränken versorgte er sich ausschließlich am Kaltgetränkeautomaten in der kleinen Kantine, wo er das eine oder andere Pausenbrot aus dem Kühlschrank stahl, das seine Untergebenen dort deponiert hatten.

-28- EINE FAST SAUBERE SPEDITION

Herold Blauermann tobte. Gerade war die Polizei in Mannschaftsstärke angerückt und hatte das gesamte Unternehmen durchsucht. Von dieser Aktion, die nicht vom Präsidium in Ludwigshafen initiiert war, hatte er im Vorfeld nichts erfahren. Bisher wurde er bei vorliegenden Problemen immer rechtzeitig von einem seiner beiden »Präsidiums-Spezis«, wie er sie nannte, gewarnt. Da die Durchsuchungsaktion über das Präsidium Ulm lief und mit dem LKA Rheinland-Pfalz abgestimmt war, erfuhr er von den Plänen nichts. Dabei hätte er es sich denken können. Gestern Abend hatte ihn sein Fahrer Robert angerufen und von dem Drogenfund berichtet. Blauermann war so verwirrt gewesen, dass er die Folgen, die er gerade ausbaden musste, nicht beachtet hatte. Stattdessen grübelte er die ganze Nacht, wer für diese Tat verantwortlich sein konnte. Eines stand fest: Es war kein Transport, den er beauftragt hatte. Seine überaus rentablen Drogengeschäfte hatte er in den letzten zwei Wochen, gleich nachdem ihm ein Teil seiner Ware nachts aus dem Firmengelände gestohlen worden war, eingestellt. Seit dieser Zeit war sein Betriebsgelände drogenfrei. Gab es vielleicht sogar einen Zusammenhang zwischen dem Diebstahl und dem gestrigen Fund? Doch woher hatte die Polizei davon erfahren? Ihm kam ein weiterer abwegiger Gedanke: Was wäre, wenn die gestohlenen Drogen in den letzten 14 Tagen das Betriebsgelände gar nicht verlassen hätten? Waren Robert und Peter die Diebe, die jetzt nach einer Karenzzeit auf eigene Rechnung arbeiteten? Vielleicht war es auch nur Peter, denn Robert war manchmal unzuverlässig und wusste über diese speziellen Geschäfte nicht Bescheid.

Blauermanns Puls beruhigte sich langsam. Die Spürhunde hatten jedenfalls nichts gefunden, nur in der Halle hatten sie ein- oder zweimal kurz angeschlagen, doch gefunden wurde nichts.

Klar, es war ein Spektakel bei den Mitarbeitern, als das Spezialeinsatzkommando anrückte, als gäbe es bei ihm ein terroristisches Waffenlager. Nachdem Blauermann einen seiner Präsidiums-Spezis angerufen hatte, beruhigte sich die Lage schnell. Der Speditionschef gab sich erschüttert über den Fund und versprach jegliche Unterstützung, um dem schändlichen Treiben der Drogenschmuggler ein Ende zu setzen. Als angesehener Geschäftsmann wurde er nicht als Schuldiger vernommen, sondern nur als Zeuge.

Nachdem die Beamten abgerückt waren, zog er sich in sein Büro zurück und meldete im Sekretariat, dass er nicht gestört werden wollte. Er machte es sich auf seiner Relaxliege bequem und überlegte, wem er diese Unannehmlichkeiten zu verdanken hatte. Seine Mitbewerber konnten dafür kaum verantwortlich sein. Das hieß für ihn, dass er, rein auf sein Unternehmen bezogen, zurzeit an zwei Fronten kämpfte: Den Anschlägen auf seine Lkws und seinen Flieger, die er sehr wohl der Konkurrenz zuordnete, sowie dem Drogendiebstahl. Hatte der Dieb von vornherein die Drogen nur gestohlen, um sie in einem anderen Lkw zu verstecken, den er gleichzeitig an die Polizei verriet? Ja, so musste es sein. Hier wollte ihn jemand persönlich in Bedrängnis bringen. Dafür kam kein anderer als Bernhard Bender infrage, der ihm von Anfang an nicht den Vorsitz in der Führungsrunde der NAFD gönnte. Genau, der fette Pharmachef wollte ihn hereinlegen. Dazu musste er einen Maulwurf in sein Unternehmen eingeschleust haben. Bender wusste von seinen Drogengeschäften, auch wenn er keine Details kannte. Im Gegenzug kannte Blauermann einige ungesetzliche Aktionen Benders, die seinen Kopf kosten würden, wenn diese an die Öffentlichkeit kämen.

Um Bender und den Maulwurf würde er sich demnächst kümmern. Erst musste er seine anderen Baustellen abarbeiten. Die Drogenpäckchen waren frei von Fingerabdrücken oder sonstigem genetischen Material von ihm. Da hatte er penibel aufgepasst und immer andere die Arbeit machen lassen. Doch in diesem Punkt täuschte sich Blauermann.

-29- GEBURTSTAGSFEIER IM HOCHBUNKER

Die Berliner Online-Zentrale der NAFD im Obergeschoss einer ehemaligen Hochbunkeranlage war für einen Außenstehenden nur schwer zu entdecken. Aus Sicherheitsgründen hatte man die Produktion der eigenen Online-Medien auf verschiedene Standorte verteilt. Die eher höherwertigen Informationen wurden im Frankenthaler Medienhaus »Der Neue Deutsche« geschrieben, die ganzen Standarddinge, bei denen es nicht auf jedes einzelne Wort ankam, hatte man ins europäische Ausland verlegt. Hierzu zählten zu einem großen Teil die ganzen Social-Media-Beiträge, die unter anderem als Vehikel gedacht waren, um Nichtleser einzufangen. Diese kurzen Internet-Beiträge in einfacher Wortwahl waren ideal für Lesemuffel, da diese schnell wachsende Gruppe meist aus mangelnder Konzentration keine längeren Artikel mehr las und schon gar keine komplizierten Erklärungen mochte.

In Berlin selbst wurde entschieden, wann welche Information auf welchem Medium freigeschaltet wurde. Selbst die Landesportale der Partei wurden ohne Ausnahme in Berlin gepflegt. Als zweites Standbein wurde von der Zentrale die externe Kommunikation mit den Fremdmedien betrieben, die in der hauseigenen Datenbank mit Hinweisen wie »wohlgesonnen« oder »steht der Partei skeptisch gegenüber« gekennzeichnet waren. Bei manchen größeren und wichtigen Tageszeitungen und Magazinen gelang es mit steigender Tendenz, Mitglieder in einflussreichen Positionen anzuwerben. Der Rückgang der ablehnenden Berichte nahm bis vor Kurzem schleichend, aber signifikant ab. Für manches Neumitglied hatte die Partei tief in die Tasche gegriffen, um es zu überzeugen. Nur in wenigen Fällen hatte man bisher zu rabiateren Methoden gegriffen, um die Zielpersonen medienmäßig gefügig zu machen.

Der Wahlkampf für die Landtagswahl in Niedersachsen hatte diese Aufbauarbeit weit zurückgeworfen. Selbst bisher parteifreundliche Zeitungen und Radiosender hatten ihre Meinung teils um 180 Grad gedreht. Die Online-Zentrale kämpfte seitdem an zwei Fronten: Ungeachtet der schlechten Berichterstattung in den Fremdmedien musste die Menge der Eigenartikel erhöht und vor allem qualitativ verbessert werden. Es ging nicht darum, die üblichen Stammtischparolen auf niedrigem Niveau zu wiederholen, um mehr Wähler oder Mitglieder zu generieren, sondern gegen die teils äußerst harsche Kritik der Gegner anzukämpfen. In einer großen überregionalen Zeitung gab es plötzlich eine tägliche Rubrik auf Seite 3, in der Prominente unter dem Serientitel »Ja zur EU« ihre persönlichen Argumente vorbrachten und zur weiterführenden Diskussion auf einer Internetseite des Verlags einluden.

Diese Aktion erreichte zwar nicht das einfache Volk, dennoch war es ein wichtiger und ausschlaggebender Faktor für die Bildung der Volksmeinung. Mehrheiten konnten schnell kippen, das hatte man nicht nur in Deutschland in den vergangenen Jahrzehnten gelernt.

Selbst Deutschlands größtes Boulevardblatt hatte seinen Standpunkt angepasst und berichtete nun mehrmals in der Woche positiv über die Flüchtlingssituation. Es wurde aufgezeigt, dass Flüchtlinge, vor allem aus den südosteuropäischen Gebieten, aber auch aus Brennpunktstaaten wie Syrien nicht unbedingt arm sein und über keine Bildung verfügen mussten. Dieses Massenblatt, das laut mehreren Studien mit einem Wortschatz von unter 500 Wortstämmen auskam, erklärte den Unterschied zwischen Wirtschafts- und Kriegsflüchtlingen. Ein Unterschied, der in den Köpfen der Menschen mit niedrigem Bildungsstandard so gut wie nie verankert war. Regelmäßig wurden Flüchtlinge vorgestellt, mal ein Ingenieur, mal ein Arzt, und wie sie in Deutschland Fuß fassen konnten. Die meisten der vorgestellten Personen gaben an, in ihre Heimat zurückkehren zu wollen, sobald sich dort die politische Lage beruhigt hatte.

Gegen solche Reihenberichtserstattungen hatte es die Online-Abteilung der NAFD schwer, da sie darauf nicht ausgerichtet war. Die Redaktion konnte einzelne missliebige Berichte mit einer schieren Lawine an pauschalen Gegeninformationen auf niedrigem Niveau attackieren, dieser neuen Taktik hatte sie zunächst nur wenig entgegenzusetzen. Im Printbereich verfügte die Partei zudem bisher nicht über ein täglich erscheinendes Organ, sodass dieses Medium weitgehend im Kampf gegen den immer mächtiger werdenden Gegner ausschied.

Der zweite Punkt, die Bestechung oder Bedrohung einzelner Redakteure, lief ebenfalls weitgehend ins Leere, da die Aktionen der Gegner teamgesteuert waren. Ein Redakteur einer norddeutschen Tageszeitung ging zum Schein auf ein Bestechungsangebot ein. Mit versteckter Kamera wurde das Gespräch gefilmt und bereits am nächsten Tag in einer Politiksendung der ARD gesendet. Der Presserat, dem zwei Verleger- und zwei Journalistenorganisationen angehörten, nahm den Ball auf und forderte ernsthafte Konsequenzen, um die Pressefreiheit weiterhin garantieren zu können.

Der Bundeskanzler bat um Entschuldigung und versicherte ehrenwörtlich, dass die NAFD niemals vorhabe, die Presse in irgendeiner Form zu beschneiden. Der mit versteckter Kamera aufgezeichnete Erpressungsversuch wurde laut Kanzler eigenmächtig von einem Mitglied der Partei unternommen, ohne von dieser dazu ermächtigt worden zu sein. Die NAFD verurteilte dieses Fehlverhalten, und der Bundeskanzler sagte, dass gegen das entsprechende Mitglied bereits ein Parteiausschlussverfahren eingeleitet worden sei. In Wirklichkeit wurde er mundtot gemacht. Zunächst temporär mit Geld und Versprechungen, zwei Wochen später, als sein Name im öffentlichen Bewusstsein längst vergessen war, final mittels manipuliertem Autounfall, dem als Kollateralschaden leider auch zwei Unschuldige zum Opfer fielen.

Dem nicht genug, kam es gestern zum Supergau. Hackern war es gelungen, sämtliche Server der NAFD lahmzulegen.

Sie hatten sich dazu einen günstigen Zeitpunkt ausgesucht, der auf Insiderkenntnisse schließen ließ. Gegen 22 Uhr übernahm wie jeden Abend das dreiköpfige Nachtteam der Online-Redaktion die Arbeit in der Zentrale. Dessen Aufgabe bestand darin, die in der Nacht, vorrangig in ausländischen Medien auftauchenden relevanten Berichte zu finden und zu selektieren, damit die um 8 Uhr morgens beginnende Frühschicht eine aktuelle Pressemappe vorfand, mit der sie die Aktivitäten nach Wichtigkeit sortieren und den Tag planen konnten.

Für das Team gab es keinerlei Anlass, sich um die eigenen Online-Angebote zu kümmern. Der großflächige Serverausfall um 22.30 Uhr fiel aber auch aus einem anderen Grund niemanden auf: Der Teamleiter feierte um Mitternacht seinen 30. Geburtstag. Da das Vorglühen bereits mit Schichtbeginn startete, kümmerte sich nur der neue Praktikant um die eigentlichen Aufgaben. Streng nach Vorgabe arbeitete er die Liste der ausländischen Online-Angebote ab, die er lustlos mit dem Suchwort »NAFD« abscannte. Um Mitternacht wurde auch diese Tätigkeit eingestellt, da der Teamleiter den Praktikanten, der keinen Alkohol vertrug, zum Mitfeiern verpflichtete.

Gegen 6 Uhr wachte der Teamleiter wegen seines Blasendrucks auf. Seine beiden festangestellten Mitarbeiter schnarchten auf dem Stuhl beziehungsweise liegend auf dem Schreibtisch vor sich hin, während der Praktikant auf dem Boden lag, sein Gesicht halbseitig im Erbrochenen.

Nach dem dringenden Toilettengang stolperte der Teamleiter, in dessen Kopf ein Presslufthammer tobte, über die Füße des Praktikanten, konnte sich aber gerade noch abfangen, indem er sich an der Kante eines Monitors festhielt. Er stierte aus wenigen Zentimetern Entfernung auf den Bildschirm. Seine Pupillen benötigten ein paar Sekunden, um die Schlagzeile scharf zu stellen: *NAFD offline – Geben die Rechtspopulisten endlich auf?*

Er stieß laut und sauer auf und las die Überschrift ein zweites Mal. Was war da los? Träumte er, oder machte da jemand einen Scherz auf seine Kosten? Egal, als Erstes benötigte er eine Tagesdosis Ibuprofen, die er in der Teeküche fand. Ob das Medikament wegen seines Alkoholkonsums der Leber Schwierigkeiten bereitete, war ihm egal, er dachte nicht einmal darüber nach. Seine Gedanken waren nach wie vor auf diese hässliche Schlagzeile konzentriert. So gut es in seiner momentanen geistigen Verfassung ging, verifizierte er diese Schlagzeile bei anderen Online-Seiten. Überall ähnliche dumme Sprüche über die Partei. Der Schweiß brach ihm aus, er geriet in Panik. Er musste sofort seine Mitarbeiter wecken, sonst war die Kacke am Dampfen. Alternativ konnte er sich gleich die Kugel geben.

Zehn Minuten später waren seine beiden Mitarbeiter wach und halbwegs ansprechbar. Nur der Praktikant lag noch auf dem Boden und stöhnte wie ein Schwerkranker. Sein Chef warf ihm eine Rolle Küchenkrepp hin mit der Aufforderung, die Kotze sofort wegzuwischen. Die kalte Zugluft tat ihnen allen gut, die Fenster waren weit geöffnet, um den olfaktorischen Beweis der Geburtstagsparty hinauszuwehen.

Es gab kein internes Alarmsystem, keine Nottruppe, die rund um die Uhr in Bereitschaft stand. Erst kurz vor 8 Uhr würde der reguläre Schichtwechsel anstehen. Der Teamleiter dankte dem Himmel, dass es keine Notfallpläne gab. Stattdessen drängte er sein Team, in der kurzen verbleibenden Zeit möglichst viele Informationen über die Serverausfälle zu sammeln. Noch glaubten alle Anwesenden, dass es sich um ein technisches Problem handelte. Einen Zugriff auf die IT-Ressourcen hatten sie nicht. Sie wussten nur, dass die Server der Partei inzwischen in der Ukraine stationiert waren, weit weg vom Zugriff der deutschen Justiz. Sein Brummschädel verbesserte sich nicht, selbst nach der inzwischen erfolgten Überdosierung des Schmerzmittels. Er durfte sich keine Blöße geben, keine Schwäche zeigen, wenn gleich die Ablösung kam. Sie würden ihn begrüßen und zum Geburtstag gratulieren wollen. Er würde alle Glückwünsche hektisch abblocken und auf den Notfall aufmerksam machen. Sofort würde sich jemand mit dem ukrainischen IT-Dienstleister in Verbindung setzen, und alles wäre in kurzer Zeit wieder in Ordnung. Die Presseabteilung würde alle dummen Sprüche der Konkurrenzmedien dementieren und von unerlässlichen Wartungsarbeiten sprechen, die man in der Nacht durchgeführt hatte.

Es lief alles nach Plan. Den Praktikanten hatte er heimgeschickt. Ob er es alleine schaffen würde, war für seinen Chef eher von sekundärer Bedeutung. Die restlichen Getränke und die Tabletts mit den übrig gebliebenen Häppchen standen versteckt in einem Abstellraum, der nur selten genutzt wurde.

Nach der förmlichen Übergabe an den Tagesabteilungsleiter schleimte er sich trotz rapide schwindender körperlicher Leistungsfähigkeit mit der Bemerkung ein, dass er selbstverständlich den ganzen Tag zu Hause auf Abruf bereitstehen würde, falls seine Dienste benötigt wurden.

Auf dem Weg zu seinem Wagen, der neben der Bunkeranlage auf einem verwilderten inoffiziellen Parkplatz stand, fand er seinen Praktikanten hinter einem Brombeerbusch liegen. Nach den Kratzern in seinem Gesicht und den Händen zu urteilen, musste er vorher *im* Brombeerbusch gelegen haben. Sein Chef überlegte kurz, ob er es sich leisten konnte, ihn zu übersehen. Er kam aber schnell zu einem gegenteiligen Ergebnis. Die Gefahr war zu groß, dass der Praktikant gefunden und infolgedessen die Ereignisse der Nacht publik wurden. Er zog den nach wie vor stöhnenden jungen Kerl am Oberarm in die Höhe, was nur aufgrund dessen geringen Gewichtes funktionierte.

Um nicht den Fond seines VW Sharan zu beschmutzen, kippte er den Praktikanten einfach in den voluminösen Kofferraum. Zehn Minuten später übergab er den sturzbetrunkenen Kerl seiner Freundin und erklärte ihr, dass er bereits so im Büro aufgetaucht sei und von einer wilden Geburtstagsparty geschwafelt habe. Der Teamleiter hoffte, dass den Praktikanten nach seiner Genesung entweder Erinnerungslücken plagten oder niemand seine Geschichte glauben würde. Wie sich aufgrund seines alkoholisierten Zustands das Verhältnis zu seiner Freundin entwickelte, war ihm egal.

Der Teamleiter selbst schaffte es noch in sein eigenes Bett. In voller Bekleidung inklusive Schuhen mit organisch halb verdauten Restspuren des Praktikanten.

In der Online-Zentrale war inzwischen die Hölle los. Wegen Urlaubs gab es nur einen Mitarbeiter, der sich am Telefon mehr schlecht als recht mit dem Chef der ukrainischen Computertruppe verständigen konnte.

»Danylo kann sich den Ausfall nicht erklären«, berichtete dieser nach dem Telefonat seinen Vorgesetzten. »In der Ukraine sei alles völlig normal. Erst wenn er sich in ein deutsches Netz einloggt, sieht er den Schlamassel beziehungsweise nichts, weil die Monitore so schwarz wie bei uns bleiben. So ganz genau habe ich die technischen Details nicht verstanden. Danylo meint, dass das ein deutsches Problem sei. Wir sollen die Leitungen überprüfen lassen.«

Der leitende Chef der Online-Zentrale besaß viele Kompetenzen in Sachen Mitarbeitermotivation, Marketing und Medienarbeit. IT-Kompetenz gehörte jedoch nicht zu seinem persönlichen Aufgabengebiet. Warum auch, dafür war der ukrainische Dienstleister zuständig, der von der Partei fürstlich entlohnt wurde. Aufgrund der Situation benötigte er Zeit. Zeit zum Überlegen. Sollte er sich gleich bei seinem Vorgesetzten melden? Wie würde dieser reagieren, wenn er ihn wegen eines Technikfehlers kontaktierte? Nur in absoluten Notfällen durfte er die streng geheime Nummer wählen. Dies war der Nachteil der weitgehend autark geführten Abteilung, auf die er so stolz war. Klar, auch er bekam fast täglich verbindliche Handlungsanweisungen von seinem Chef, aber leiten durfte er die Online-Abteilung nach seinen eigenen Vorstellungen, die er rigoros ausnutzte, indem er seinen Sadismus ungeniert auslebte. Dementsprechend unbeliebt war er bei seinen Mitarbeitern.

»Dann lass doch diese scheiß Leitungen überprüfen«, herrschte er seinen Untergebenen an, der gerade mit Danylo telefoniert hatte.

Dieser sah ihn ängstlich mit großen Augen an. »An wen soll ich mich wenden, Herr … äh …?«

Bevor er den Namen seines Chefs ausgesprochen hatte, bekam er einen Schlag auf den Hinterkopf. »Du Dummkopf, elendiger! Bin ich nur von Idioten umgeben?«

Aus den Augenwinkeln sah er, wie seine persönliche Referentin Sarah mit ernstem Blick aus ihrem Büro kam. Sie war die Einzige, die ihren Chef duzte und von ihm anständig behandelt wurde. Dies lag aber vor allem daran, dass sie sich regelmäßig von ihm mit der Reitgerte verwöhnen ließ.

»Kommst du mal bitte? Es ist dringend!«

Er war über diese Ablenkung nicht unfroh, denn er hatte keine Ahnung, wie er auf diese Situation reagieren sollte. Am besten dürfte es sein, dass er Sarah damit beauftragte, den richtigen Ansprechpartner für diese Sache zu suchen.

»Ja, was gibt's«, sagte er, nachdem die beiden in dem Einzelbüro angekommen und die Tür verschlossen hatten.

»Schau mal in deinen E-Mail-Eingang«, sagte sie. »Setz dich aber vorher hin.«

-30- HAFTBEFEHL

Es hätte so ein schöner Tag werden können.

Sie kamen um 6 Uhr in der Früh. Frau Blauermann stieß ihren Mann an, der von dem Glockenschlag des Elizabeth-Towers des Palace of Westminster, der im Volksmund schlicht und einfach Big Ben genannt wurde, nicht wach geworden war. Kein Wunder, er war erst weit nach Mitternacht aus Berlin zurückgekehrt und todmüde ins Bett gefallen.

»Da ist jemand an der Tür«, flüsterte sie.

»Mach halt auf«, krächzte er im Halbschlaf. »Wie viel Uhr haben wir denn?«

»Kurz nach sechs«, antwortete sie, während sie schwerfällig aufstand. »Und wenn es ein Überfall ist?«

»Für was haben wir eine Sprechanlage«, fauchte er sie an. »Nun geh schon endlich.« Während seine Frau sich auf den Weg nach unten ins Erdgeschoss machte, setzte er sich im Bett auf. An Schlaf war nicht mehr zu denken. War vielleicht etwas mit seiner Firma? Gab es einen erneuten Einbruch? Oder hatte es mit der Partei zu tun? Letzteres konnte nicht sein, dafür hatte er sein Mobiltelefon, über das er für einen kleinen Personenkreis Tag und Nacht erreichbar war.

Er hörte, wie es unten einen Tumult gab. Hatte seine Frau die Tür geöffnet? Was war da los? Neugierig geworden stand er auf und schlüpfte in einen Bademantel.

Auf halber Treppe stürmten ihm mehrere Polizeibeamte entgegen.

»Sind Sie Herold Blauermann?«

Er konnte nur nicken. Die Beamten umkreisten ihn auf der zugegebenerweise nicht gerade engen Treppe und führten ihn nach unten. Im Flur standen seine Frau und weitere Polizisten. Einer trat hervor und stellte sich vor.

»Guten Morgen. Mein Name ist Kriminalhauptkommissar Reiner Palzki. Sind Sie Herr Herold Blauermann?«

»Natürlich bin ich das«, antwortete er unwirsch. »Was soll das? Wissen Sie, wie viel Uhr es ist? Das ist Hausfriedensbruch. Ich werde meinen Rechtsanwalt anrufen.«

»Das werden Sie auch so tun«, antwortete der Wortführer der Beamten. »Ich habe gegen Sie einen Untersuchungshaftbefehl nach Paragraf 112 ff. StPO wegen Verdunklungs- und Fluchtgefahr vorliegen. Vorgeworfen wird Ihnen der Besitz von Drogen und deren Handel.«

Herold Blauermanns Hals schnürte sich zu. Das konnte doch nicht sein. Er hatte sich doppelt und dreifach abgesichert.

Seine Frau ergriff die Initiative. »Mein Mann hat mit Drogen nichts zu tun.« Sie wurde unsicher und drehte sich ihrem Gatten zu. »Hast du doch nicht, oder?«

»Nein, natürlich nicht«, versicherte er ihr. »Zwei meiner Mitarbeiter werden im Moment verdächtigt, Drogen geschmuggelt zu haben. Selbstverständlich wusste ich davon nichts und verurteile dies natürlich schärfstens.«

»Ruf halt Johannes an.« Johannes war der Familienrechtsanwalt.

»Das können Sie auf dem Präsidium«, mischte sich der Kriminalhauptkommissar ein. »So viel kann ich Ihnen bereits sagen: Auf den vor ein paar Tagen in einem Ihrer Lkws sichergestellten Drogen haben wir neben Ihren Fingerabdrücken auch genetisches Material gefunden.«

Blauermann sackte für einen Moment spürbar zusammen. Er hatte seinen Feind wohl unterschätzt. Im Moment konnte er nichts weiter tun, als gute Miene zum bösen Spiel zu machen und sich abführen lassen. Johannes würde ihn schnell wieder raushauen.

»Sie können gerne auf Handschellen verzichten«, sagte Blauermann zu den Beamten, »ich komme freiwillig mit.« Es nützte ihm nichts, zum Glück war es sehr früh, sodass es niemand sah, wie er in Handschellen in den Polizeitransporter stieg.

»Für Sie habe ich eine weitere unangenehme Nachricht, Frau Blauermann«, sprach der Polizeibeamte weiter, während der Firmenchef gerade im Transporter das

Grundstück verließ. »Wir müssen leider eine Hausdurchsuchung durchführen. Ich hoffe auf Ihr Verständnis. Hier ist die richterliche Anordnung.«

-31- ALEXANDER UND SEIN OFT ERPROBTER TRICK

Alexander hatte mit seinem Jungbrunnen-Trick mal wieder einen Volltreffer gelandet. Wie naiv doch manche Frauen waren! Geld und Charme machten offensichtlich nicht nur blind, sondern schalteten alle Vorsichtsmaßnahmen ab. Ein allzu leichtes Spiel für Alexander. Nachdem er sich vor rund zehn Jahren von seiner Frau getrennt hatte – faktisch hatte sie sich von ihm wegen seines ständigen Fremdgehens getrennt – schwor er sich, niemals mehr eine dauerhafte Bindung einzugehen.

Zwecks Anbahnung von neuen Partnerschaften nutzte er rund ein halbes Dutzend Partnerbörsen im Internet, in denen er sich mit jeweils unterschiedlichen Namen und Profilen angemeldet hatte. Dieser hohe organisatorische Aufwand war nötig, da er den »Abschnitt« bei »Lebensabschnittsgefährtinnen« mit maximal drei Monaten definierte. Hinzu kam, dass er sehr wählerisch war, was die Optik seiner Kurzzeitgeliebten anging.

Nach einiger Zeit des Internetchattens kam der Tag der Offenbarung. Seine Auserwählte konnte das erste Mal Alexanders Realfigur mit dem Profilfoto im Internet vergleichen. Dieser heikle Punkt verlief bisher jedes Mal positiv für den Frauenheld. Im ersten Moment waren die Damen, die durchwegs altersmäßig Twens waren, geschockt. Doch mit der Kombination Charme, vor dem Café parkender Porsche sowie der Aussage, dass ihm da wohl in seinem Profil ein Zahlendreher passiert sein musste, gaben sich die Damen zufrieden.

Alexanders Profil versprach einen 35-jährigen vermögenden Abteilungsleiter, faktisch war Alexander seit drei Jahren nicht mehr 53.

Seine mit einem Toupet ergänzten Haare waren in einem kräftigen Braun gefärbt, hinzu kamen ausgebleichte Jeans, ein teures Markenfreizeithemd und Designer-Turnschuhe, Dinge, die er auf der Arbeit garantiert nicht trug. Kürzlich war er mit einem Bekannten in einer Studentenkneipe gewesen und hatte sich mächtig gefreut, dass die Bedienung ihn duzte. Dabei handelte es sich um die Frage: »Guten Abend, was wollt ihr trinken?«

Den Stammplatz in dem Wormser Café ließ er sich bei jedem Erstdate frühzeitig reservieren. Der Blick von dem kleinen Zweiertisch auf den vor dem Haus im Halteverbot parkenden Porsche musste immer gewährleistet sein. Die Bedienung wusste, dass sie jedes Mal, wenn Alexander zum ersten Mal mit einer Frau kam, so tun musste, als sei er zum ersten Mal hier.

»Nachher machen wir eine kleine Spritztour nach Grünstadt. Ich kenne dort eine nette Edel-Bar«, begann Alexander das Gespräch, nachdem er sich mit Franziska bekannt gemacht und Platz genommen hatte. Zur Begrüßung hatte er ihr seine Visitenkarte überreicht, damit sie sofort wusste, in welcher gehobenen Position er arbeitete.

»Gerne, Herr Dr. Goldwurst«, säuselte Franziska in ihrem schwarzen Nichts, das sie trug.

»Lass doch die Formalitäten, für dich bin ich der Alexander wie im Chat.«

Franziska, die in ihrem bisherigen Leben mit Männern viele Enttäuschungen erleben musste, konnte ihr Glück nicht fassen. Okay, er war älter, als sie dachte. Aber musste sein Alter ein Nachteil sein? Mit Blick auf Alexanders Wagen kam in ihr die Hoffnung auf, endlich die verhasste Halbtagsstelle im Discounter aufgeben zu können. Ihre letzten beiden Freunde musste sie sogar mit ihrem schmalen Einkommen durchfüttern. Nein, ab sofort würde sie nicht mehr auf Blender hereinfallen, die ihr das Paradies auf Erden versprachen, und auf arbeitslose Kerle schon gar nicht.

Ohne sie zu fragen, bestellte er bei der Bedienung zwei alkoholreiche Cocktails, um bei ihr das Fallen der ersten Hemmschwelle zu erleichtern.

»Normalerweise beginne ich immer mit einem Kaffee«, sagte Franziska überrascht.

»Den kannst du natürlich auch haben«, antwortete Alexander. »Ich dachte aber, dass du heute eher etwas Außergewöhnliches trinken möchtest. Oder hast du es eilig?«

Mit dieser Frage lotete er den ersten Zwischenstand seiner Bemühungen aus. Franziska sah in ihrem Kleidchen noch besser aus als auf ihrem Profilbild. Es sollte mit dem Teufel zugehen, wenn sie nicht spätestens in drei Stunden in seiner angemieteten Villa sitzen beziehungsweise liegen würde.

»Du arbeitest in einer Druckerei?«, fragte Franziska mit Blick auf die Visitenkarte. »Druckt ihr dort Visitenkarten?«

Alexander lachte. Humor hatte sie auch, das konnte nie schaden. »Wir sind eher auf Zeitungsdruck spezialisiert. Die Druckerei ist in Frankenthal, der Name wird dir aber nichts sagen, sie hat erst kürzlich ihren Namen geändert.«

Den Hinweis auf die NAFD als neuer Eigentümer verkniff er sich genauso wie die stressige Woche, die er wegen des Sonderdruckes der Parteizeitung hinter sich hatte. Bei seinen Terminen mit dem weiblichen Geschlecht ließ er das Thema Partei und Politik unter anderem wegen der Komplexität völlig außen vor.

»Hast du viele Mitarbeiter unter dir?«, fragte sie neugierig weiter. »Ist das nicht manchmal anstrengend, Chef zu sein?«

»Überhaupt nicht«, säuselte Alexander und zog ein breites Lächeln auf. »Ich habe ein sehr gutes Verhältnis zu meinen Mitarbeitern. Wir schätzen uns gegenseitig sehr. Ich bin für die Produktion in der Druckerei zuständig, da kommen schon einige Mitarbeiter zusammen.«

Dass er nur für Halle 2 zuständig war, verschwieg er ihr. Ebenso die Tatsache, dass er alles andere als ein gutes Verhältnis zu seinen Untergebenen pflegte. Goldwurst war unter den Mitarbeitern der Druckerei »Der Neue

Deutsche GmbH« als arrogantes Arschloch verschrien. Neben seinem Spitznamen »Wurschtl« wurde er hinter seinem Rücken auch »Doppel-A« genannt.

Dr. Alexander Goldwurst war das Wohlempfinden seiner Mitarbeiter zwar egal, seinen desaströsen Ruf als Menschenschinder hatte er aber seinem Arbeitsvertrag zu verdanken. Unter Punkt 8 »Gehalt« gab es eine Zusatzvereinbarung in Form einer Leistungsprämie, die hälftig in Parteiaktien und Geld ausgezahlt wurde. Die Leistungsprämie errechnete sich an einer Formel, die vor allem den Produktionsoutput seiner Halle umfasste. Statt wie zu Beginn seiner Tätigkeit erhofft, saß Goldwurst nicht den ganzen Tag in seinem kleinen Hallenbüro mit Panoramaglasfenster und Blick in die Betriebshalle. Um den letzten Leistungszuschlagspunkt herauszuquetschen, schindete er seine Untergebenen von Woche zu Woche mehr. Er erfand ständig neue Zusatzaufgaben, die die Mitarbeiter nebenbei zu ihren bestehenden Aufgaben miterledigen mussten. Die Arbeitszeiten überprüfte er genauso penibel wie die Pausenzeiten.

Einmal hatte er einem Prüfer der Berufsgenossenschaft erfolglos den Zugang zu seiner Halle verwehrt, da dieser in seinen Augen den Betriebsablauf störte. Von solch kleinen Rückschlägen zeigte er sich unbeeindruckt, zudem hatte er zwei Reifen am Wagen des Prüfers platt gestochen.

Für Goldwurst war die monatliche Gehaltsabrechnung ein Segen, da er seit Jahren kräftig über seine Verhältnisse lebte. Das Grundgehalt reichte kaum für die Miete und Nebenkosten der Villa sowie die Leasingraten des Porsches.

Kürzlich hatte er gerüchteweise gehört, dass er Aussichten hätte, in die zweite Führungsebene des Medienhauses »Der Neue Deutsche« aufzusteigen. Dann wäre zwar mit Susanne Bolero eine Frau seine direkte Vorgesetzte, womit er sich nur schwer abfinden würde. Dafür würde er einen kräftigen Einkommensanstieg verbuchen können. Im Gegenzug musste er damit klarkommen, dass Bolero ein ähnlicher Kotzbrocken im Umgang mit Untergebenen war wie er.

Franziska holte ihn aus seinen Träumen zurück. »Bei uns im Unternehmen sieht das anders aus. Hauen und Stechen, echt brutal. Meine Chefin hat kürzlich meine Arbeitskollegin und beste Freundin rausgeschmissen für nichts und wieder nichts.«

»Manchmal muss man als Vorgesetzter leider unliebsame Entscheidungen umsetzen. Am Ende muss schließlich ein Gewinn übrig bleiben, sonst kann das Unternehmen dichtmachen, und dann sind alle arbeitslos.«

»Ja schon«, sagte Franziska kleinlaut.

»Kürzlich habe ich auch einem Mitarbeiter fristlos kündigen müssen«, erklärte Alexander, um sie zu trösten. »Der hat in einem Zornanfall auf die Druckmaschinen eingetreten und diese schwer beschädigt. Von dem Sachschaden abgesehen, habe ich ja auch eine Fürsorgepflicht für meine Mitarbeiter. Wenn der Kerl in seinem Wahn einen Kollegen verletzt hätte, was meinst du, was da los gewesen wäre.«

»Das ist dann ja aber eindeutig«, pflichtete ihm Franziska bei.

»Obwohl ich lieber den Türken rausgeschmissen hätte«, rutschte es Alexander unkontrolliert heraus, was er sofort bereute.

»Hast du was gegen Ausländer?«, war die sofortige Frage seiner neuen Beute.

»Nein, nein«, log er schnell. »Bitte verstehe mich nicht falsch. Ich habe nichts gegen Türken und Ausländer. Meine Vermutung war nur, dass dieser Bairam seinen Kollegen Frank angestachelt hat. Nachweisen konnte ich ihm leider nichts, und der Frank war eindeutig derjenige, der ausgerastet ist.«

»Du, was ist das für ein Rauch?«, unterbrach Franziska die Unterhaltung und zeigte nach draußen.

»Welcher Rauch?«, fragte Alexander und drehte sich dabei um. »Scheiße, das ist ja mein Wagen!« Der Stuhl kippte nach hinten um, während er aufsprang und zu seinem Wagen rannte. Innerhalb von wenigen Sekunden war der Porsche komplett im Rauch versunken. Während zahlreiche Gaffer aus vermeintlich sicherer Entfernung Fotos machten und Videos drehten, drückte Alexander die Fernbedienung. Während er die Tür öffnete, sah er die kleine Stichflamme im Bodenraum bei den Pedalen. Angefacht durch den zusätzlichen Luftzug breitete sich der Brand im Innenraum der Luxuskarosse mit rasender Schnelligkeit aus. Alexander trat mit versengten Haaren ein paar Schritte zurück, was ihm wahrscheinlich das Leben rettete. Mit einem infernalischen Knall hob der vordere Teil des Wagens ab und machte einen bemerkenswerten Rückwärtssalto, um direkt auf dem dahinterstehenden Toyota zu landen.

-32- EIN PERFIDER PLAN TEIL 1

Schweikemeier war die Nervosität nicht anzumerken, er wirkte so cool und gelassen wie immer. Die neuartige Medikamentenmischung, die ihm sein Bruder empfohlen hatte, drosselte unter anderem seinen Puls und machte ihn viel ruhiger, als er in Wirklichkeit war. Leider wurden dadurch seine Gedankengänge etwas leichtfüßiger, insbesondere was seine Urteilskraft und vor allem seine Motivation betraf. Doch von dieser lästigen Begleiterscheinung wollte er nichts wissen. Er musste aufpassen, dass er sich von Paul Haberstahl, Gauleiter Vorderpfalz und sein Vorgesetzter, nicht in die Enge treiben ließ. Dem Hemshofener Ortsgruppenleiter brannte der Hut. Hatte Haberstahl inzwischen Verdacht geschöpft, weil er sich innerhalb von wenigen Tagen bereits zum zweiten Mal angekündigt hatte? Oder ging es gar nicht um die Partei, jedenfalls nicht direkt? Schweikemeier wusste, dass alle Parteimitglieder, die eine gewisse Stufe und damit Verantwortung erreicht hatten, genauestens unter die Lupe genommen wurden. War er jetzt an der Reihe? Seinen Lebenslauf hatte er etwas verfeinert, wobei er die grobe Struktur beibehalten hatte. Die Aufwertung war seiner Meinung nach so geschickt manipuliert, dass ihm unmöglich jemand auf die Schliche kommen konnte. Dass der eine oder andere verkorkste Meilenstein seines bisherigen Lebens in der niedergeschriebenen Variante fehlte, konnte er notfalls mit Gedächtnislücken entschuldigen. Seine Fahrt im volltrunkenen Zustand mit Fahrerflucht und

Todesfolge, für die er zwei Jahre auf Bewährung erhielt, lag zwar schon Ewigkeiten zurück, war aber in den offiziellen Registern nicht getilgt. Würde dies seinem Posten, der immerhin eine wichtige Vorbildfunktion beinhaltete, schaden? Oder machte er sich viel zu viele Gedanken? Was wäre, wenn er innerhalb der Partei weiter aufsteigen würde? Er wollte schließlich nicht ewig Ortsgruppenleiter einer in seinen Augen unbedeutenden Pfälzer Provinzstadt bleiben. In Berlin spielte die Musik, das war sein Ziel. Doch bis dahin galt es, einige Schwierigkeiten und Hierarchiestufen zu überwinden. Gauleiter Vorderpfalz, das wäre sicherlich ein gutes Sprungbrett. Wenn da nur nicht dieser überflüssige Haberstahl wäre.

Schweikemeier dachte weiter über sein bisheriges zum Teil verpfuschtes Leben nach. Mitgliedschaften würde die Partei natürlich ebenfalls recherchieren. Und zwar nicht nur die aktuellen, sondern auch die früheren. Wäre er nur nicht in seinem jugendlichen Leichtsinn in diesen Flüchtlingshilfeverein eingetreten. Doch was hätte er machen sollen? Damals war er kurz davor, eine Jugendstrafe zu kassieren, und benötigte dringend einen guten Leumund. Der Anwalt hatte ihm empfohlen, sich sozial zu engagieren, und hatte gleich den Kontakt zu dem Verein hergestellt. Nach wenigen Wochen hatte er zwar die Schnauze voll und ging nicht mehr zu den wöchentlichen Treffen, doch in dem Archiv des Flüchtlingshilfevereins war nachzulesen, dass er über drei Jahre Mitglied war.

Und dann war da noch die Sache mit seinem Bruder, für die er wirklich nichts konnte. Warum musste er unbedingt eine Türkin ehelichen und nach der Heirat nach Ankara ziehen? Nach dem türkischen Putschversuch gegen Präsident Erdogan im Juli 2016 wurde er sogar eine Zeit lang inhaftiert. Die NAFD war sich bei der Positionierung zu Erdogan zwar nicht einig, die Mehrheit sah in ihm aber einen Bruder im Geiste, der sich um demokratische Prinzipien nicht kümmerte und seinen Willen rücksichtslos durchsetzte. Wenn solche Dinge in Deutschland passierten, durfte er kein Ortsgruppenleiter mehr sein, nein, er musste bereits weit oben in der Hierarchie stehen, um selbst mitbestimmen zu können, statt tumber Befehlsempfänger zu sein.

Auf dem Weg zu seinem Ziel würde ihm der debile Wolle helfen. Wenn Haberstahl weg vom Fenster war, dürfte er die besten Aussichten haben, dessen Posten zu bekommen. Dann musste er sich nicht mehr mit dem einfachen Volk abgeben und verdreckte Hände schütteln, Freibier ausgeben und primitive Fragen für die Beförderungsrunden stellen.

Mit seiner persönlichen Einschätzung lag Schweikemeier falsch. Längst gab es ein ausführliches Exposé über seine Vergangenheit sowie ein psychologisches Gutachten über seine Gesinnung. Innerhalb der Kohorte der bisher überprüften Ortsgruppenleiter lag Schweikemeier im Mittelmaß. So gut wie jeder hatte seine kleinen oder größeren Geheimnisse, der er zu vertuschen versuchte. Nur einige wenige besonders eklatante Verstöße hatte man in der Parteiführung bisher geahndet und den jeweiligen Ortsgruppenleiter abgesetzt. Entweder freiwillig oder gezwungenermaßen, wobei Letzteres wesentlich unangenehmere Folgen für den Betroffenen hatte.

Die Parteiführung nutzte die Kenntnisse über ihre Führungsmitglieder zunächst nicht aktiv. Erst wenn es der eine oder andere geschafft hatte, einflussreiche Positionen entweder in Berlin oder in den parteigeführten Unternehmen wie das Frankenthaler Medienhaus zu erreichen, wurden die Daten dazu benutzt, die betroffenen Personen ruhigzustellen und 100 Prozent auf Parteilinie zu trimmen. Dadurch wurde den aufgestiegenen Mitgliedern von vornherein jede Hoffnung genommen, die Ausrichtung der Partei mit eigenen Ideen zu bereichern. Diskussionen waren nicht erwünscht, diesen Merksatz lernten die Parteiaufsteiger schnell.

Schweikemeier vergewisserte sich, dass der Besucherstuhl weit genug von seinem Schreibtisch entfernt stand. Das Fenster hatte er weit aufgerissen, auf dem Regal stand ein Desinfektionsspray bereit. Unter normalen Umständen wäre es ihm nie in den Sinn gekommen, den dermaßen versifften und intelligenzlosen Wolle in sein Büro einzuladen. Für seinen Plan war es aber wichtig, dem Ganzen einen offiziellen Charakter zu verleihen und gleichzeitig seine Autorität auszuspielen.

Es klingelte. Schweikemeier drückte auf den Türöffner neben der Telefonanlage. »Ziehen«, schrie er entnervt, als der Besucher vor seinem Büro stand und erfolglos versuchte, die Tür zu öffnen.

Wolle trat mit einem glasigen Blick ein, da er sich in den letzten beiden Stunden übermäßig viel Mut angetrunken hatte. Schweikemeier blieb sitzen und zeigte mit einer auffordernden Geste auf den freien Besucherstuhl. Wolle, für den »Manieren« ein Fremdwort war, tat wie vorgesehen und setzte sich ohne ein Händeschütteln hin.

»Servus, Wolfgang«, begrüßte ihn der Ortsgruppenleiter. »Schön, dass du es so kurzfristig einrichten konntest, zu mir zu kommen. Sicherlich hast du genauso viel zu tun wie ich.«

Wolle druckste herum. »Äh, ja, also … Sagen Sie bitte Wolle zu mir«, antwortete er schließlich. »Wolfgang haben mich nur meine Alten genannt, und mit denen rede ich nicht mehr. Nur manchmal, wenn ich knapp bei Kasse bin.«

Schweikemeier nickte zustimmend, hatte er doch mit dieser Eröffnung gleich einen wichtigen Punkt geklärt, den er sowieso vermutet hatte: Wolle war pleite. Sehr gut, damit konnte er ihn fast nach Belieben steuern.

»Okay, Wolle, mach dir erst mal ein Bier auf. Ich will mir nicht nachsagen lassen, beim Schweikemeier gibt's nichts zu trinken. Schau mal, neben dir steht eine Minibar. Die Tür geht nach außen auf«, ergänzte er und ärgerte sich im gleichen Moment über seinen bissigen Kommentar. Er durfte es nicht übertreiben, damit dieser ungebildete Klotz nichts merkte.

Wolle war jedoch dermaßen begeistert, dass neben ihm ein gut gefüllter Kühlschrank stand, dass er diese abwertende Bemerkung nicht wahrnahm. Selbst im nüchternen Zustand hätte er sie nicht verstanden.

»Geil, ey, wie im Paradies«, meinte er nach dem ersten tiefen Zug aus der Flasche.

Schweikemeier lächelte, denn auch diese Flaschen enthielten das Wundermittel, welches er auf der Jubiläumsfeier zur Stimulierung der Besucher benutzt hatte.

»Hast du den Weg hierher gut gefunden?« Er musste ein paar Minuten mit Small Talk überbrücken, bis die gewünschte Wirkung einsetzte.

Wolle erzählte ihm breit und lang, dass sich eine seiner Lieblingskneipen in der Nähe befand und er daher die Adresse des Büros mit Leichtigkeit gefunden hatte. Nachdem sie sich eine Weile über die Kneipen unterhalten hatten, in denen Schweikemeier noch nie einen Fuß gesetzt hatte, aber so tat, als wäre er wie Wolle ebenfalls öfters dort zu Gast, fiel Wolle eine Frage ein.

»Wieso habe ich meinen Kumpels nichts über unser Treffen sagen dürfen?«

Auf diese Frage war Schweikemeier natürlich vorbereitet. In seinem Plan war dies ein wichtiger Punkt.

»Ich hoffe, du hast dich an unsere Absprache gehalten?« Selbst wenn er im Suff etwas zu seinen Bekannten gesagt hatte, konnte er es später leicht leugnen. Wolle wusste schließlich nicht, welche Rolle er ihm zuspielen würde. Viel wichtiger war, dass er zwischen diesem Gespräch und der Aufgabe, die er für Wolle hatte, mit niemandem sprach.

»Klar, ich bin doch ein Ehrenmann«, sagte Wolle, setzte sich gerade hin und betrachtete die leere Flasche, die er in der Hand hielt.

»Nimm dir eine neue, dann kommen wir zum Thema«, sagte Schweikemeier.

»Du weißt bestimmt schon, dass deine Freunde und du nach der nächsten Beförderung weitere wichtige Aufgaben in der Partei übernehmen dürfen. Gerade auf euch drei lege ich große Hoffnungen, denn ihr seid seit der ersten Stunde dabei.«

»Auf uns können Sie sich 100-prozentig verlassen«, unterbrach ihn Wolle. »Das mit dem Elfer bei der letzten Prüfung war eine Ekelbrücke von meinen Kumpels. Wir helfen uns immer gegenseitig.«

Schweikemeier hatte keine Ahnung, von was er da faselte. Wolles misslungene Antworten auf dem Goerdelerplatz hatte er längst vergessen.

»Das ist doch schön«, bestätigte er ihm. »Ich sehe, ich habe mich in euch nicht getäuscht. Daher will ich dir jetzt ein Geheimnis verraten. Keine Angst, deine Freunde werden es in Kürze ebenfalls erfahren, es ist aber wichtig, dass ihr alles der Reihe nach von mir erklärt bekommt. Bei dir will ich anfangen, weil du ja unbestritten ein paar gewisse körperliche Qualitäten mitbringst. Gehst du regelmäßig ins Fitnessstudio?«

»Ach was«, antwortete Wolle. »Dafür habe ich keine Kohle. Ich habe in meiner Bude ein paar Gewichte stehen, die ich regelmäßig stemme. Der Rest ist Naturtalent.«

Wenn Wolle über ein Naturtalent verfügte, dachte der Ortsgruppenleiter voller Abscheu, dann nur über das, trotz des harten Auswahlverfahrens der Evolution noch zu leben.

»Wenn du jetzt bald ein regelmäßiges Einkommen hast, kannst du dir locker den Beitrag für das Fitnessstudio leisten. Dort kannst du deine Muskeln professionell aufbauen.«

»Einkommen? Regelmäßig?«, stammelte Wolle. »Ich krieg im Moment nur Hartz IV.«

»Nicht mehr lange. Ich habe vor, dich und deine Freunde in ein Förderprogramm der Partei aufzunehmen. Das wird gut bezahlt«, ergänzte er lächelnd.

Wolle strahlte übers ganze Gesicht. »Endlich kann ich mal zeigen, was ich kann.«

»Jeder hat früher oder später die Chance seines Lebens. Du hast sie heute. Dein erster Auftrag ist nur eine Kleinigkeit. Im Prinzip könnte ich das selbst machen, leider habe ich keine Zeit.«

Wolle nickte abwartend.

»Du kennst doch den ehemaligen Getränkehandel Beuwitz?«

Wolle nickte immer noch. »Da ist alles leer. Manchmal penne ich in einer der Hallen, wenn ich es nicht mehr nach Hause schaffe.«

»Genau«, sagte Schweikemeier. »Verschiedene Unternehmen haben in den Hallen kleinere Räume für Archive oder Lagerräume angemietet. Das Archiv unserer Ortsgruppe befindet sich dort.«

Sein letzter Satz war gelogen. Warum sollte eine Ortsgruppe, die gerade mal ein Jahr bestand, bereits ein ausgelagertes Archiv benötigen? Wolle fiel diese Diskrepanz nicht auf, da er nicht einmal wusste, was eine Diskrepanz war.

»Um 19 Uhr will mich dort vor unserem Archiv eine Person treffen. Ich will offen und ehrlich zu dir sein, hoffe aber, dass du keinem Menschen davon auch nur ein Wort erzählst.«

»Das ist doch klar, Herr Schweikemeier«, fiel Wolle ihm ins Wort.

»Diese Person erpresst die Partei und letztendlich auch mich. Natürlich ist alles an den Haaren herbeigezogen und gelogen, was er behauptet. Trotzdem könnte es zu Unruhen kommen, wenn er diese angeblichen Beweise an die Presse weitergeben würde. Du weißt doch, wie es ist: Viele sagen dann, irgendwas wird schon wahr an der Geschichte sein. Und schwups, haben wir, du, deine Freunde, ich, alle anderen Mitglieder ein riesiges Problem. Lügen aus der Welt zu schaffen, ist sehr schwierig.«

»Und wenn Sie die Bullen, äh, ich meine die Polizei einschalten?«

»Das nützt nichts, Wolle. Der Erpresser kriegt vielleicht eine kleine Bewährungsstrafe, wenn überhaupt, die Gerüchte sind aber da. Damit gewinnen wir nichts. Nein, wir müssen eine andere Lösung ins Auge fassen.«

Schweikemeier wartete einen Moment, bis Wolle sich ein weiteres Bier aus der Minibar geholt hatte. »Du kannst doch Gabelstapler fahren?«

Längst hatte er Wolles Vergangenheit recherchiert und über Umwege von der Geschichte im Mannheimer REWE gehört, die polizeilich nicht erfasst war, da Wolle und seine Freunde ja entkommen konnten.

»Und wie«, antwortete Wolle naiv. »Das macht richtig Spaß.«

»Super«, pflichtete ihm Schweikemeier bei. »Wie gesagt, um 19 Uhr betritt die Zielperson das Gelände des ehemaligen Getränkehandels. Hinter der Haupthalle befindet sich der Zugang zu den Lagerräumen. Die Tür ist in hellem Rot lackiert, sie ist nicht zu übersehen. Du bist doch nicht farbenblind, oder täusche ich mich?«, fragte er vorsichtshalber nach.

»Ich doch nicht«, antwortete Wolle. »Die bunte Tür kenne ich.«

Zufrieden lehnte sich Schweikemeier zurück. »Am hinteren Ende des Hofes befindet sich ein hölzerner Unterstand. Darunter steht ein betriebsbereiter Gabelstapler. Es wäre gut, wenn du gleich nach unserem Gespräch dorthin gehst und dich auf dem Gabelstapler in Position setzt. Aber auf keinen Fall vorher eine Probefahrt machen. Nicht, dass andere Leute auf dich aufmerksam werden. Wenn sich im Hof zufällig andere Leute aufhalten, musst du dich verstecken, schaffst du das?«

»Logo. Soll ich den Erpresser plattmachen?« Wolle grinste debil.

»Nein, auf keinen Fall«, widersprach der Ortsgruppenleiter. »Du sollst ihm nur ordentlich Angst einjagen. Sobald er vor der Tür angekommen ist, gibst du Vollgas und rast auf ihn los. Kurz vor ihm bremst du hart ab. Dann steigst du von dem Stapler und haust dem Erpresser die Nase krumm. Aber bitte nicht mehr, sonst kommt die Polizei und es wird ungemütlich.«

»Und anschließend hau ich ab. Ist das alles?«

»Ich habe dir doch vorhin gesagt, dass es nur eine Kleinigkeit ist, die aber von großer Bedeutung für uns alle ist. Es ist also schon eine richtige Führungsaufgabe, Wolle. Traust du dir das zu?«

»Aber klar doch.« Wolle brüllte diese Wort fast.

»Dafür gibt's anschließend natürlich eine Belohnung«, erzählte Schweikemeier weiter. »Morgen kommst du wieder zu mir ins Büro, und wir besprechen alles für dein zukünftiges geregeltes Einkommen. Und anschließend kommen deine Freunde an die Reihe.«

»Geil, diese Partei«, entfuhr es Wolle. »Endlich gibt es mal was richtig Gutes in diesem Kaff.«

»Einen Punkt habe ich noch, Wolle. Wenn nachher etwas schiefgeht: Ich habe nie mit dir gesprochen, ich werde alles leugnen. Ich hoffe, du verstehst das?«

»Klar, Herr Schweikemeier. Aber keine Panik, bei mir geht nichts schief.«

Der Ortsgruppenleiter war an seinem Ziel angekommen. Umständlich zog er eine Taschenuhr aus seiner Hosentasche. »Ups, doch schon so spät. Ich denke, du solltest jetzt schleunigst zu der Halle gehen und deine Position auf dem Stapler beziehen.«

Wolle stand schwerfällig auf. Bevor er das Büro verließ, ging er, wie von Schweikemeier gefürchtet, zu ihm und gab ihm die Hand. Widerwillig griff er zu.

»Bis morgen, Chef.« Wolle salutierte, was sehr grobmotorisch aussah, und verließ das Büro.

Schweikemeier ging mit ekelverzerrtem Gesicht zur Toilette.

-33- BRENNEN MUSS DAS GEBÄUDE

Er kannte den Weg nur zu gut. Doch dieses Mal war alles anders. Mit seinem schweren Gepäck kam er nur sehr langsam voran. Es war schon ein gewisser Unterschied zu früheren Tagen, als er nur mit einem leichten Rucksack unterwegs war. Doch diese Zeiten waren vorbei, endgültig. Nun war die Zeit der Rache gekommen.

Für die endlosen Demütigungen, die er sich hatte gefallen lassen müssen. Heute war sein Tag, auch wenn es bereits dämmerte. Wenn sein Plan aufging, und davon war er überzeugt, würde er morgen früh nach Mallorca fliegen und auf dem Ballermann mal so richtig die Sau rauslassen. Die Trottel vom Arbeitsamt konnten ihn mal kreuzweise. Seit die neue Regierung eine wöchentliche persönliche Vorsprache jedes Arbeitslosen auf dem Amt zur Pflicht machte, um den Missbrauch zu bekämpfen, musste er sich jeden Mittwoch um 8 Uhr beim Amt melden. Dort saß er zwei, oft mehr als drei Stunden auf dem Flur herum, bis er aufgerufen wurde. Keine Minute später war seine Anwesenheit protokolliert, und er durfte wieder nach Hause. Ohne ein neues Jobangebot. Wo sollte das auch herkommen?

Nächsten Mittwoch werden sie umsonst auf mich warten, dachte er. Dann liege ich in meinem Hotelzimmer, schlafe meinen Rausch aus und überlege, wie ich weitermache.

Er kam sich vor wie ein anonymer Untergrundkämpfer, der das Recht auf seiner Seite hatte. Oder zumindest glaubte, das Recht auf seiner Seite zu haben. Selbstjustiz – mit anderen Mitteln konnte man nichts mehr ausrichten. Sicher waren inzwischen sämtliche Gerichte von dieser neuen Partei abhängig. Die NAFD, diese Spacken, da würde er sich etwas einfallen lassen, bevor er endgültig auswanderte und dieses verseuchte Deutschland hinter sich lassen würde. Dass die Deutschen aber auch niemals aus ihrer Vergangenheit klug werden, dachte er zweifelnd. Was die Türken anging, das war ihm egal. Sollten diese Idioten nur weiterhin ihren Erdogan huldigen. Die

Demokratie in der Türkei war sowieso schon im Arsch. Und in Deutschland waren sie auf dem besten Weg, dem abschreckenden Beispiel der Türkei zu folgen.

Sein Gedankengang brach ab, als er um die Ecke bog und sein Zielobjekt zum ersten Mal sah. Verlassen lag der Komplex mit seinem idyllischen Fischteich am Ortsrand am Ende einer Sackgasse. Vorgestern hatte er ausgekundschaftet, wie die Gebäude bewacht wurden. Ohne das Gepäck, das er heute dabeihatte, ging er abends von der Straße aus direkt zum verschlossenen Eingangstor. Er rief, er rüttelte am Tor, nichts passierte. Nachdem er keine Kamera entdeckt hatte, ging er eine gewisse Strecke den Zaun entlang. Hier benahm er sich auffällig und schrie lauthals herum. Keine Menschenseele nahm von ihm Notiz. Waren die Eigentümer wirklich so naiv und glaubten, dass sich kein Einbrecher traute, an diesem Ort einzusteigen? Okay, wenn man wusste, wem das alles gehörte, dann konnte einem das schon Ehrfurcht einflößen. Jedenfalls, solange man nicht auf Rache aus war. Und genau dafür war er heute zurückgekommen. Mit schwerem Gepäck.

Die Überwindung des Zauns war ein Kinderspiel. Selbst wenn an den Gebäuden doch Kameras auftauchen würden: Er hatte sich einen schwarzen Jogginganzug mit Kapuze übergezogen, dazu passend eine verspiegelte Sonnenbrille. Sehen musste er nicht viel, hier kannte er sich aus.

Es ging alles verdächtig einfach. Die Hintertür zur Halle, die von den Arbeitern für die offizielle Raucherpause genutzt wurde, hatte ein billiges Sicherheitsschloss mit vorstehendem Schließzylinder. Trotz Handschuhen hatte er das Schloss in kürzester Zeit geknackt. Bevor er in das Gebäude ging, holte er einen Gegenstand aus seiner Tasche, den er extra für diesen Tag gekauft hatte, um von ihm als Täter abzulenken. Für diese Aufgabe benötigte er keine zwei Minuten.

Seine Umhängtasche ließ er vor der Tür stehen, die beiden Zehnliterkanister schleppte er in die Halle. Das geringe Restlicht genügte ihm zur Orientierung. Er wusste genau, wie er vorgehen musste, um den größtmöglichen Effekt zu erreichen. Mit dem ersten Kanister übergoss er die große Maschine, die neben der Tür aufgestellt war. Der Benzingestank stieg ihm in die Nase, doch dies nahm er in Kauf. Mit dem zweiten Kanister ging er zu dem Lager, das sich direkt an den Maschinenpark anschloss. Das Lagergut brennt wie Zunder, dachte er und verteilte gut die Hälfte des Kanisters über die vorderste Palette. Mit dem Rest des Inhalts legte er eine breite Spur zurück zur großen Maschine. Er war sich der Gefährlichkeit seines Tuns durchaus bewusst. Keinesfalls sollte er jetzt einfach ein Streichholz auf den Boden werfen, wie man es in schlechten Krimis sah. Er durfte nicht zu lange warten, denn sonst würde der Großteil des Benzins verdunsten. Die leeren Kanister kickte er in die Ecke und öffnete als letzte Aktion in der Halle ein kleines Fenster, das sich neben der Ausgangstür befand.

Nun verließ er die Halle und schloss die Tür. Aus seiner Tasche, die auf dem Boden stand, zog er den vorbereiteten Molotowcocktail und zündete ihn. Er zählte lautlos den Countdown herunter, dann warf er den Cocktail durch das offene Fenster direkt auf die Maschine.

Von der heftigen Reaktion wurde selbst er überrascht. Mit einem explosiven Flash zündete das Benzin, und im Nu standen Halle und Lager in Flammen.

-34- MITGLIEDERAUFNAHMEFEIER IN SPEYER

»Schade, dass dein Vater nicht dabei sein kann.«

»Das konnte kein Mensch vorhersehen, Mama«, entgegnete Julia, die kein allzu glückliches Gesicht machte.

»Jedenfalls ist er sehr erfreut, dass du dich endlich zu diesem Schritt entschlossen hast. Ich habe vorhin mit ihm telefonieren können. Sobald er aus der Untersuchungshaft entlassen wird, werden wir dir als kleines Dankeschön eine nette Eigentumswohnung kaufen. Die Wohnung in Neustadt ist viel zu klein und schäbig für dich.«

Ihre Tochter stöhnte leise auf. Gegen eine Eigentumswohnung hatte sie zwar nichts einzuwenden, doch die Anbiederei nervte sie. »Mama, ich bin volljährig, falls du das noch nicht bemerkt hast. Ich lebe mein Leben und du deins.«

»Na, Schwester, wie fühlt man sich so?« Ihr Bruder Günter kam mit zwei Sektkelchen auf sie zu und drängte ihr ein Glas auf. »Da trink, ist ein edles Gesöff. Zahlt die Partei«, fügte er augenzwinkernd an.

Julias Mutter wandte sich Peter Däuscher zu, dem Ortsgruppenleiter des Stamms Speyer-Süd. Ein knackiges Kerlchen, dachte sie, der fehlt noch in meiner Sammlung. Sie benutzte den gleichen Trick, der ihr in der Vergangenheit schon mehr als ein halbes Dutzend Mal gelungen war. »Oh hoppla, Verzeihung«, schrie sie, nachdem sie absichtlich gestolpert war und den Inhalt ihres Sektkelches auf das Jackett des Ortsgruppenleiters geschüttet hatte. Bevor dieser zu einer Reaktion fähig war, setzte Frau Blauermann zu einer wahren Attacke an Entschuldigungen an: »Das ist mir noch nie passiert, Herr Ortsgruppenleiter. Selbstverständlich komme ich für den Schaden vollumfänglich auf. Geben Sie mir bitte Ihr Jackett, ich werde auf der Toilette versuchen, es notdürftig zu reinigen. Morgen haben Sie ein neues, versprochen.« Sie lächelte ihn naiv, aber herausfordernd an.

Peter Däuscher, der Frau Blauermann natürlich kannte, unterdrückte mit aller Gewalt einen seiner berüchtigten Jähzornausbrüche, die er als Choleriker regelmäßig wegen irgendwelcher Nichtigkeiten bekam. »Das ist doch nicht der Rede wert, Frau Blauermann«, sagte er beschwichtigend, während er mit rotem Kopf die Jacke auszog. »Es ist sowieso viel zu warm in diesem Saal.«

»Keine Widerrede«, befahl Julias Mutter, während sie

provozierend mit ihrer Zunge im offenen Mund spielte. »Der Fleck muss ausgewaschen werden.«

Zwei oder drei Sätze später entschuldigten sich beide, um den Fleck gemeinsam auszuwaschen. Als sie zehn Minuten später wieder im Saal standen, hatten sie sich für den nächsten Vormittag verabredet, um ein neues Jackett zu kaufen.

Als die offizielle Begrüßung begann, fühlte sich Julia noch unwohler. Auf was hatte sie sich nur eingelassen? Das normale Publikum war in dem Saal des Gemeindezentrums eindeutig unterrepräsentiert. Die Mehrheit feierte wie auf dem Oktoberfest kurz vor der Schließung. Die Bedienungen kamen kaum hinterher, um der saufenden Menge Nachschub zu bringen. Was sie nicht vermutet hatte, war, dass fast die Hälfte des Publikums weiblich war. Durch ihre ehrenamtliche Arbeit bei den Grünen wusste sie, dass in den Parteien oft genug ein großer Männerüberschuss die Regel war. Aber hier? Interessierten die sich alle für Politik? Oder handelte es sich einfach um seichte Gemüter, die sich von ein paar oberflächlichen Sprüchen hatten einfangen lassen? Ja, mit Freibier, Geselligkeit und einem gepflegten Gemeinschaftsgefühl konnte man auf Dummenfang gehen, dachte Julia. Zum wiederholten Male wünschte sie sich, viele Kilometer von diesem Ort entfernt zu sein.

Für einen Moment irritierte es sie, als Peter Däuscher mit seiner Begrüßungsrede begann und ihre Mutter gemeinsam mit ihm auf der Bühne stand. Es ging doch heute um sie und nicht um ihre Mutter? Sie war kein kleines Kind mehr, und sie wusste genau, was sie tat. Auch heute.

»Und damit begrüßen wir Frau Julia Blauermann als neues Parteimitglied der NAFD«, schloss der Ortsgruppenleiter seine Rede. »Wie ihr alle wisst, ist Julia die Tochter von Herold Blauermann, dem Inhaber der euch allen bekannten Spedition. Julia wird als Pressereferentin in unseren Stamm Speyer-Süd einsteigen und dafür sorgen, dass wir in der Öffentlichkeit noch besser wahrgenommen werden.« Er machte eine kurze Pause, in der er kurz zu Julias Mutter schielte. »Wie mir Julias Mutter eben verriet, ist ihre Tochter noch nicht vergeben. Also, Jungs, strengt euch an.«

Julia wurde krebsrot, während schallendes Gelächter losbrach. Sie wusste nicht, ob sie dafür mehr ihre Mutter oder den Deppen von Ortsgruppenleiter hassen sollte. Fast war sie versucht, die Flucht nach vorne anzutreten und auf der Bühne laut zu verkünden, dass sie lesbisch sei. Dies wäre zwar gelogen, würde sie aber vielleicht von der Anbaggerei der schon halb abgefüllten Kerle bewahren, die bereits mit gierigen Augen zu ihr herüberstarrten. Julia verkniff sich diese Aktion, da der Schuss nach hinten losgehen konnte. Insbesondere ihre Eltern würden den Schock ihres Lebens bekommen, und den galt es zu vermeiden.

Julia blieb nichts anderes übrig, als auf die Bühne zu gehen und zahlreiche Glückwünsche entgegenzunehmen. Peter Däuscher drückte ihr einen riesigen Blumenstrauß in die Hand. Auf die Übergabe der obligatorischen Biergutscheine bei jeder Beförderung oder Mitgliedsaufnahme verzichtete er dieses Mal.

Während der Ortsgruppenleiter ein paar Dankesworte an zwei oder drei Sponsoren des heutigen Festes verlor und ankündigte, in einer Viertelstunde mit der halbjährigen Beförderungsfeier zu beginnen, umarmte Frau Blauermann ihre Tochter. »Dafür werde ich deinen Monatsscheck gleich noch mal erhöhen. Du brauchst unbedingt was Edles zum Anziehen, immerhin bist du jetzt Pressereferentin der NAFD. Da kannst du nicht im Schlabber-T-Shirt herumlaufen.«

»Pressereferentin der Ortsgruppe Speyer-Süd«, ergänzte Julia missmutig, ohne auf ihre Kleidung einzugehen.

»Lass uns zur Bar rübergehen und einen Champagner trinken.« Ihre Mutter ließ ihr keine Verschnaufpause. An der Hand zog sie ihre Tochter zur Bar im Vorraum. Zahlreiche sabbernde Männer in der kompletten Altersbandbreite sahen Julia nach. Es traute sich zwar niemand, direkt auf Julia zuzugehen, doch sie konnte sich denken, was passieren würde, wenn ihre Mutter nicht dabei wäre oder sie auf dem Heimweg alleine einem von diesen hormongesteuerten und debilen Kerlen über den Weg laufen würde.

Ihre Mutter bestellte den Champagner. Julia überlegte, wie sie sich am besten aus der Affäre ziehen konnte. Schließlich hatte sie die rettende Idee. Sie trank einen Schluck, wartete kurz ab, dann simulierte sie heftige Magenschmerzen.

»Mist, fängt das schon wieder an«, stöhnte sie.

»Was ist los, mein Schatz?«, fragte ihre besorgte Mutter.

»Immer diese Bauchschmerzen«, sagte Julia mit schmerzverzerrtem Gesicht und weinerlicher Stimme. »Immer wenn ich Wein oder Ähnliches trinke, passiert das. Das geht schon seit ein paar Wochen so.« Sie stellte ihr nahezu volles Glas auf die Theke.

»Soll ich dich ins Krankenhaus fahren?«

Julia schüttelte den Kopf. »Ich habe nächste Woche sowieso deswegen einen Termin bei meinem Hausarzt in Neustadt. Am besten ist, wenn du mir ein Taxi rufst. Mein Auto kann ich morgen holen.«

Ihre Mutter kam Julias Bitte nach und telefonierte nach einem Taxi. Gemeinsam mit ihrer Tochter verließ sie den Saal und wartete, bis das Taxi kam.

»Würdest du mich bitte bei Herrn Däuscher entschuldigen?«, sagte Julia mit weiterhin gequälter Miene. »Sobald ich wieder auf dem Damm bin, melde ich mich bei ihm wegen der Aufgaben, die ich übernommen habe.«

»Mach das, Schatz«, antwortete ihre Mutter. »Im Moment gibt er die Beförderungsurkunden aus. Da wird immer viel getrunken. Ich glaube, ich werde in ein paar Minuten ebenfalls heimfahren. Mach es gut, Julia, und ruf mich an.«

Julia winkte ihrer Mutter kurz zu, als das Taxi Fahrt aufnahm. Zufrieden und ohne Schmerzen machte sie es sich in dem Autositz bequem. Sie hatte diese Veranstaltung überstanden und hoffte, dass sich ihre Opferbereitschaft bald bezahlt machte. Mit der NAFD sympathisieren, das kam für Julia nicht infrage. Sie hatte ganz andere Pläne.

-35- EIN PERFIDER PLAN TEIL 2

Wolle überlegte, ob er vorher auf einen Sprung in die Kneipe gehen sollte. Doch dann würde es wie so oft Streit mit der Traudel, der Bedienung geben, die ihn ständig wegen seiner Schulden nervte. Bald würde das Gezeter vorbei sein, vielleicht würde er sogar die Kneipe kaufen, dachte Wolle. Dann müsste er nie mehr für sein Bier bezahlen. Und die Traudel würde ihm auch gehören.

Der ehemalige Getränkehandel lag nicht weit entfernt, er befand sich in der Parallelstraße von Schweikemeiers Büro. Wolle war darauf bedacht, alles richtig zu machen. Er wartete vor der Firmeneinfahrt, bis alle Passanten aus seinem Blickwinkel verschwunden waren. Er ging nach hinten in den Hof und entdeckte auf Anhieb den Gabelstapler, der, wie von dem Ortsgruppenleiter angekündigt, etwas abseits unter einem baufälligen Carport stand. Die Querseite bot mit einem Stapel halb verrotteter Europaletten einen gewissen Sichtschutz in Richtung Hinterhof. Wolle setzte sich sofort auf den Stapler und entdeckte in weniger als zehn Metern Entfernung die rote Tür.

Ein Druck auf den Startknopf, und der Stapler schnurrte leise im Leerlauf vor sich hin. Er spielte ein wenig mit dem Gaspedal, doch der Lärm brach sich an den umliegenden Wänden und verstärkte sich immens. Wolle erinnerte sich an die Aufforderung, möglichst unsichtbar auf den Erpresser zu warten. Er ging vom Gas herunter, schaltete den Stapler aber nicht aus. Zu gern hätte er jetzt ein paar Runden mit dem Gefährt gedreht, vielleicht auch einmal raus auf die Straße und einmal ums Quadrat. Dass ein Gabelstapler dafür eine Straßenzulassung benötigte, auf solche Gedankengänge kam Wolle natürlich nicht. Dafür hatte er eine andere Idee. Nachdem er dem Erpresser die Nase poliert hatte, sollte er laut Auftrag verschwinden. Wie, das hatte Schweikemeier nicht gesagt. Warum nicht mit dem Gabelstapler? Neben Toms Bude gab es einen größeren Abenteuerspielplatz, wo sich Wolle im Sommer gelegentlich abends mit seinen Kumpels traf, um zu grillen und zu saufen. Er fühlte sich bereits als Held, als er in Gedanken seine Kumpels zu dem Spielplatz rief und dort mit dem Stapler mal so eine richtige Rallye veranstaltete. Ob er mit der Maschine die breite Kinderrutsche hochkam?

Der uhrlose Wolle wurde von der Ankunft seiner Zielperson beinahe überrascht. Schnell machte er sich so klein wie möglich, als ein Anzugträger den Hinterhof betrat und unschlüssig mitten im Hof stehen blieb.

Wolle kam gar nicht auf die Idee, dass dies eine andere Person als der Erpresser sein könnte. Am liebsten wäre er sofort losgebraust, um den Gauner umzufahren. Dass auf den Gabeln eine große metallene Gitterbox mit einer großen Zahl von Plastikkanistern stand, fiel ihm nicht sonderlich auf. Schweikemeier hatte ihm ausdrücklich verboten, ihm eine richtige Abreibung zu verpassen. Der Chef sollte mit ihm rundum zufrieden sein. Schließlich war er ab morgen reich. Nun würde er jede Menge Kohle verdienen und könnte sich vielleicht sogar eine größere Bude nehmen.

Der Anzugträger schaute nervös auf seine Armbanduhr und ging gemächlich zu der roten Tür. Wolle wartete die Sekunde ab, in der der Erpresser den Griff der Tür drückte und feststellte, dass sie verschlossen war. Wolle setzte sich blitzschnell auf den Fahrersitz, gleichzeitig trat er das Gaspedal bis zum Anschlag durch. Durch das vielfältige Echo registrierte der Mann vor der Tür zwar den Geräuschpegel, konnte die Quelle aber auf Anhieb nicht orten. Als er sich umdrehte, war der Stapler nur mehr zwei Meter von ihm entfernt.

-36- ENDLICH WIRD SIE FÜNDIG

Julia war mit sich zufrieden. Mit der Mitgliedsurkunde der NAFD, die sie verliehen bekam, würde sie sich den Hintern abwischen. Wie konnte man sich nur mit solchen Parteizielen identifizieren und diesem Verein freiwillig beitreten? Gut, sie war freiwillig eingetreten, was bei ihr aber nicht bedeutete, dass sie guthieß, was diese Partei propagierte. Es war nur ein Hilfsmittel, um ihre Mutter und noch vielmehr ihren Vater zu beruhigen. Dieser saß zwar im Moment in Untersuchungshaft, Julia vermutete aber, dass er sich mit seinen Beziehungen davon zügig freikaufen könnte. Dass jetzt die ganze Familie Parteimitglied war, würde ihn nicht auf dumme Gedanken bringen, die durchaus der Realität entsprechen könnten. Julia musste ihr Geheimnis noch eine Weile hüten, zumindest bis sie den letzten, den entscheidenden Hinweis gefunden hatte.

Gerade eben hatte sie ein anderes Geheimnis entdeckt, mit dem sie nicht gerechnet hatte. Bisher meldete sie sich immer an, wenn sie ihre Mutter besuchte. Doch in dieser Situation – sie frisches Parteimitglied, ihr Vater im Knast – hatte sie daran nicht gedacht. Während sie den hinteren Eingang zur Villa nahm, der tagsüber meist offen stand, konnte sie durch das Panoramafenster des Wohnzimmers sehen, wie sich ihre Mutter auf der Couch mit einem fremden Mann vergnügte. Die Situation war eindeutig, schließlich waren beide weitgehend nackt. Julia war im ersten Moment geschockt, doch dann hätte sie fast laut herausgelacht. Ausgerechnet ihre Mutter! Das naive Heimchen, das zwar sehr jugendlich wirkte, aber immer eine biedere und konservative Meinung vertrat, hinterging den Ehemann in der eigenen Wohnung. Gut, dass dieser im Moment unabkömmlich war, sonst hätte es ein Desaster gegeben, falls er die beiden in flagranti erwischt hätte.

Julia zögerte keine Sekunde, den beiden ihren Spaß zu lassen. Solange das Pärchen mit sich selbst beschäftigt war, konnte Julia ihr Vorhaben umsetzen, ohne ihrer Mutter eine Lüge aufzutischen. Der Nebeneingang führte in den Flur, wo sich die Kellertreppe befand. Das Stöhnen aus dem Wohnzimmer ließ sie schmunzeln, während sie nach unten ging und im Büro ihres Vaters verschwand.

Der Schlüssel steckte von innen, was sie dazu bewog, sich aus Sicherheitsgründen einzuschließen. Endlich hatte sie mal mehr als zwei oder drei Minuten Zeit, das Arbeitszimmer ihres Vaters zu durchsuchen. Sie war davon überzeugt, dass sie hier auf den Hinweis stoßen musste, sein Büro in der Firma war für solche brisanten Unterlagen viel zu gefährlich.

Dass die Polizei bei der Hausdurchsuchung den Tresor hinter dem Hans-Purrmann-Gemälde gefunden hatte, wunderte sie nicht: Er stand offen. Ihr Vater hatte als Code einfach ihr Geburtsdatum benutzt. Darauf war wahrscheinlich auch die Polizei schnell gekommen.

Von ihren letzten Besuchen wusste sie längst, dass ihr Vater in dem Tresor keine wirklich brisanten Unterlagen aufbewahrte. Mit dieser Erkenntnis hatte sie einen gewaltigen Vorteil gegenüber den Polizeibeamten, die dieses Büro durchsucht hatten. Julia konnte sich nämlich in die Denkweise ihres Vaters hineinversetzen. Da der Tresor nicht für die Aufbewahrung wichtiger Dokumente diente, musste er einen anderen Zweck haben. Klar, warum war sie auf diesen Gedanken nicht schon früher gekommen? Der Tresor sollte von einem zweiten, besser versteckten ablenken. Sie schaute sich um und scannte Boden und Wände ab. Wenn es einen weiteren Safe gab, dann in diesem Büro. In der Spedition gab es zwar ebenfalls einen, doch die Unterlagen, die Julia finden wollte, würde er niemals außer Haus lagern.

Der Fliesenboden war als Versteck nicht geeignet. Sie fand keine besonderen Fugen oder Kratzspuren. Nein, das Geheimnis musste simpel sein, ihr Vater musste ohne größere Umstände an den geheimen Ort gelangen. Sie blickte auf den Wandschrank mit den Aktenordnern. Hier und nirgendwo anders, ging es ihr durch den Kopf. Die Polizei hatte garantiert jeden einzelnen der Ordner geprüft, dort brauchte sie erst gar nicht zu suchen. Trotz des erheblichen Gewichts versuchte sie, den Schrank zur Seite zu schieben. Das wäre zu einfach gewesen, dachte sie nach mehreren erfolglosen Versuchen. Doch schon hatte sie die rettende Idee. Sie schnappte sich den Besucherstuhl, der keinen Meter von der Regalwand entfernt stand, und postierte ihn seitlich des Schrankes. An der Verbindung Wand zu Oberkante Schrank entdeckte sie einen schweren Haken, mit dem der Schrank gegen Umkippen gesichert war. Sie musste schmunzeln, als sie den Haken mit zwei Fingern von seiner Halterung wegdrehen konnte. Sie sprang vom Stuhl, und jetzt war es einfach: Vermutlich hatte ihr Vater auf der Unterseite des Schrankes kleine unsichtbare Rollen anbringen lassen. Wie einen Rollcontainer konnte Julia das schwere Monstrum zur Seite schieben. Sie hatte gefunden, wonach sie gesucht hatte.

Ihr Vater, dieser Trottel, hatte doch tatsächlich auch bei diesem Safe ihr Geburtsdatum als Kombination genommen. Der Tresor war bis zum Bersten gefüllt. Den größten Raum nahmen gebündelte Geldscheine ein, wobei es sich ausnahmslos um 500-Euro-Scheine handelte. Julia konnte der Versuchung widerstehen und packte nur drei Bündel zu je 50.000 Euro als kleinen Notgroschen in ihre Tasche, was ihrem Vater bei der Menge nicht so schnell auffallen würde. Die Papiere lagen in einem roten Schnellhefter unter den Banknoten. Julia hatte den Jackpot geknackt. Neben dem gesuchten Beweis, dass ihr Vater nicht nur ein Gründungsmitglied der NAFD, sondern deren Vorstand war, fand sie weiteres hochinteressantes Material. Den Kopierer neben dem Schreibtisch wollte sie wegen des Lärmpegels nicht einschalten. Sie entschloss sich, die Unterlagen mit ihrem Smartphone abzufotografieren. Auf den physischen Besitz der Originale konnte sie verzichten, die Informationen allein waren Sprengstoff genug.

-37- ABSCHIED VON DEUTSCHLAND

Frank stand einen Kilometer von der Druckerei entfernt am Rand eines Wohngebietes und betrachtete zufrieden sein Werk. Die ersten Rauchschwaden und damit verbunden ein widerlicher Gestank wehten inzwischen bis zu seinem Standpunkt. Vielleicht wäre es besser gewesen, dem Finale aus einer anderen Himmelsrichtung zuzusehen? Aber an dieser Stelle hatte er die beste Aussicht, hier stand er in der ersten Reihe gemeinsam mit zahlreichen Gaffern, die aus ihren Häusern gestürmt waren und mit ihm über das freie Feld zur brennenden Druckerei blickten. Er schätzte, dass bald die ersten Autos durch die Straßen fahren würden, um die Anwohner per Megafon aufzufordern, sicherheitshalber Fenster und Türen zu verschließen.

Noch immer kamen weitere Feuerwehrfahrzeuge an, die die einzige für Großfahrzeuge geeignete Zufahrtsstraße zur Druckerei entlangrasten.

Hätte ich nur eine Viertelstunde mehr Zeit gehabt, dachte Frank, oder einen Helfer. Dann würde auch noch das Verlagsgebäude in Schutt und Asche liegen. Die Flammen schossen zwar spektakulär weit in die Höhe, längst war das Hallendach eingestürzt, doch ein Übergreifen des Brandes auf das 50 Meter entfernt stehende Verlagsgebäude hielt er für eher unwahrscheinlich. Nur aus der Ferne sah es wegen der Perspektive so aus, als ständen beide Gebäude unmittelbar nebeneinander. Dass das Feuer dermaßen bunt war, lag vor allem an den dort gelagerten Druckfarben, das hatte Frank vorab recherchiert. Schade, dass die ganzen Reinigungschemikalien in einem abgeschlossenen und feuerfesten Raum aufbewahrt wurden, dachte er bedauernd. Das hätte das Feuerwerk des Jahres gegeben.

Frank war mit seiner Arbeit zufrieden. Die Druckerei, in der er viele Jahre lang gearbeitet hatte, war Vergangenheit. Das hatte diese doofe Partei nun davon, ihn an die Luft zu setzen. Nur weil er seinem Vorgesetzten Goldwurst den Stinkefinger gezeigt hatte, nachdem er ihn wegen ein paar zerrissener Zeitungen an seinem Arbeitsplatz zur Sau gemacht hatte.

Damit er nicht so schnell verdächtigt wurde – schließlich lag die Kündigung noch nicht so lang zurück – hatte er, bevor er in die Druckerei eingestiegen war, mit einer roten Spraydose mehrere Hakenkreuze an die Wand gesprüht und an jeden Haken einen der vier Buchstaben der NAFD geschrieben. Er war sich sicher, dass er damit für reichlich Verwirrung gesorgt hatte. Auf der anderen Seite könnten die Ermittler schnell auf den Umstand stoßen, dass auf seinen ehemaligen Vorgesetzten Goldwurst ein Attentat verübt worden war. Leider wurde dieser dabei nur leicht verletzt, dachte Frank betrübt. Einen zweiten Versuch, den verhassten Goldwurst zur Hölle zu schicken, hatte er aber nicht mehr gewagt. Vielleicht würde er in ein paar Jahren inkognito nach Deutschland zurückkehren, um seine Rache zu vollenden.

Langsam begann er zu frieren. Er schaute auf die Uhrzeit seines Handys. Seit über einer Stunde stand er hier und starrte auf das immer noch lodernde Feuer. Endlich konnte er seinen Blick losreißen, denn die Zeit wurde knapp. Eine Straße weiter parkte sein Wagen, mit dem er jetzt zu seinem Bruder Paule fahren würde. Sie würden gemeinsam in einem Restaurant essen gehen, anschließend sollte ihn Paule nach Frankfurt zum Flughafen fahren. Paule wäre beinahe mitgekommen, denn er war ebenfalls arbeitslos. Wegen eines nichtigen Grundes hatte ihn sein Arbeitgeber, ein Speyerer Spediteur, gekündigt. Paule, Mitglied in einem Sportschützenverein und Waffennarr, hatte sich wie sein Bruder an seinem Chef für diese Ungerechtigkeit gerächt. Eines Nachts war er auf das Flugplatzgelände Speyer geschlichen und hatte den Privatflieger seines Chefs zerschossen. Seitdem ging es ihm zwar mental besser, finanziell aber eher bescheiden. Letztendlich hielt ihn von einer Flucht mit seinem Bruder ins Ausland ein Stellenangebot ab, für das er sich beworben hatte. Lkw-Fahrer waren nach wie vor eine gesuchte Berufsgruppe.

-38- EIN PERFIDER PLAN TEIL 3

Der Gauleiter Vorderpfalz wusste nicht, ob er sich freuen oder ärgern sollte. Die Sache mit seinem Ex-Freund Heiner ging erfreulicherweise wie geplant über die Bühne. Erst vier Tage nach Heiners Tod wurde er von einem Spaziergänger gefunden. In der Presse stand, dass es sich um einen alkoholisierten Mann aus Dresden handelte, der offensichtlich in der Gegend zu Besuch war. In seiner Tasche fand man ein Bahnticket von Dresden nach Mannheim. Die Polizei konnte kein Fremdverschulden feststellen.

Eine Querverbindung zu Haberstahl gab es nicht. Der Gauleiter hatte es geschafft. Das wäre ja auch zu blöd gewesen, wenn dieser hirnrissige Depp ihm den Weg nach Berlin vermasselt hätte. Das falsche Kennzeichen sowie die Kühltasche mit den leeren Flaschen hatte er längst in einer Mülltonne entsorgt. Seinen Wagen hatte er nacheinander zwei professionellen Autowäschern überlassen, die auch das letzte an Heiner erinnernde Partikel entfernt hatten.

Nun konnte sich Haberstahl den nächsten Baustellen widmen. Als Gauleiter saß er organisatorisch wie ein Sandwich zwischen dem rheinland-pfälzischen Landesverband beziehungsweise den Parteibonzen in Berlin und den Ortsgruppenleitern, die ihn bereits das eine oder andere graue Haar gekostet hatten. Insbesondere dieser Schweikemeier aus dem Ludwigshafener Stadtteil Hemshof war solch ein Fall. Statt sich an seine Befehle zu halten, kochte er viel zu oft sein eigenes Süppchen. Wenn das jeder machen würde, könnte er gleich einpacken. Zum Glück hatte er die meisten Ortsgruppenleiter im Griff. Dass die Partei plante, zwischen den Gauleitern und den Ortsgruppen eine weitere Hierarchieebene in Form von Kreisverbänden einzuführen, nützte ihm aktuell nichts. Noch gab es nicht genügend geeignete Mitglieder, die man für diese Positionen benötigte. Frühestens in einem Jahr würde das stehen, dachte Haberstahl. Dann hätte er nicht mehr Dutzende von Ortsgruppenleitern zu managen, sondern nur eine übersichtliche Anzahl von Kreisleitern. Doch bis dahin wollte er sowieso längst in Berlin sein. Irgendwie musste er auch dem rheinland-pfälzischen Landesverband noch klarmachen, dass er keine Ambitionen auf einen Sitz im Landtag hatte. Regelmäßig wurden diesbezügliche Anfragen an ihn gestellt. Ob er sich nicht vorstellen könnte, für seinen Wahlkreis als Direktkandidat anzutreten? Er dürfte weiterhin Gauleiter bleiben. Beides wollte Haberstahl nicht. Er hatte keine Lust, in dem provinzialen Bad Dürkheim zu versauern und sich den Terminkalender mit Firmenjubiläen, Weinköniginnen-Wahlen oder sonstigen Volksbelustigungen vollmüllen zu lassen. Der Champagner wurde in Berlin getrunken, und das war sein Ziel. Sollen sich andere um das Volk kümmern und es bespaßen, er wollte an die Macht, koste es, was es wolle.

Er dachte an Schweikemeier. Das WLAN-Projekt hatte er überhaupt noch nicht begonnen, der Zeitplan war längst Makulatur. Heute würde er ihm Beine machen, bevor ihm die Zentrale für dieses Missgeschick ein paar Malusaktien von seinem Depot abzog.

Eigentlich konnte er mit der Entwicklung der Mitgliedszahlen in Hemshof zufrieden sein. Letzte Woche konnte Schweikemeier ein weiteres Stadtratsmitglied davon überzeugen, zur NAFD zu wechseln. Aber Haberstahl war zu Ohren gekommen, dass sein Untergebener die Mitgliedergewinnung mit zweifelhaften Methoden betrieb. Details kannte er bisher zwar nicht, heute würde er aber die Unterlagen genauestens prüfen. Unter anderen Umständen hätte er Schweikemeier mitsamt seinen Unterlagen zu ihm nach Bad Dürkheim beordert, doch heute wollte er sich ein Bild der Ortsgruppe machen. Zunächst war Schweikemeier ausgewichen, als er die Prüfung der Mitgliederunterlagen in dessen Hemshofer Büro angekündigt hatte. Er meinte, dass er aus Platzgründen die Unterlagen in einem extern angemieteten Raum stehen hatte.

Haberstahl war sehr gespannt auf das Ergebnis der Prüfung. Wenn er irgendwelche Eigenmächtigkeiten finden würde, könnte Schweikemeier heute seinen Hut nehmen. Es gab genug Interessenten für dessen Posten. Eines hatte sich der Gauleiter auf jeden Fall vorgenommen: Nach der Prüfung der Unterlagen würde er Schweikemeiers Büro inspizieren. Er war sich sicher, dass heute ein Kopf rollen würde.

Haberstahl verglich die Hausnummer mit seiner Notiz. Ein leer stehender Getränkehandel, wunderte er sich. Er ging nach hinten, wo er auf seinen Untergebenen treffen sollte. Das war symptomatisch für ihn, ärgerte er sich mit einem Blick auf seine Uhr. Es war Punkt 19 Uhr, und von Schweikemeier war nichts zu sehen. Dann entdeckte er die rote Tür, von der der Ortsgruppenleiter gesprochen hatte. War er vielleicht bereits im Archiv? Haberstahl ging auf die Tür zu und drückte den Griff. Was war das für ein Höllenlärm? Und die Tür war auch abgeschlossen. Er drehte sich um und sah einen Gabelstapler auf sich zukommen.

-39- STREIT IM FÜHRUNGSZIRKEL

»Herold muss weg!« Bernhard Bender hatte das Wort übernommen.

Discounter-Eddi Edmund Schmidt schüttelte den

Kopf. »Wie willst du das bewerkstelligen, ohne dass wir uns komplett zerstreiten? Du weißt genau, dass die anderen drei dem Herold bis ins Gefängnis folgen, wenn es sein muss.«

»Siehst du denn die Gefahr nicht, Edmund? Wenn sie Herold im Knast weichkochen, erzählt der alles! Es geht um zwei Pfund reinstes Heroin, auf dem seine Fingerabdrücke und seine DNA gefunden wurden. Kein Anwalt dieser Welt haut ihn aus diesem Mist wieder heraus.«

Edmund überlegte laut: »Irgendwie passt da etwas nicht zusammen. Herold ist nie unvorsichtig gewesen. Und ausgerechnet am Heroin sollen seine Fingerabdrücke sein? Das kann ich mir beim besten Willen nicht vorstellen.«

»Es ist aber so«, pochte Bender. »Herolds Anwalt hat mir das am Telefon bestätigt.«

»Dann wurde er ausgetrickst. Vielleicht sogar von dir?«

Benders Kopf wurde so rot wie die Pillen, die er vor ein paar Minuten geschluckt hatte. »Bist du jetzt komplett verrückt geworden? Warum sollte ich das tun? Außerdem habe ich mit illegalen Drogen nichts am Hut.«

»Da hat mir Herold aber anderes erzählt. Von wegen harmlose Chemikalien, die du zu deinen Labors in aller Herren Länder schickst, um neue Arzneimittel zu entwickeln. Vielleicht bist du sogar ein Lieferant oder Abnehmer von Herold?«

Bernhard Bender gelang es nur mühsam, sich zusammenzureißen. Natürlich waren ihm Herolds Drogengeschäfte bekannt. Dies galt selbstverständlich auch umgekehrt, und mehr als einmal hatten sie sogar gemeinsame Projekte durchgezogen. Er als Produzent und Herold als

Verteiler. Dass dieser Idiot von Herold das streng gehütete Geheimnis anscheinend verraten hatte, machte ihn rasend vor Wut.

»Lass uns beim Thema bleiben und nicht streiten«, versuchte der Pharmachef seinen Führungskollegen zu beruhigen.

»Wie du meinst«, mischte sich Edmund ein. »Mir kann es egal sein, welche krummen Dinger ihr dreht. Ich habe jedenfalls nichts zu verbergen. Ich bezahle meine Mitarbeiter übertariflich, und mit illegalen Drogen habe ich noch nie etwas am Hut gehabt.« Er machte eine kurze Pause. »Ich kann mich aber des Eindrucks nicht erwehren, dass es um etwas ganz anderes geht. Herold ist unser Vorsitzender und du der ewige Zweite. Es wäre nur allzu menschlich, wenn du ihn in seinem Amt beerben möchtest. Habe ich recht?«

Da sich bereits das komplette Blut in Benders Kopf befand, konnte er nicht noch röter werden. »Du spinnst doch, ich bin mit meiner Rolle sehr zufrieden.«

Discounter-Eddi nahm sofort den Ball auf. »Dann ist ja alles klar. Lass uns in der großen Runde zu fünft über unsere weitere Zukunft diskutieren.«

Bender nahm seine Niederlage zur Kenntnis. Hier kam er nicht weiter. Er musste eigene Wege gehen, um seine Ziele zu erreichen. Edmund Schmidt hatte zum Teil recht: Bernhard wollte selbst Chef dieser Runde werden. Doch es gab einen weiteren Grund, Herold abzuschießen. Falls der wirklich bei der Polizei gestehen würde, wäre er, der große Pharmakonzernerbe, ebenfalls dran. Es gab viel zu viele Schnittstellen zwischen ihren Unternehmen, die nicht gesetzeskonform waren.

Nachdem sie sich verabschiedet und für nächste Woche eine Fünferkonferenz in Berlin vereinbart hatten, überlegte Bender, wie er weiter vorgehen könnte. Vielleicht sollte er über bezahlte ausländische Söldner eine Gefangenenbefreiung in Auftrag geben, eine, die von vornherein zum Scheitern verurteilt war und mit dem Tod des Befreiten endete.

-40- DIE ERPRESSER-E-MAIL

Der Chef der Berliner Online-Abteilung glotzte auf den Monitor. Sarah, seine devote Referentin, stand mucksmäuschenstill daneben.

Liebe schwachköpfige Deppen der NAFD,

bestimmt habt ihr bereits bemerkt, dass die schmutzigen und volksverdummenden Sprüche auf euren Internetseiten verschwunden sind. Wir von der Arbeitsgemeinschaft Sauberer Monitor haben dafür gesorgt, dass dieser Schwachsinn verschwunden ist. Verschwunden von den Monitoren und hoffentlich bald aus den Köpfen eurer Wähler und Sympathisanten.

Wir möchten euch Spinnern keine Angst machen, aber wir haben weitere Schwester-Arbeitsgemeinschaften. Was sich die AG Saubere Plakatwerbung und die AG Prospektbeilage kürzlich in Niedersachsen haben einfallen lassen, dürfte sogar euch beeindruckt haben.

Wir machen keinen Hehl daraus, dass weitere Aktionen folgen werden, im Moment schießen wir uns erst mal etwas ein. Da wir davon ausgehen, dass diese Erpressung – nichts anderes stellt dieses E-Mail dar – sofort an die Parteizentrale weitergegeben wird, ein Hinweis an die da oben: Wir wissen längst, dass der Bundeskanzler und die NAFD-Minister in ihrer Entscheidung alles andere als frei sind. Wir wissen leider noch nicht, wer die wahren Herrscher der Partei sind. Aber wir sind nahe dran, es herauszufinden.

Da wir die Erpresser sind, müssen wir auch eine Forderung stellen. Lösegeld für die Freigabe der Online-Server? Nein, wir sind nicht käuflich. Käuflich waren dagegen die Jungs in der Ukraine, die uns bei der Verschlüsselung der Server zwar nicht geholfen, aber auch nicht behindert haben. Was das für euch Idioten bedeutet? Ihr kommt nicht mehr an eure Daten heran, so einfach ist das. Was wir von euch dafür wollen? Das müssen wir uns gründlich überlegen, denn wir haben ja viel Zeit. Zeit, die ihr nicht habt. Schaut mal um 10 Uhr auf eure Monitore, ihr werdet begeistert sein.

Eure Arbeitsgemeinschaft Sauberer Bildschirm

Es dauerte eine Weile, bis sich bei ihm die Schockstarre gelöst hatte. Ungeheuerlich, was er da gerade gelesen hatte. Das könnte sein Ende bedeuten, auch wenn er dafür nun wirklich nichts konnte. Sollte er seinen Vorgesetzten anrufen oder besser warten, was sich diese infamen Erpresser für 10 Uhr hatten einfallen lassen? Ein Blick auf die Wanduhr zeigte ihm, dass es nur noch wenige Minuten bis zu der genannten Uhrzeit waren. Er stand schwerfällig aus seinem Ledersessel auf und meinte mit einem Blick zu seiner Referentin: »Heute Abend bist du fällig, meine Süße. Vorausgesetzt, ich überstehe diesen bescheuerten Tag.«

Zur Sicherheit ging er zu seinen Untergebenen, die in einem Großraumbüro saßen, und befahl ihnen, sofort sämtliche Monitore auszuschalten. Er konnte sich denken, dass diese Schweinehunde von Erpressern ihnen keine Liebesgeschichten auftischen würden. »Geht ins Café und macht eine halbe Stunde Pause, danach seid ihr aber wieder pünktlich hier, verstanden?« Die rund zehnköpfige Belegschaft war froh, ihrem Chef, der aussah, als würde er jeden Moment jemanden oder sogar mehrere von ihnen umbringen wollen, entfliehen zu können.

Zurück in seinem Büro begab er sich zu seinem Sessel. Sarah wollte sich auf seinen Schoß setzen, doch er stieß sie mürrisch zur Seite. »Hau ab«, maulte er sie an. »Geh Kaffee machen oder irgendetwas anderes Sinnvolles.«

Sarah war den Umgangston ihres Chefs nicht nur gewohnt, sie liebte es geradezu, wenn er mit ihr wie mit einer Sklavin umsprang. Sie freute sich bereits auf den Abend.

Wenige Sekunden nach 10 Uhr verschwand das Schwarz des Monitors, und eine Grafik blendete sich ein. Man sah eine blühende Voralpenlandschaft, eine Bilderbuchidylle. Im Himmel über den Bergen flog ein Zeppelin mit der knallroten Aufschrift »NAFD – Wir sind die Partei für die Dummen«. Der Zeppelin war animiert, er flog langsam über den Himmel und verschwand schließlich am rechten Bildschirmrand. Sofort erschien ein baugleicher auf der linken Seite, der dieses Mal den Text »Wer keine Ahnung hat, wählt die NAFD« trug. Beim dritten Zeppelin mit der Aufschrift »Zu doof für den Schulabschluss? Dann wähle uns, die Ausbeuterpartei NAFD« war ihm bewusst, dass noch viel mehr Sprüche folgen würden und der Zeppelin dazu verleitete, vor dem Bildschirm sitzen zu bleiben und abzuwarten, welcher wohl als Nächstes kam. Er wollte sich gerade den Hörer schnappen, um seinen Vorgesetzten anzurufen, da klingelte sein Telefon. Die Rufnummer in der Anzeige zeigte ihm, dass es jetzt auf jedes Wort ankam.

-41- EIN PERFIDER PLAN TEIL 4

Schweikemeier war in den letzten Minuten einsilbig geworden. Würde Wolle seinen Auftrag wie von ihm befohlen ausführen? Was wäre, wenn sein Vorgesetzter zu früh merkte, was los war? Nach mehreren Jägermeister-Schnäpsen hatte Schweikemeier sich beruhigt. Er stand auf dem rückwärtigen Balkon im dritten Stock seines Mietshauses, zwei Etagen über dem Büro. Von seinem Balkon hatte er eine wunderbare Aussicht über die Gärten hinter den Häusern bis hinüber zu den Hinterhöfen der Parallelstraße. Wenn er schräg nach rechts blickte, konnte er das hintere Gelände des ehemaligen Getränkehändlers beobachten. Wolle saß hoffentlich in dem Gabelstapler, dachte er. In dem Moment sah er Haberstahl, wie er unschlüssig in den Hof trat, sich umschaute, auf seine Uhr blickte und schließlich zur roten Tür ging. Das Geräusch des aufjaulenden Staplers hörte er bis auf seinen Balkon. Er schmunzelte, als er sah, wie sich der Gauleiter Vorderpfalz viel zu spät umdrehte, um dem Stapler ausweichen zu können. Eine Sekunde später, und Wolle drückte mit seinem beladenen Gabelstapler nicht nur die rote Tür, sondern auch einen Teil der Hallenrückwand ein. Haberstahl konnte das niemals überlebt haben, dachte er zufrieden. Dass Wolle einen Gabelstapler mit defekten Bremsen in Betrieb genommen hatte, hatte er diesem natürlich verheimlicht. Doch etwas anderes machte ihn stutzig, er hatte nämlich einen Zusatzeffekt eingebaut. Schade, wenn das nicht funktionierte, auch wenn es am Ende keinen wesentlichen Einfluss auf das Ergebnis hatte. Er zuckte mit den Schultern und drehte sich um, um in die Wohnung zu gehen. Just in dieser Sekunde explodierte der Gabelstapler mit einer infernalischen Feuer- und Rauchwolke. Im Sekundenrhythmus folgten weitere Explosionen, deren Feuer sofort auf die Halle übergriff.

Zufrieden nickte Schweikemeier. Waren seine technischen Kenntnisse doch ausreichend gewesen, um den gasbetriebenen Stapler dermaßen zu manipulieren, dass er sich bei einem Aufprall selbst zerstörte. Die zahlreichen mit Benzin gefüllten Kanister in der Kiste auf den Gabeln hatten die letzten Spuren verwischt. Man würde eine Weile benötigen, um die Opfer zu identifizieren, wobei er sich nicht sicher war, ob dies überhaupt möglich war.

Nie wieder würde er Wolle die Hand schütteln müssen.

-42- ES WIRD ENG FÜR HEROLD BLAUERMANN

Julia hatte ihr Ziel erreicht, sie hatte herausgefunden, was sie wollte. Längst hatte sie vermutet, dass ihr Vater Herold einer der großen Unbekannten war, der die unsägliche Partei NAFD mitgegründet hatte. Zunächst hatte sie an ihrer Vermutung gezweifelt, da ihr Vater sich nie übermäßig für Politik interessiert hatte. Doch immer mehr

Indizien sprachen dafür. Kurz nach der Bundestagswahl beauftragte sie sogar eine Detektei, die ihren Vater bei einem seiner Berlinaufenthalte observieren sollte. Zu diesem Zeitpunkt hoffte sie noch, dass es sich nur um eine Liebesaffäre handelte, doch der Bericht der Detektei ließ keinen Zweifel zu: Ihr Vater traf sich mit einer Handvoll Personen in einer Villa. Die Detektei fand zusätzlich heraus, dass auch der Bundeskanzler Segrem und die Bundesinnenministerin Wiedemann an dem Treffen teilgenommen hatten. In das Gebäude selbst konnte der Detektiv zwar nicht eindringen, doch die Sache war eindeutig. Warum sollten sich der Bundeskanzler und die Bundesinnenministerin mit ihrem Vater an einem geheimen Ort treffen, der nach Angaben der Detektei extrem abgeschottet wurde? Außerdem wurde ihr berichtet, dass an dem Treffen weitere Personen teilgenommen hatten, zwei davon konnten vor allem durch ihre Bekanntheit zweifelsfrei identifiziert werden.

Alles Menschen mit viel Geld, dachte Julia. Warum sollten die sich in die Politik einmischen, statt ihren Reichtum zu genießen? Die Zeit auf dieser Welt war endlich, warum sollte man sich mit etwas beschäftigen, was man sowieso zur Genüge hatte: Geld.

Julia, die Pragmatikerin, hatte es nie verstanden, warum reiche Menschen, die mehr Geld besaßen, als sie je in ihrem Leben ausgeben konnten, gierig darauf waren, noch reicher zu werden. Dies würde ihr nie passieren, war sie sich sicher. Dementsprechend sah ihre Lebensstrategie aus: Da sie sowieso irgendwann einmal ein großes Vermögen erben würde, und sei es im Notfall nur ein Pflichtteil, hielt sie eine Ausbildung oder gar ein abhängiges Angestelltenverhältnis für überflüssig. Arbeit rein zum Zweck des Geldverdienens kam ihr in ihrer persönlichen Situation überflüssig vor. Die monatlichen Geldzuwendungen ihrer Mutter reichten ihr völlig aus, um neben ihrem nicht allzu luxuriösen Lebensstandard genügend Reserven für den Notfall aufzubauen. Mit dem finanziellen Polster, das sie inzwischen zur Seite geschafft hatte, würde sie einige Jahre auskommen. Und wenn jetzt demnächst eine hübsche, durch ihre Eltern finanzierte Eigentumswohnung dazukäme, konnte sie bis zum Erbfall, selbst wenn es noch ein paar Jahrzehnte dauern würde, gut und vor allem ohne Arbeit leben.

Einen Teil ihrer Freizeit widmete sie ihrer ehrenamtlichen Tätigkeit bei der Partei »Die Grünen«. Aus dieser Tätigkeit heraus entwickelte sich allmählich ihr Interesse für die Bundespolitik. Insbesondere die gesellschaftspolitische Entwicklung der letzten zwei oder drei Jahre, als der Rechtsruck in der breiten Bevölkerung deutlich messbar wurde, beschäftigte sie. Ihr Hassthema Nummer eins war ganz klar die rasante Entwicklung der NAFD. Zu Beginn hatte sie noch versucht, die samstags auf dem Marktplatz werbenden Mitglieder in wortgewaltigen Diskussionen davon zu überzeugen, dass deren Thesen und Wahlprogramm nicht nur gefährlich für die Demokratie, sondern völlig abstrus und unlogisch waren. Schnell erkannte sie, dass diesen maximal achtelgebildeten Scheuklappen-Werbern mit sachlichen Argumenten nicht beizukommen war, da sie diese einfach nicht verstanden, selbst wenn sie in noch so einfache Worte gekleidet waren.

Über weitere ehrenamtliche Helfer erfuhr sie von den Gerüchten, dass die NAFD-Bundespolitiker von einem kleinen Kreis unbekannter Personen abhängig sein sollten. Warum Julia damals sofort ihren Vater in Verdacht hatte, wusste sie nicht mehr, es war wohl nur ein Bauchgefühl in ihr.

Julia sammelte fortan alle Informationen über die NAFD, derer sie habhaft werden konnte, und stieß schließlich auf die ersten schüchternen Gegenbewegungen im Internet. Zunächst handelte es sich ausschließlich um Klein- oder Kleinstgruppen, die im Netz ihrem Ärger Luft machten und meist schnell wieder von der Bildfläche verschwanden.

Eines Tages fand sie bei ihren Internetrecherchen in einem französischen Blog zufällig ein paar höchstinteressante Einträge. In Frankreich formierte sich anscheinend eine größere Gegenbewegung, die finanziell durch einen nicht genannten deutschen Konzern unterstützt wurde. Als Julia den Blog am nächsten Tag erneut aufsuchte, um weitere Diskussionsbeiträge zu lesen, war dieser Eintrag leider bereits gelöscht. Anhand der wenigen Informationen, die ihr im Gedächtnis hängen geblieben waren, suchte Julia die nächsten Monate nach weiteren Beweisen zu dieser Bewegung. Indizien und halbwegs glaubhafte Andeutungen fand sie hin und wieder, einen Zugang zu dieser Protestgruppe, wenn sie denn existierte, nicht.

Nachdem die Plakataktion im Vorfeld der Landtagswahlen in Niedersachsen die NAFD in die Bredouille gebracht hatte und die deutschlandweit publik wurde, vermutete sie, dass es sich genau um diese französische Gruppe handelte, die nun zum Angriff blies. Die der Plakataktion folgende Beilagenaktion in den Wochenblättern fand sie äußerst pfiffig, auch wenn sie immer noch keinen Beweis für ihre Vermutung hatte.

Da sie nach wie vor die Medien in Sachen NAFD im Detail verfolgte, merkte sie schnell, dass die Aktionen in Niedersachsen wie eine Initialzündung wirkten, und sich in weiten Teilen der Bevölkerung eine Gegenbewegungsszene bildete, die, dezentral und mangels gemeinsamem Plan nicht aufeinander abgestimmt, die NAFD aufs Korn nahm.

Julia scheute sich, an einer der überall aufkeimenden Aktionen aktiv teilzunehmen. Wenn ihr Vater tatsächlich einer der Gründer oder zumindest einer der führenden Köpfe der Partei war, würde sie, falls ihr Vater dies entdecken würde, ihr Erbe aufs Spiel setzen. Wenn es um so viel ging, hatte ihr Erzeuger garantiert irgendwelche Möglichkeiten, seine Tochter um das Pflichtteil zu bringen.

Daher verfolgte sie einen anderen Plan: Sie wollte ihren Vater in aller Öffentlichkeit kompromittieren, sobald sie gesicherte Beweise für seine Rolle in der NAFD besaß.

Die Beweise, die als JPG-Dateien auf ihrem Smartphone gespeichert waren, hatten sie restlos überzeugt, das Urteil war gefällt. Zu Hause hatte sie sich die Bilder in Ruhe angesehen und die darauf gebannten Texte durchgelesen: Ein Irrtum war ausgeschlossen.

Julia, die manchmal etwas paranoid handelte, kaufte eine Fahrkarte des Verbundnetzes der S-Bahn Rhein-Neckar, die sie bar bezahlte, und fuhr damit bis Heidelberg. In einem Drogeriemarkt druckte sie die Dateien auf ihrer Speicherkarte mehrfach aus. Selbstverständlich achtete sie darauf, während des Druckens die Handschuhe anzubehalten und an der Kasse ebenfalls mit Bargeld zu bezahlen. Genauso ging sie in der Postfiliale vor, in der sie Kuverts und Briefmarken kaufte.

Daheim beschriftete sie ein Kuvert. Ursprünglich wollte sie die Kopien an größere regionale und überregionale Tageszeitungen sowie Fernsehsender schicken. Doch dann fand sie in den von ihr fotografierten Unterlagen ein Gedächtnis-Protokoll ihres Vaters, in dem dieser in seinen eigenen Worten beschrieb, wie er eine Spedition, die einem gewissen Alois Blatter gehört hatte, mittels einer Erpressung übernommen hatte. Julia wollte diesem Spediteur Gelegenheit zur Rache geben, daher beschloss sie, Kopien der Fotos zunächst exklusiv an Alois Blatter zu schicken. In einer guten Woche, falls bis dahin nichts an die Öffentlichkeit gedrungen sein sollte, würde sie die restlichen Kopien wie geplant an die von ihr ausgesuchten Medien schicken. Auf ein paar Tage mehr oder weniger kam es schließlich nicht an. Bis dahin konnte sie noch ein wenig das Unschuldslamm spielen und in der Ortsgruppe Speyer-Süd die eine oder andere kleine unwichtige Aufgabe übernehmen und, zwecks Sicherung des Erbes, ihrem Vater in der Untersuchungshaft einen Besuch abstatten. Vielleicht würde sie ihm sogar einen Kuchen mitbringen, allerdings ohne Feile.

-43- DIE REGIERUNG PLANT IHRE SELBSTSTÄNDIGKEIT

Mathias Segrem wollte seine Chance nutzen. Notgedrungen versuchte er eine bilaterale Absprache mit der Bundesinnenministerin Wiebke Wiedemann, die er zwar auf den Tod nicht leiden konnte, doch in diesem Fall heiligte der Zweck die Mittel. Zudem hatte eine geheimnisvolle Gruppe mit ihm Kontakt aufgenommen, die ihm mit eindeutigen Unterlagen bewies, dass sie für die Plakataktion und die Wochenblattbeilage in Niedersachsen verantwortlich war. Über den Inhalt des verschlüsselten E-Mails hatte er bis jetzt mit niemandem gesprochen. Diese Gruppe behauptete, von der nicht öffentlichen Führungsriege der Partei zu wissen, und warnte vor den Abhängigkeiten gegenüber einem kleinen Personenkreis. Als ob er das selbst nicht am besten wüsste, dachte Segrem deprimiert. Dem E-Mail entnahm er, dass diese ominöse Gruppe keine Ahnung hatte, wer in dieser Führungsriege das Sagen hatte. Beinahe wäre der Bundeskanzler der Versuchung erlegen, dem E-Mail zu antworten und die Namen offenzulegen. Vielleicht würde er das später tun, doch zunächst wollte er ohne Hilfe von außen versuchen, die Misere zu beseitigen. Der Zeitpunkt erschien ihm als sehr günstig.

»Komm rein, Wiebke«, sagte er zu seiner Ministerin und deutete auf einen Platz an dem kleinen Besprechungstisch im Meeting-Raum »Roman Herzog« des

Bundeskanzleramtes. »Es ist zwar schon sehr spät, doch wir müssen diese Beschlussvorlage durcharbeiten. Langweilig, aber unverzichtbar.« Er seufzte und gähnte. Er sah zu den beiden anwesenden Staatssekretärinnen, die ihn und Wiebke meist auf Schritt und Tritt begleiteten. Von Anfang an vermutete Segrem, dass sämtliche von der NAFD eingestellten Staatssekretäre als Spione für Blauermann und Co. tätig waren und mit der Führung in ständigem Kontakt standen. Damit lag er genauso wenig falsch wie mit seiner Ahnung, dass sein Büro verwanzt war. Aus diesem Grund war er auf diesen kleinen Besprechungsraum ausgewichen, den er noch nie benutzt hatte und der von anderen wegen seiner ungemütlichen Einrichtung ebenso gemieden wurde.

»Machen Sie doch für heute Feierabend, meine Damen.« Beide Staatssekretärinnen waren weiblich. »Gönnen Sie sich ein paar Stunden Schlaf, morgen früh ist Großkampftag, wie Sie wissen.« Der Bundeskanzler musste beinahe lachen, als er in die überarbeiteten Gesichter der beiden blickte. Mit voller Absicht hatte er die zwei den ganzen Tag über mit 1.000 Dingen auf Trab gehalten, sodass sie nicht die kleinste Pause machen konnten. Auch für morgen hatte er vorgesorgt und ihnen ein straffes Tagesprogramm diktiert.

Die Staatssekretärinnen nickten müde und wünschten einen schönen Abend.

Kaum waren er und Wiebke Wiedemann allein im Besprechungsraum, pfefferte er unter ihrem verwunderten Blick die Beschlussvorlage in die Ecke.

»Endlich können wir unter vier Augen sprechen«, sagte er zu ihr und grinste sie an.

»Was meinst du damit?« Unwillkürlich ging sie in Abwehrhaltung.

»Keine Angst, Wiebke«, beruhigte er sie. »Es ist in deinem Interesse.«

Wiedemann ging zum Kaffeepad-Automaten, der auf einem kleinen Nebentisch stand, und befüllte zwei Tassen.

»Da bin ich aber mal neugierig«, antwortete sie zaghaft, da der Bundeskanzler ihr gegenüber bisher immer sehr reserviert aufgetreten war. Die Antipathie beruhte dabei auf Gegenseitigkeit.

»Du weißt, was zurzeit passiert«, begann der Bundeskanzler nach dem ersten Schluck. »In Deutschland ist die Hölle los. Unsere Partei wird von allen Seiten angegriffen. Denke nur an Niedersachsen, was da abgeht. Oder unsere Druckerei in Frankenthal, die abgebrannt ist. Und das ist nur der Anfang, da bin ich mir sicher. Das wird sich zu einem Flächenbrand entwickeln.«

»Die Druckerei?«

Segrem war genervt. »Ich meine das natürlich bildlich. Die Parteiaustritte nehmen überhand, und bei den Wahlprognosen stürzen wir gerade senkrecht ab. Wir müssen etwas dagegen tun. Handeln!«

Wiebke Wiedemann sah ihn fragend an, ohne jedoch etwas zu erwidern.

Mathias Segrem legte eine Schippe drauf. »Die CDU will die Koalition platzen lassen. Heute Vormittag wurde mir das inoffiziell mitgeteilt. Du weißt, was passiert, wenn die das machen? Neuwahlen in Deutschland, und dann sind wir weg vom Fenster.« Er sah sie eindringlich an. »Es ist Gefahr im Verzug, Wiebke. Wir müssen jetzt zusammenhalten.«

Wiedemann überlegte eine Weile, bis sie antwortete. »Es gibt doch die Notstandsgesetze. Können wir nicht einfach den Ausnahmezustand ausrufen?«

Mathias Segrem wirkte verärgert. Klar, Wiebke hatte von Politik noch weniger Ahnung als er. Doch er versuchte wenigstens, sich ständig weiterzubilden, um zumindest die Basics draufzuhaben. »Das wird so nichts, Wiebke. Die Notstandsgesetze wurden 1968 während der Großen Koalition vom Bundestag erlassen. Das ging nur, weil die Regierung damals die notwendige Zweidrittelmehrheit besaß. Die Gesetze regeln über die Notstandsverfassung Einschränkungen bei den Grundrechten für den Verteidigungsfall, den Spannungsfall, den inneren Notstand und den Katastrophenfall.«

»Klasse«, unterbrach Wiedemann. »Innerer Notstand – genau das, was wir brauchen.«

»Lass mich erst mal ausreden«, entgegnete Segrem, nun eine Tonlage unfreundlicher. »Diese Einschränkungen können erst in Kraft treten, wenn es eine äußere Bedrohungslage gibt, also zum Beispiel der Bundestag oder der Bundesrat nicht mehr zusammentreten kann. Für diesen Fall übernimmt ein Notparlament, das man ›Gemeinsamer Ausschuss‹ nennt, die Parlamentsfunktionen. Dieses 48-köpfige Notparlament besteht zu zwei Drittel aus Bundestagsmitgliedern und einem Drittel aus Landtagsmitgliedern.«

Segrem sah im Gesichtsausdruck seiner Bundesinnenministerin, dass sie ihm nicht mehr richtig folgen konnte.

»Also wie gesagt«, fasste er zusammen. »Wir haben keine äußere Bedrohungslage und keine Zweidrittelmehrheit im Bundestag, um die Notstandsverfassung in

Kraft treten zu lassen. Und selbst wenn uns das gelingen würde, nur rein theoretisch, hätten wir keine Mehrheit im Gemeinsamen Ausschuss. In ein paar Jahren, wenn wir Bundestag und Bundesrat unter Kontrolle haben, sieht die Welt beziehungsweise Deutschland anders aus. Die Deutschen sind nun mal ein gebranntes Kind, du weißt, was 1933 passierte.«

»Und eine andere Möglichkeit gibt es nicht?« Wiebke Wiedemann klang nun sehr kleinlaut.

»Eine rein politische Möglichkeit sehe ich kurzfristig nicht«, antwortete Segrem. »Der Einsatz der Bundeswehr im Inneren geht natürlich ebenfalls nicht. Oder-Hochwasser oder solche Dinge, okay, aber einen politisch motivierten Einsatz der Bundeswehr in Deutschland? Nein, das ist ausgeschlossen, Wiebke.«

Er wartete einen kleinen Moment, um seinen Trumpf auszuspielen.

»Ich habe aber eine andere Idee.«

Neugierig sah sie ihn an.

»Wir setzen unsere großkotzigen Idioten vom Führungszirkel ab. Blauermann sitzt im Knast, Bender ist nur ein charakterschwaches Pharmaexperiment, und die anderen sind sowieso nur Randfiguren im großen Spiel.«

»Rebellion?«

»Nenne es von mir aus Rebellion.«

»Und wie willst du das machen? Die haben doch alle Fäden in der Hand.«

»Konfrontation ist das Zauberwort, Wiebke. Ich habe einen zweistufigen Plan.« Dass der Plan dreistufig war, verschwieg er ihr.

»Lass mal hören.«

»Zunächst versuchen wir, möglichst viele Positionen unter unsere Kontrolle zu bekommen beziehungsweise zu entlassen wie diese dümmlichen Staatssekretäre, die uns im Auftrag des Führungszirkels ausspionieren. Viele der wichtigsten zentralen Funktionen wurden von Herold Blauermann gesteuert. Der ist ja jetzt durch die Untersuchungshaft in seiner Entscheidungsfreiheit blockiert. Wir versuchen, diese zentralen Abteilungsleiter, die von Herold gesteuert wurden, auf unsere Seite zu ziehen. Dafür haben wir gute Argumente: Blauermann ist im Knast, und der Laden muss weiterlaufen. Wir kappen die Verbindungen und stellen neue zu uns her. Mit unseren Autoritätsposten sollte das gelingen.«

Wiedemann nickte sanft. »Das könnte funktionieren. Das ist aber leider keine vollumfängliche Aktion. Herold ist zwar ohne Zweifel der Einflussreichste des halben Dutzends, die anderen haben aber ebenfalls weitreichende Möglichkeiten, innerhalb der NAFD einzugreifen.«

»Und genau da kommt der Punkt 2 zum Tragen: Erpressung.«

»Erpressung?«

»Genau, Wiebke. Wir haben sie doch längst in der Hand. Wenn wir den Führungszirkel auffliegen lassen, ist die Partei kaputt. Und zwar komplett. Damit werden wir drohen. Wir erkämpfen uns damit unsere Selbstständigkeit! Und dann regieren wir Deutschland so, wie wir wollen. Was meinst du, Wiebke?«

Die Bundesinnenministerin ließ sich mit der Antwort Zeit. Erst nach einer weiteren Tasse Kaffee entgegnete sie kämpferisch: »Wir müssen aktiv werden, ich glaube, damit hast du recht. Wenn wir uns weiterhin passiv verhalten und nur die Anordnungen von oben weitergeben, machen wir uns beliebig und austauschbar. Ich habe sowieso den Eindruck, als würde man uns früher oder später abschießen wollen. Nur die Methoden, die du vorschlägst, sind mir doch etwas zu aggressiv.« Sie atmete tief durch. »Scheißegal, wir ziehen das jetzt durch. Ich hoffe, wir werden am Schluss als Sieger dastehen.«

»Sicher«, sagte Mathias Segrem und stand auf. Nach einer kurzen Verabschiedung ging der Bundeskanzler zurück in sein Büro. Morgen würde er eine Lawine lostreten und gleich am Vormittag mit der Entlassung sämtlicher NAFD-Staatssekretäre beginnen. Er öffnete das E-Mail-Programm und schrieb eine kurze Notiz an die geheimnisvolle Gruppe mit dem Insiderwissen, die dritte Stufe seines Plans.

-44- EIN WILLKOMMENER BRIEF

Alois Blatter wunderte sich über das Kuvert in seinem Briefkasten. In den letzten Wochen hatte er fast nur Rechnungen, Mahnungen und Gebührenbescheide erhalten.

Sein Bankkonto war längst gesperrt, über regelmäßige Einnahmen verfügte er nicht.

Zuerst dachte er, es wäre ein weiteres Forderungsschreiben des Anwalts seiner geschiedenen Frau, der die sofortige Wiederaufnahme des nachehelichen Unterhalts verlangte. Doch woher sollte er das Geld nehmen? Er war definitiv pleite und haushoch überschuldet. Jedenfalls, wenn man von den rund zwei Millionen Euro absah, die in insgesamt fünf Bankschließfächern in Österreich lagen. Blatter hatte im Nachhinein auf das richtige Pferd gesetzt, indem er nicht so gierig wie viele andere war und für sein sauer verdientes Schwarzgeld auch noch Zinsen kassiert hatte. So vermehrte sich sein »Handgeld«, wie er die eiserne Reserve nannte, zwar nicht durch Zinserträge, war dafür aber im Gegenzug weder den Banken noch seiner Frau bekannt. Aus diesem Grund hatte er sich in den letzten Jahren immer über diese Bank-CDs amüsiert, die anonym oder gegen Zahlung einer Prämie den deutschen Finanzämtern zugespielt wurden. Die Bankschließfachunterlagen hatte er selbstverständlich gründlich versteckt, sodass sie bei einer Hausdurchsuchung, zu der überhaupt kein Anlass bestand, nicht zutage befördert werden würden.

Sein privates Handgeld hatte er längst in trockenen Tüchern, als sich die Schieflage seiner Spedition abzeichnete. Viele Jahre lang wollte er nicht wahrhaben, dass sich die Zeiten und dadurch die Organisationsmöglichkeiten seines Unternehmens änderten. Lange wehrte er sich gegen den Einzug elektronischer Hilfsmittel. Das Höchste der Gefühle waren ab den 80er-Jahren gebraucht erstandene taschenrechnerähnliche Maschinen, die so groß und umständlich zu bedienen waren, dass sie ihren Namen nicht verdienten. Computer kamen ihm bis vor wenigen Jahren nicht in seine Verwaltung, da er sie nicht verstand und auch nicht verstehen wollte. Entsprechend wenig aufgeschlossen für Technik war sein Personal, das sich aus älteren Herrschaften kurz vor der Rente zusammensetzte und froh war, sich im Alter nicht mehr umgewöhnen zu müssen.

Blatter versuchte es mehrfach mit Azubis, um junges Blut ins Unternehmen zu bringen, doch selten blieb einer länger als einen Monat. Weitere Mitarbeiter verließen in der Regel ebenfalls aus eigenem Anlass in der Probezeit das Unternehmen, was zu einer weit überdurchschnittlichen Fluktuation führte.

Der Speditionschef steckte in einem Teufelskreis. Statt den überalterten Fuhrpark zu modernisieren, musste er seine gesamte Energie in die Führung des Unternehmens stecken.

Seine Frau, die stundenweise in der Buchhaltung aushalf, erkannte schließlich die Schwierigkeiten des Unternehmens und führte im Jahr 2012 die ersten PCs gegen den Willen ihres Mannes ein.

Blatter, nach wie vor unbeirrbarer Kämpfer der alten Schule, hatte zu diesem Zeitpunkt damit begonnen, zwielichtige Geschäfte abzuwickeln, um das Überleben der Spedition zu sichern. Schleichend geriet er immer tiefer in kriminelle Machenschaften, während sich aufgrund der Computereinführung mehrere altgediente Mitarbeiter in die Frührente verabschiedeten. Im letzten Jahr schaffte seine Frau ein Faxgerät an und brachte damit das Fass zum Überlaufen. Ein handfester Ehestreit und die anschließende Scheidung waren die Folge.

Alois Blatter stand für einen Außenstehenden vor einem Scherbenhaufen. Seine Mitarbeiter und der Steuerberater sahen das so, und zumindest die Mitarbeiter trauten sich nicht, ihm dies zu sagen. Der Chef lebte immer noch in seiner eigenen Traumvorstellung und verweigerte sämtliche Kennzahlen, die sein Steuerberater ihm nannte.

Gerade als er seinen Steuerberater zum dritten Mal in den letzten zehn Jahren gewechselt hatte, meldete sich Herold Blauermann bei ihm. Zunächst versuchte dieser mit sanfter Hand, Alois Blatter zum Verkauf seiner Spedition zu überreden. Für die verkaufstaktischen Gespräche nutzte er die Bilanzen und weitere Firmenzahlen Blatters, die Blauermann gegen eine kleine Bestechung von einem guten Bekannten, der an einflussreicher Stelle beim Finanzamt arbeitete, erhalten hatte. Nachdem Blatter das Zahlenwerk ignorierte, beziehungsweise trotz drohender akuter Insolvenz für ganz passabel hielt, fuhr Blauermann andere Geschütze auf. Blauermann war über Blatters illegale Geschäfte im Detail nicht nur gut informiert, er legte sogar handfeste Beweise vor, die jeden Richter überzeugen würden, den Speditionschef für viele Jahre in den Knast zu schicken.

Alois Blatter erkannte schnell, dass Blauermann es ernst meinte. Zähneknirschend gab er sein Einverständnis zum Unternehmensverkauf, verlangte aber als Kaufpreis den zehnfachen Jahresumsatz. Blauermann lachte und antwortete, dass er höchstens den fünffachen durchschnittlichen Jahresgewinn zahlen würde. Mit einem süffisanten Lächeln ergänzte er, dass es in den letzten Jahren nur Verluste gab und er, Blatter, ihm, Blauermann, für die Übernahme der Spedition eigentlich noch etwas zahlen müsste. Großzügig, wie er sei, würde er gegen die Zahlung des berühmten Euros auch die Schulden der Spedition übernehmen, denn die Übernahme eines steuerlichen Verlustes waren für Blauermann nicht zu verachten.

Trotz dieser Niederlage, die Alois Blatter nach wie vor wurmte, sah er seine Zukunft rosig. Immerhin war er von dem Klotz an seinem Bein, der Spedition, befreit. Das Trauern über das Unternehmen, das er in den letzten Jahrzehnten mit viel Elan und Herzblut unter Aufopferung seiner nahezu gesamten Freizeit aufgebaut und letztendlich unter unglücklichen Umständen verloren hatte, musste aufhören. Es galt, den Blick nach vorne zu wenden. Dort spielte die Musik, gemeinsam mit seinen zwei Millionen Euro, seiner privaten Starthilfe in ein neues und ruhigeres Leben. Doch zunächst musste er diese immense Durststrecke der Privatinsolvenz hinter sich bringen. Er hoffte auf eine Verkürzung des Insolvenzverfahrens auf drei oder fünf Jahre bis zur Erteilung der Restschuldbefreiung. Bis dahin dürfte der Konflikt mit seiner Ex-Frau geklärt sein.

Für Alois Blatter war klar, dass er gleich nach der Erteilung der Restschuldbefreiung Deutschland für immer verlassen würde. Die momentane politische Entwicklung behagte ihm nicht, außerdem zog es ihn, zumal mit beginnendem Rheuma, in wärmere Gefilde. Die Flucht aus Deutschland wäre heute schon eine Option für ihn gewesen, doch nach reiflicher Überlegung und Recherche war er zu der Erkenntnis gekommen, dass es gefährlich sein könnte, in Deutschland verbrannte Erde zu hinterlassen, während er sich in Australien die Sonne auf den Bauch scheinen ließ. Die Möglichkeit eines Auslieferungsverfahrens war ihm zu riskant. Außerdem würde eine übereilte Abreise eine eventuell spätere Rückkehr nach Deutschland unmöglich machen. Alois Blatter handelte selten strategisch, aber immer konservativ und vorsichtig. Der Verzicht auf die Zinserträge seines Auslandkapitals hatte ihm gezeigt, dass er mit seiner Einstellung richtig lag. Er liebte es, sich möglichst viele Optionen offen zu halten.

Erstaunt betrachtete er den Inhalt des Kuverts. Zunächst wusste er nicht viel mit den fotografierten Dokumenten anzufangen. Doch als er mehrmals über den Namen Herold Blauermann stolperte, begann er, die Texte im Detail zu lesen. Langsam erschloss sich ihm der Zusammenhang. Blauermann, der ihm seine Spedition abgeluchst hatte, war also der große Boss dieser neuen Partei, von der im Moment die ganze Welt sprach. Interessanter waren für ihn die Hinweise über die vielen neuen Aufträge, die Blauermann ohne jegliche Ausschreibung bekommen hatte. Blatter pfiff durch die Zähne. Dieser Kerl war ja viel krimineller als er selbst. Blauermann hatte ihm nicht nur seine Firma abgenommen, sondern mit Sicherheit viele weitere an den Rand des Ruins gebracht, wenn nicht sogar komplett in den Ruin getrieben.

Alois Blatter wusste sofort, was er zu tun hatte. Zum ersten Mal dankte er kurz seiner Ex-Frau für die Anschaffung des Faxgerätes, das man auch als Scanner und Drucker einsetzen konnte. An seinem letzten Arbeitstag in seiner Spedition hatte ihm Herold Blauermann bei seiner Verabschiedung feierlich das Faxgerät überreicht und süffisant bemerkt, dass ab sofort neue Technologien Einzug in das Unternehmen halten würden.

Seit diesem Tag stand das Fax bei Blatter zu Hause im Keller zwischen dem Öltank und einer halb verrotteten Kartoffelkiste. Nach einigen Fehlversuchen hatte er sich die Funktionsweise des Gerätes zurück ins Gedächtnis gerufen und die erhaltenen Dokumente kopiert. Für Alois Blatter war es eine Ironie des Schicksals, dass er sich ausgerechnet mit diesem Fax an seinem Widersacher rächen konnte. Woher die Dokumente stammten, war ihm egal.

Die Hälfte der angefertigten Kopien schickte er an Zeitungsverlage sowie zwei große Wirtschaftsmagazine. Die anderen Kopien adressierte er an mehrere deutschlandweit agierende Speditionen sowie ein Fachmagazin der Speditionsbranche. Die angegilbten Kuverts, die er benutzte, besaßen allesamt den Firmenaufdruck seines ehemaligen Unternehmens, das immer noch seinen Namen trug, aber längst Blauermann gehörte. Dies würde neben einem Urknall in der Branche für Verwirrung sorgen, dachte Blatter, als er die Kuverts während des Abendspaziergangs bei der Hauptpost in den Briefkasten warf.

-45- BERNHARD BENDER GEHT

Bernhard Bender war kaum noch Herr über sich selbst. Fast wahllos hatte er in der vergangenen Stunde die unterschiedlichsten Tabletten eingeworfen, ohne nur einen Gedanken an die einander verstärkenden Nebenwirkungen zu verschwenden.

Die letzte Nacht war für ihn sehr anstrengend gewesen. Mit drei Nutten hatte er sich in seinem Berliner Penthouse beschäftigt. Ohne die Errungenschaften seiner forschenden Angestellten in den Pharmaunternehmen hätte er diesen Kraftakt nicht lebend überstanden. Doch trotz des Potpourris an Tabletten wäre es letzte Nacht beinahe so weit gewesen: Bender erlitt während einer besonders langen sexuellen Stimulation durch Natascha einen kurzzeitigen Herzstillstand. Nur durch das schnelle Eingreifen von Dominique wurde er gerettet. Dominique stammte aus Weißrussland und hatte dort eine Ausbildung zur Arzthelferin begonnen. Ihr Vorgesetzter fand Gefallen an ihrer Optik, und so kam es, dass die beiden jeden Abend erst lange nach dem letzten Patienten die Praxis verließen. Nachdem die Frau des Arztes misstrauisch wurde, besorgte Dominiques Liebhaber ein kleines Apartment für gewisse Stunden in unmittelbarer Praxisnähe, das meist in der Mittagszeit zwischen den Vormittags- und den Nachmittagssprechstunden intensiv genutzt wurde.

Die gewiefte Ehefrau fand letztendlich dieses Geheimnis heraus und stellte ihrem Mann ein Ultimatum, gegen das er sich nicht wehren konnte. Schließlich war die gesamte Praxiseinrichtung und das gemeinsame Haus Alleineigentum seiner Frau.

Für Dominique hatte dies böse Folgen. Ihre Ausbildung konnte sie nicht fortsetzen, und enttäuscht von dem Verhalten ihres Chefs, der ihr das Blaue vom Himmel versprochen hatte, verlor sie den Halt in der Gesellschaft. Kein halbes Jahr später arbeitete sie als Prostituierte.

Bender, dessen Leben sie mit einer Herzdruckmassage rettete, bedankte sich mit einem zusätzlichen 50er und schickte sie und ihre Kolleginnen heim. Der Pharmakonzernerbe wusste natürlich, dass er Raubbau an seinem Körper betrieb, doch die psychische Wirkung mancher Substanzen, die er unkontrolliert regelmäßig einwarf, hatten seine Urteilskraft und seine Persönlichkeit längst in Beschlag genommen. Bender war in seiner Handlungsweise unberechenbar geworden, doch das merkte er selbst nicht, wie es bei solchen Krankheitsbildern allgemein üblich war.

Statt sich nach dieser Nacht über Reha-Maßnahmen, eventuell einen Gesundheitscheck im Krankenhaus oder wenigstens einen Wellnessurlaub Gedanken zu machen, überlegte er, welche und wie viele Damen er für die nächste Nacht buchen würde. Während des Champagnerfrühstücks lachte er über seine biedere Ehefrau, die nie verstanden hatte, dass er nichts von sexueller Monogamie hielt. Er bereute es nicht, dass er seine Erika vor ein paar Jahren gegen Zahlung einiger Millionen aufs Abstellgleis geschoben hatte. Sollte sie auf den Bahamas in Frieden leben, Hauptsache, sie ließ sich in Deutschland nicht mehr blicken. Da er keine Kinder hatte, zumindest keine, von denen er wusste, hatte er sein Vermögen und sein Imperium längst in diverse Stiftungen überführt, sodass nach seinem Ableben seine Erika keinen Zugriff hatte. Dagegen würden die Stiftungen für immer und ewig seinen Namen tragen und ihn auf diese Weise unsterblich machen.

Bender nutzte für die Buchung seiner Damen exklusive Internetportale, bei denen er seit Jahren Platinstatus besaß. Er fuhr seinen Computer hoch und blickte auf die eingestellte Startseite mit den Google News. Er war gerade dabei, das Lesezeichen der Agentur zu öffnen, als sein Blick auf die Schlagzeile fiel: *Gibt die NAFD auf*?

Noch an einen Scherz glaubend, klickte er auf den Link zur FAZ. Der Artikel war kurz gefasst und stellte mehr Fragen, als er Antworten gab. Was war da los? Die Online-Angebote der Partei sollten allesamt offline sein? Das konnte er nicht glauben. Versuchsweise gab er die Adresse des Bundesverbandes in den Browser ein. Das Ergebnis, eine schwarze Seite, verunsicherte ihn noch mehr. Gab es einen großflächigen Internetausfall in Deutschland? Aber warum funktionierte dann die FAZ-Seite? Bernhard Bender rief erfolglos weitere Internetauftritte seiner Partei auf. Ein Sabotageakt?, ging ihm erstmals durch den Kopf. Nein, dann hätte ihn der Leiter der Berliner Online-Abteilung längst angerufen.

Die nächste Stunde verbrachte Bender damit, die Online-Seiten verschiedener Medien aufzurufen und die negative Berichterstattung über die NAFD zu lesen. Während dieser Tätigkeit warf er sich zahllose Pillen ein, so wie andere Menschen aus Langeweile oder Lust auf Süßes Smarties aßen.

Zwischendurch checkte er mehrmals den Bundesauftritt der NAFD, doch dieser blieb schwarz. Jedenfalls bis 10 Uhr. Dann starrte er plötzlich auf die Voralpenlandschaft mit dem Zeppelin.

Hochgradig erregt griff er zu einem Telefon neben der Computeranlage, dessen Rufnummer nur wenigen Eingeweihten bekannt war, und rief den Chef der Online-Abteilung an.

Die Informationen und das weitergeleitete E-Mail der Erpresser erzürnten Bender so stark, dass er kurz nach 10.30 Uhr mit einem letzten Seufzer aus dem Leben schied. Erst am Nachmittag fand ihn eine seiner Hausangestellten tot vor dem Schreibtisch liegend. Bevor die Köchin die Polizei und den Notarzt verständigte, erleichterte sie das Portemonnaie Benders um den einen oder anderen 500-Euro-Schein sowie seinen Mittelfinger um einen herrlichen Diamantring. Außerdem wusste sie, denn sie hatte regelmäßig in Benders Wohnung geschnüffelt, wo er seine hochwertigen Rolex-Uhren und Chronometer anderer Hersteller aufbewahrte. Erst nachdem sie die Sachen in ihrem alten Fiat verstaut hatte, griff sie zum Telefon.

-46- EINIGKEIT IM FÜHRUNGSZIRKEL

Edmund Schmidt redete sich den Mund fusselig. »Herold wird uns gefährlich werden, jede Wette«, ereiferte er sich bei dem kurzfristig anberaumten Geheimtreffen in der Berliner Villa. Seine drei Mitstreiter des NAFD-Führungszirkels waren sich uneinig. »Wir müssen ihn von der Partei und seinen Aufgaben ausschließen und damit mundtot machen«, sprach er weiter.

»Oder ganz tot?«, antwortete einer seiner Gesprächspartner sarkastisch. »Vielleicht so wie Bernhard?«

Schmidt schaute für einen Moment verwirrt. »Was meinst du jetzt mit *Bernhard*?«

»Na ja, sein Tod kam doch sehr überraschend. Hattest du nicht einen Tag vorher Streit mit ihm? Warst du vielleicht zur Todesstunde bei ihm?«

Discounter-Eddi blieb der Mund offen stehen. »Sag mal, spinnst du? Ich kann beweisen, dass ich an dem Tag in meiner Firmenzentrale in München war. Warum sollte ich Bernhard umbringen?«

»Umbringen lassen«, fiel ihm sein Gesprächspartner ins Wort. »Vielleicht haben andere den Job für dich übernommen?«

Edmund Schmidt war fassungslos. Er hatte sich zwar mit dem Gedanken getragen, Herold Blauermann beseitigen zu lassen, aber zu keinem Zeitpunkt Pharma-Bernhard. Der hatte sich ganz alleine mit seinen bunten Pillen abgeschossen. Das Obduktionsergebnis stand zwar noch nicht endgültig fest, doch an etwas anderes glaubte Schmidt nicht.

»Glaube von mir aus, was du willst. Du hast den gleichen Bericht bekommen wie ich auch. Kurz nachdem er von unserem Leiter der Online-Abteilung die Erpresser-E-Mail erhalten hatte, starb er an einem Herzanfall.«

»Und sein Diamantring?«

Edmund Schmidt glaubte, im falschen Film zu sein. »Glaubst du, ich habe es nötig, einen Diamanten zu stehlen? Ich könnte mir einen ganzen Sack voll kaufen, wenn ich wollte. Wer weiß, wer den stibitzt hat. Irgendwelches Personal oder der Notarzt, das ist mir im Moment so etwas von egal.«

»Und wie gehen wir mit diesen Online-Erpressern um?«, fragte ein weiterer der drei Gesprächspartner.

Edmund Schmidt überlegte kurz, ob er auf die Ablenkung bezüglich Blauermanns eingehen sollte.

»Wir müssen auf jeden Fall die Server wieder unter unsere Kontrolle kriegen. Da unsere ausländischen Ex-Freunde sich von diesen schändlichen Erpressern haben schmieren lassen, liegt die Vermutung nahe, dass wir erneut ins Spiel kommen könnten. Der Preis wird zwar hoch sein, aber eine andere Möglichkeit sehen unsere Spezialisten nicht. Parallel zu unseren Anstrengungen werden im Moment ähnlich klingende Internetadressen reserviert, um die bisherigen Angebote schnellstmöglich wieder online gehen zu lassen. Allerdings wird es eine Zeit lang dauern, bis die neuen Adressen der Allgemeinheit bekannt sind und in den Suchergebnissen vorne auftauchen.«

»Wurde versucht, mit den Erpressern zu verhandeln?«

Schmidt verzog einen Mundwinkel. »Die haben bisher nicht mal eine Forderung abgegeben. Wir vermuten, dass es denen nicht um Geld geht. Sie wollen uns am ausgestreckten Arm verhungern lassen. Bildlich gesprochen. Aber vielmehr mache ich mir Sorgen um deren Ankündigung, dass sie weitere Aktionen planen. Wenn die Plakatwandaktion und die Beilagen wirklich nur der Anfang waren, müssen wir mit weiteren Störfeuern rechnen. Wir haben unseren gesamten IT-Sachverstand innerhalb der Partei gebündelt, um diesen Drecksäcken auf die Spur zu kommen. Leider bisher mit negativem Erfolg.«

»Und gleichzeitig erreicht die Kündigungsquote ein neues Allzeithoch«, meckerte ein anderer.

»Das holen wir schnell auf«, beschwichtigte Schmidt. »Im Moment hat sich die Pressemeute auf uns eingeschossen, das wird sich bald legen. Die momentane Situation zeigt uns aber deutlich, wie wichtig es ist, der Presse baldmöglichst einen Maulkorb zu verpassen. Wenn wir schon nicht mangels Mehrheit das Grundgesetz anpassen können, müssen wir erhöhte Manpower in die individuelle Betreuung der relevanten Pressevertreter investieren.«

»Wie denn?«

»Schmieren. Fast jeder ist käuflich, selbst die sogenannte unabhängige Presse. Solange sie noch unabhängig ist«, ergänzte er mit einem süffisanten Lächeln.

Nachdem die anderen drei Führungszirkelmitarbeiter einstimmig nickten, kam er auf das Thema Blauermann zurück.

»Und deshalb müssen wir Herold ausschließen.« Das Wörtchen »deshalb« hatte überhaupt keine Berechtigung, da es zwischen der Erpressergeschichte und Blauermanns

Drogenproblem keinerlei Zusammenhang gab. Doch Edmund Schmidt hatte auf den psychologisch dynamischen Gruppenzwang gesetzt und gewonnen. Nachdem es ihm gelungen war, beim Pressethema Einstimmigkeit zu erzielen, waren seine drei Gesprächspartner in die Suggestivfalle geraten und hatten als Gruppe in seinem Sinn geantwortet.

»Okay«, sagte Schmidt. »Lasst uns ein Fazit ziehen. Wir sind uns einig, dass wir Herold aus der Partei ausschließen müssen. Das heißt, wir müssen seine Kompetenzen aufheben und ihm jede Gelegenheit nehmen, sich in unserer Partei einzumischen. Solange er in Untersuchungshaft sitzt, sind wir einigermaßen sicher. Doch wie ich seinen Anwalt kenne, wird er ihn bald aus dem Knast rausholen. Ich werde mir etwas einfallen lassen, wie wir in Sachen Herold weiter vorgehen. Ist jemand dagegen?«

Wie erhofft, meldete sich keiner der Anwesenden. Edmund Schmidt sah dies als Freibrief an. Vielleicht würde es demnächst trotz alledem einen weiteren bedauerlichen Todesfall geben.

»So, zum Schluss ein Antrag unseres geschätzten Herrn Bundeskanzlers. Mathias möchte kurzfristig einen Termin haben, um bei uns vorzusprechen. Gründe hat er nicht genannt. Hat einer von euch eine Ahnung, was er will?«

»Das hat wahrscheinlich mit den Staatssekretären zu tun, die er gestern überraschend und ohne unsere Erlaubnis entlassen hat. Wir sollten Mathias schnellstmöglich zu uns zitieren und ihm den Ernst der Lage klarmachen. Wenn er nicht pariert, wird er ersetzt. Das ist zwar ein ungünstiger Zeitpunkt, aber Querulanten können wir nicht gebrauchen.«

-47- HEROLD BLAUERMANNS RACHE

Johannes ist ein Arschloch. Wofür bezahle ich ihm jeden Monat ein fürstliches Honorar, wenn er nicht da ist, wenn ich ihn mal wirklich brauche? Herolds Gedankengänge waren voller Zorn. Voller Zorn auf seinen Anwalt Johannes, auf das Untersuchungsgefängnis mit seinen penetranten freiheitseinschränkenden Bestimmungen, auf sein Unternehmen, die Partei und sogar auf seine Frau. Warum ließ sich von denen keiner blicken? Nur seine Tochter Julia hatte ihn bisher besucht. Sogar einen Kuchen hatte sie ihm mitgebracht. Der hatte zwar nicht geschmeckt, Herold wusste aber, dass seine Tochter noch nie sonderlich gut kochen oder backen konnte. Dennoch, für diese Anerkennung, ihn im Knast besucht und familiären Rückhalt gegeben zu haben, würde er sie, sobald er draußen war, fürstlich beschenken. Vielleicht mit einem Geschäftsführerposten in einer seiner Tochtergesellschaften? Kurz musste er über das Wortspiel mit der Tochter grinsen, dann fiel ihm etwas Besseres ein. Julia war ja kürzlich in die Partei eingetreten, folglich musste sie ihre Bedenken gegen die NAFD fallen gelassen und ihre Meinung geändert haben. Ich werde sie zur Ministerpräsidentin von Rheinland-Pfalz machen, dachte Herold. Das war ein würdiger Posten für seine Tochter.

Doch im Moment hatte er andere Sorgen. Johannes, sein Anwalt, hatte sich schon mehrfach unter fadenscheinigen Gründen entschuldigen lassen, angeblich hatte er dringende Termine bei Gericht. Als ob es Wichtigeres gäbe, als ihn hier rauszuhauen.

Herold ahnte, was draußen los war. Das Chaos in Deutschland verfolgte er über die Tagespresse, zu der er uneingeschränkten Zugriff hatte. *Deutschland ist unregierbar*, titelten die FAZ und die »Süddeutsche« unisono. Von allen Seiten wurde auf die NAFD eingedroschen, was das Zeug hielt. Selbst das Massenblatt BILD hatte endgültig die Seite gewechselt und forderte Neuwahlen. Warum kamen Bernhard und Discounter-Eddi nicht auf die Idee, sich mit ihm, dem Vorstand des Führungszirkels in Verbindung zu setzen? Versuchten sie, ihn abzusetzen? War er längst aus dem Spiel? Diese Möglichkeiten manifestierten sich schließlich zur gedanklichen Gewissheit. Obwohl es sich nur um verselbstständigte Gedankenspiele handelte, war Herold nun der Meinung, dass er auf verlorenem Posten stand. Mit Sicherheit hatten sie inzwischen seinen Anwalt Johannes indoktriniert, und auch die Geschichte mit den Drogen hatte er seinen Kollegen in Berlin zu verdanken, da war er sich mittlerweile todsicher. Herold ärgerte sich, die Zeichen nicht früher erkannt zu haben. Alles lief bis vor ein paar Tagen bestens, doch damit war Schluss. Herold gab sich einen Ruck und beschloss, eine Nacht abzuwarten und über seine Thesen, die sich bei ihm inzwischen zu Axiomen gewandelt hatten, nachzudenken.

Auch am nächsten Tag konnte er keinen Fehler in seiner Beweiskette erkennen. Man hatte ihn mit den untergejubelten Drogen ausgebootet. Bernhard Bender kannte schließlich sein kleines Nebengeschäft. Herold kam zu dem Schluss, dass ein Schrecken mit Ende einem Ende ohne Schrecken vorzuziehen war. Die Ideen der NAFD waren gescheitert. Dieses Mal. In zwei oder drei Jahren würde er einen neuen Anlauf wagen mit neuen Plänen und neuen zuverlässigeren Helfern.

Doch zunächst stand der Schreck auf der Tagesordnung. Für ihn würde die Geschichte gut ausgehen, dafür hatte er gesorgt. Diese dumme Drogengeschichte würde ihn nicht endgültig in die Bredouille bringen. Aber die anderen, die Verräter, denen würde es an den Kragen gehen. Für Notfälle wie diesen hatte er mit Erich vorgesorgt. Erich war Notar in Ludwigshafen und ihm treu ergeben, seit er ihn damals aus einer existenzbedrohlichen Lage gerettet hatte. Bei ihm lagen mehrere versiegelte und fertig adressierte Umschläge im Safe, die ein gefundenes Fressen für die Staatsanwälte sein würden. Bei seinem Telefonat mit dem Notar wurde er zwar überwacht, doch der Beamte schöpfte bei dem Satz »Erich, schick die Briefe los, es ist so weit« keinen Verdacht.

-48- ENDSIEG

Julia lächelte. Sie war nur noch wenige Augenblicke von ihrem Ziel entfernt.

Ihr Vater war gestern von der Partei ausgeschlossen worden, seine Spedition stand unter vorläufiger Zwangsverwaltung. Die Gerechtigkeit würde siegen, dachte sie zufrieden. Alle Konkurrenten, die unter ihrem Vater hatten leiden müssen, würden Genugtuung erhalten. Das Unternehmen Blauermann würde nach der Bereinigung gleichwohl noch eines der größten in Deutschland sein, obwohl niemand wusste, wer es führen würde.

Auch die Sache mit der NAFD sah Julia als gelöst an. Die Selbstzerfleischungsaktivitäten der Partei, über die zurzeit täglich in der Presse berichtet wurde, sprachen Bände. Es wäre ein Wunder, wenn sich diese populistische Vereinigung nochmals zusammenraffen würde, um einen gemeinsamen Nenner zu finden. Die Kündigungswelle betraf dabei nur im geringen Maß die Basis, da dort eher die einfachen Parolen zählten und nicht die Organisation des Ganzen, was viele sowieso geistig überforderte. Aber in der mittleren Führungsebene, egal ob Ortsgruppenführer, Kreis- oder Gauleiter bis hin zu den Landtagsabgeordneten, war das Beben groß. Immer mehr erkannten, dass sie selbst bei einem weiteren Aufstieg in der Hierarchie der Partei kaum die Möglichkeit hatten, ihre eigenen Ideen oder ihr Ego zu verwirklichen. Nicht wenige verbrannten öffentlich ihre Parteiaktien sowie Parteibücher und stellten die Aufnahmen ins Internet.

Einige der betroffenen Mitglieder, vor allem die intelligenteren unter ihnen, suchten Anschluss an die etablierten Parteien und wurden dort meist ohne großen Kommentar aufgenommen. Dort galt es, dem Schwund an aktiven Mitgliedern der letzten Jahre entgegenzuwirken.

Die weniger schlauen Mitglieder waren dagegen ein gefundenes Fressen für zahlreiche neue Klein- und Kleinstparteien, die sich in diesen Tagen gründeten und wie Bakterien in einer idealen Nährlösung vermehrten.

Julia blieb sicherheitshalber pro forma Mitglied der NAFD. Jetzt, kurz vor dem Erreichen ihres Zieles, durfte sie nicht auffallen. Schließlich hatte ihr Vater es nur ihr zu verdanken, dass er in U-Haft saß. Der Einbruch in die Spedition, das Verteilen der Drogen auf zwei Lkws und das Informieren der Polizei war ganz allein ihr Werk. Von ihrer ehemaligen Schulkameradin Laura, die als kaufmännische Mitarbeiterin in der Spedition arbeitete, hatte sie den ersten Tipp bekommen. Es war nur ein Gerücht, dass ihr Vater mit Drogen handeln würde. Vor ihrem ersten Einbruch auf dem Betriebsgelände hatte Julia ihrer Meinung nach genügend Indizien gesammelt, die für die These sprachen. Der Erfolg ihrer nächtlichen Suche hatte ihr schließlich recht gegeben. Ihrer Meinung nach saß ihr Vater verdientermaßen im Knast.

Gerade eben hatte sie das Postamt in München verlassen. Es war für Julia sehr aufregend, mit einer Perücke und weiteren Verkleidungsaccessoires mit dem ICE in die bayrische Landeshauptstadt zu fahren, um ein explosives Päckchen aufzugeben. Sie musste jetzt nur noch unerkannt zurückkommen, dann wäre alles erreicht.

Den geheimen Tresor im Büro ihres Vaters hatte sie

bereits leer geräumt. Sie war sich sicher, dass er das Geld für lange Zeit nicht vermissen würde und auch später, wahrscheinlich erst in einigen Jahren, nicht danach fragen würde. Mit dem Geld hatte Julia nun endgültig ein finanziell unabhängiges Leben vor sich, egal, wie es mit der Spedition und dem Vermögen ihrer Eltern weiterging. Dass es sich bei ihrem zu Unrecht erworbenen Vermögen aller Wahrscheinlichkeit nach um Drogengeld handelte, betrübte sie zwar ein wenig, doch sie redete sich ein, dass man im Leben eben nicht alles haben konnte.

Jedenfalls war das Päckchen mit den letzten Resten der Drogen unterwegs. Direkt in das Untersuchungsgefängnis, in dem ihr Vater einsaß. Die Polizei würde schnell die Herkunft des Päckchens Peter Däuscher, dem Speyerer Ortsgruppenleiter zuordnen können. Die Spuren, die sie gelegt hatte, waren eindeutig. Sie hatte bis gestern persönlich nichts gegen diesen Däuscher gehabt, von seiner dummen Bemerkung neulich einmal abgesehen. Doch als sie ihn gestern mit ihrer Mutter in Däuschers Büro in flagranti erwischt hatte, beschloss sie, ihn in diese fiese Sache mit den Drogen zu verwickeln. Sie war das Zeug nun endgültig los und hatte, sobald Däuscher im Gefängnis war, einen triftigen Grund, um aus dieser verrückten Partei auszutreten.

Am Bahnhof kaufte sie sich eine Zeitung. Laut Titelgeschichte wurden gestern Abend in Deutschland mehrere prominente Milliardäre festgenommen, die in kriminelle Aktivitäten verschiedenster Art verwickelt sein sollten. Julia zuckte mit der Schulter, da sie diese Menschen nicht kannte. Ihre Gedankengänge wurden durch einen Fernseher unterbrochen, der am Eingang einer Buchhandlung stand. Ein Nachrichtensprecher berichtete, dass der Bundeskanzler sowie alle Bundesminister der NAFD soeben zurückgetreten waren.

TEIL 3 ESSAY

Es ging alles sehr schnell, für politische Verhältnisse sogar extrem schnell. Begonnen, zumindest in der Wahrnehmung der Bundesbürger, hatte alles mit der Spaltung des AFD Landesverbandes Baden-Württemberg im Sommer 2016.

Der AFD-Bundesvorstand rief die Beteiligten zur Ordnung und zur Einigkeit auf, doch längst gab es Überlegungen von Personen außerhalb der Partei, diese Zwietracht für eigene Zwecke zu nutzen.

Herold Blauermann, Inhaber einer der größten Speditionen Europas, Bernhard Bender, Alleinerbe eines milliardenschweren Pharmakonzerns, Edmund Schmidt, der Discounterkönig, sowie drei weitere Großkapitalisten hatten vor allem eines: Geld ohne Ende. Sie waren bereit, einen Teil ihres Vermögens umzuschichten, und zwar in Macht. Sie waren es leid, durch den Staat mit Steuern, Abgaben, gesetzlichen Restriktionen und vielem mehr gegängelt zu werden. Sie wollten mitbestimmen, und dies nicht nur mit Lobbyarbeit des politischen Kompromisskarussells der vergangenen Jahrzehnte. Sie waren sich durchaus bewusst, dass ihre eigene leibliche Hülle nicht für alle Ewigkeit bestehen würde. Politische Umwälzungen brauchten Zeit, viele, viele Jahre, die sich diese Herren nicht nehmen wollten. Die Zeit, um sich selbst ein ewiges Denkmal zu setzen und es lebend auskosten zu können, rann ihnen zwischen den Fingern davon.

Von Dingen wie Umsturz, Putsch oder gar Revolution hielten sie nichts. Zu groß war die Gefahr, alles zu verlieren. Sie wollten auf legalem Weg an die Macht, um über das Wohlergehen von über 80 Millionen Bundesbürgern zu entscheiden. Politisch gesehen hatten sie so wenig Ahnung wie der US-amerikanische Präsident Donald Trump, das politische Tagesgeschäft wollten sie anderen überlassen. Anderen, die selbstverständlich von ihnen abhängig waren und die wichtigsten Vorhaben in ihrem Sinne umsetzten.

Blauermann, Bender und der Rest waren sich einig, nach außen hin nicht in das politische Tagesgeschäft einzugreifen. Der Plan, den sie in mehreren Geheimtreffen schmiedeten, enthielt sogenannte Meilensteine, die ihnen als Frühindikatoren dienten, um im Bedarfsfall den Plan anpassen zu können. Fünf Jahre planten sie in die Zukunft, dann sollte nach ihrem Willen Deutschland nur noch aus einer Scheindemokratie bestehen.

Zwei Dinge erkannten sie als entscheidend. Sie mussten in der Bevölkerung in kürzester Zeit eine kritische Masse erreichen, die ihnen nach dem Mund redete. Der zweite Punkt beinhaltete eine gewisse Isolation Deutschlands und war nicht ganz so eilig. Die von großen Teilen der Bevölkerung vermutete Fremdherrschaft durch die EU kam den Herren natürlich zupass.

Inzwischen verfügten die Großkapitalisten über einen ansehnlichen Fundus an Schlagworten, die ebenso einfach wie prägnant waren und sowohl den einfachen Mann auf der Straße als auch die Mittelschicht ansprachen und damit über 80 Prozent der Bevölkerung erreichten. Bei der Findung der Parolen und Phrasen bediente man sich unter anderem hemmungslos bei den anderen Parteien.

Völlig von der Öffentlichkeit unbemerkt, gelang es dem Konsortium, in Frankenthal in der Pfalz einen insolventen Verlag nebst Druckerei zu erwerben. Das Führungspersonal wurde ausgetauscht und das Medienhaus in »Der Neue Deutsche GmbH« umfirmiert. In der Nachbarschaft hatte man große Lagerhallen angemietet, in denen Millionen von Prospekten und Handzetteln auf Europaletten lagerten. Zur Verteilung stellte der Spediteur Blauermann einen Teil seiner Fahrzeugflotte zur Verfügung.

Zu diesem Zeitpunkt stand längst fest, dass man als neu gegründete Partei mit dem dreisten Namen NAFD, also die »Neue Alternative für Deutschland« für Aufruhr sorgen wollte. Mit diesem Kniff wollte man den weniger politisch Interessierten suggerieren, dass es sich um eine Abspaltung der bestehenden AFD handelte, was faktisch natürlich nicht stimmte.

Zur Vorbereitung des Eindringens in den Markt – die Männer sahen das ganz betriebswirtschaftlich – wurden in der Ukraine Dutzende Internetauftritte kreiert und prophylaktisch mit wohlfeilen Inhalten befüllt. Sämtliche Seiten konnten per Knopfdruck aktiviert werden, und zur selben Sekunde würden der Online-Auftritt des Bundesverbandes der NAFD sowie sämtliche Länderverbände zu existieren beginnen. Alle Internetauftritte erhielten sodann von einer zentral gesteuerten Stelle aufeinander abgestimmte Inhalte. Widersprüche oder offen ausgetragene Zwistigkeiten zwischen den Landesverbänden waren damit von vornherein ausgeschlossen. Was für die Internetauftritte galt, galt selbstverständlich auch für alle verfügbaren Social-Media-Kanäle.

Für den geplanten Raketenstart hatten sich Blauermann und seine Freunde ein weiteres Bonbon ausgedacht, das allerdings wegen der fehlenden Legalität in keinem Protokoll stand: Man hatte in Pakistan für ein Schweinegeld eine freischaffende Hackertruppe engagiert, der es gelungen war, sich Zugang zu vielen deutschen Internetauftritten von Parteien und meinungsbildenden Institutionen und Pressemedien zu verschaffen. Diese Zugänge wurden nicht öffentlich gemacht, und den betroffenen Parteien beziehungsweise Unternehmen waren die potenziellen Angriffsmöglichkeiten nicht bekannt. Gleich nach dem Startschuss würden die gut bezahlten Hacker mit gefälschten Nachrichten diese Online-Seiten kompromittieren.

Die Vorbereitungen für den medialen Overflow waren gerade abgeschlossen, als die Abspaltung des AFD Landesverbandes in Baden-Württemberg durch die Presse ging. Sofort war sich das Milliardärskonsortium einig, dass dies der perfekte Zeitpunkt wäre. Eiligst wurden die Papiermedien in ganz Deutschland verteilt und die Online-Auftritte freigeschaltet. Die Presseorgane wurden mit vorbereiteten Erklärungen bombardiert, und die pakistanischen Hacker veränderten die Internetseiten von mehreren Hundert fremden Online-Auftritten, die nun allesamt positiv über die Neugründung der NAFD berichteten. Die diskreditierten Großparteien benötigten teilweise bis zu drei Tage, um die Falschmeldungen von ihren Servern zu löschen, doch bis dahin war es längst zu spät. Die Richtigstellungen und die damit verbundenen Verdächtigungen gegenüber der NAFD waren Stunden später in der breiten Mehrheitswahrnehmung wieder in Vergessenheit geraten, zumal sie von dem massenhaften und permanenten Output an Kurzinformationen der NAFD regelrecht überrollt wurden.

Das Führungspersonal der NAFD stand wie ein Phönix aus der Asche sofort zur Verfügung. Dies war für Blauermann und seine Freunde im Vorfeld ein heikler Punkt gewesen. Die angeworbenen Personen, etwa die Hälfte bestand aus Frauen, wurden sorgfältig ausgewählt. In diskreten Kleingruppengesprächen wurden aussichtsreiche Kandidaten eruiert und auf ihre neuen Rollen vorbereitet. Oft stammten die Personen aus der zweiten Reihe der etablierten Parteien, wobei es nur wenig Unterschied machte, ob diese Parteien eher links, rechts oder zur Mitte orientiert waren. Vordergründig brachte man den Kandidaten kein neues politisches Konzept näher, sondern fast ausschließlich die Befriedigung ihrer individuellen Bedürfnisse. Bei vielen war es das Bedürfnis, in die erste Reihe zu gelangen, bei manchen spielte zusätzlich die monetäre Seite eine Rolle, selten auch der Ehrgeiz, ein neues Lebensprojekt zu beginnen und sich selbst zu verwirklichen.

Bei allen Bedürfnissen konnte das Konsortium helfen. Der finanzielle Aspekt spielte sowieso keine Rolle, und Parteipositionen in der ersten Reihe hatte man mehr als genug zu vergeben.

So gelang es, hochkarätige Experten zu gewinnen, die gewillt waren, mit Disziplin an einem gemeinsamen Ziel zu arbeiten, das zu diesem Zeitpunkt noch gar nicht so exakt definiert war.

Insgesamt hatte man rund 100 Mitarbeiter gewinnen können, denen man als Gründungsmitglieder neben einem gut dotierten Arbeitsvertrag einen Aktienanteil an der Partei zusprach.

Das Risiko bestand für Blauermann und die anderen darin, dass sich innerhalb der Führungsriege etwas verselbstständigte. Man versuchte, dem vorzubeugen, indem exakte Handlungsleitfäden für die verschiedenen Positionen entworfen wurden. Für die meisten der Gründungsmitglieder bedeutete dies für die erste Zeit, die einzelnen Gaue, regionale Unterteilungen der Landesverbände, aufzubauen und den zu erwartenden Massenansturm an Neumitgliedern organisatorisch abzuwickeln. Die Gauleiter durften die Ortsleiter in Eigenregie ernennen, wobei viele bei Freunden und Bekannten fündig wurden, um diesen ebenfalls relativ einflussreiche Positionen zuzuschustern. Für die Registrierung der Neuaufnahmen hatte man in der Hauptstadt eine Führungsstelle entworfen, die in kürzester Zeit die benötigten Sachbearbeiter einstellen konnte.

Die Entwicklung der NAFD verlief rasend schnell und zumeist in geordneten Bahnen. Sogenannte parteiinterne Feuerwehrkräfte sorgten bei Unstimmigkeiten schnell für Ruhe und eine gemeinsame Linie, auch wenn die Art und Weise bisweilen hart an der Grenze des Erlaubten war. Nur zwei- oder dreimal musste man sich von Gründungsmitgliedern trennen, nicht ohne ihnen vorher mit untergeschobenen Gemeinheiten die Zukunft zu zerstören und sie in der Öffentlichkeit unglaubwürdig zu machen.

Die Parteistruktur wuchs wie gewünscht in die Breite und in die Tiefe. Von vornherein hatte man daran gedacht, übermäßig viele Hierarchiestufen zu etablieren, um den Mitgliedern das Gefühl des persönlichen Aufstiegs – ein wichtiges Erfolgsindiz – zu vermitteln. Es ging zunächst nicht in erster Linie um das Verwirklichen der Parteiziele, sondern um das Erreichen eines Niveaus der Zufriedenheit bei den Mitgliedern.

In der Führungsriege, die den Bundesverband der NAFD direkt führte, hatte man bereits im Herbst eine ganze Reihe von Personen identifiziert, die für eine Rolle als Mitglied im Bundestag oder den Landtagen infrage kamen.

Leider waren die Bewerbungsfristen für die Landtagswahlen im September 2016 für Mecklenburg-Vorpommern und Berlin bereits abgelaufen.

Den ersten kleinen Erfolg erzielte die Partei, als es in der Landtagswahl Ende März 2017 drei NAFDler in den saarländischen Landtag schafften.

Nur sechs Wochen später wählten Teile des deutschen Volkes bereits 20 Abgeordnete in den schleswig-holsteinischen Landtag. Beflügelt von diesem Erfolg gelang dieses Kunststück eine Woche später den Kollegen in Nordrhein-Westfalen, hier waren es ebenfalls 20 Abgeordnete.

Keine der etablierten Parteien ging eine Koalition mit der NAFD ein, was Blauermann und seine Mitstreiter mit einem Lächeln zur Kenntnis nahmen. Längst waren sie in die Vorbereitungen für die Bundestagswahl im September 2017 eingestiegen. Selbstbewusst präsentierte man der Bevölkerung ein eigenes Schattenkabinett. Die Themen des Wahlkampfes vereinfachte man ein weiteres Mal, um ja kein ungenutztes Wählerpotenzial am unteren Ende des Bildungsniveaus zu vernachlässigen.

Den August und den September 2017 erlebten Blauermann und seine Freunde wie im Rausch. Die täglichen

Wahlprognosen – nur ein kleiner Teil davon war gefälscht und von der NAFD über dunkle Kanäle ans Licht der Öffentlichkeit geschleust – überboten sich ständig mit höheren Wahlergebnissen für die NAFD. Die Große Koalition CDU/CSU und SPD beriefen sogar Notgespräche ein, um der rechten Gefahr begegnen zu können. Inständig hoffte die Regierung, dass im 19. Deutschen Bundestag neben den eigenen Parteien auch die Grünen und die FDP vertreten sein würden. Eine Koalition mit der NAFD und mit der inzwischen unter fünf Prozent gerutschten AFD wurde von allen großen Parteien von vornherein ausgeschlossen, was man so in der Öffentlichkeit kundtat.

Die NAFD-Führungsriege gab sich unbeeindruckt und kämpferisch. Klar, das Parteiprogramm war eindeutig rechtspopulistisch ausgerichtet. Nur damit konnte man in der Gegenwart der Politik der Großen Koalition Kontra geben. Angela Merkel war in den Augen der Bevölkerungsmehrheit eine Kämpferin für EU, Euro und Flüchtlinge, die es versäumte, sich um die ureigenen Belange des deutschen Volkes zu kümmern. Das war natürlich Quatsch, doch in diesem Fall entschied nicht die Wahrheit oder die Fakten, sondern ganz allein die Stimmung im Volk.

Die rechtspopulistischen Parolen waren für die unpolitischen Milliardäre nur Mittel zum Zweck. Wie sie ihr Parteiprogramm in ein paar Jahren tatsächlich entwickeln würden, war völlig unentschieden. Zuerst in kurzer Zeit an die Macht gelangen, dann sah man weiter.

In den drei Monaten vor der Bundestagswahl legte man ein Aktienprogramm für Neumitglieder auf. Mit diesen

Wertpapieren konnte man sich einen Anteil am fiktiven Vermögen der Partei sichern. Wie hoch dieses war und aus welchen Werten es bestand, das wusste niemand so genau, und es interessierte auch niemanden. Jeder Aktienkauf war mit einer Sperrfrist von fünf Jahren und mit einer Grunddividende von vier Prozent versehen. Wegen des äußerst niedrigen Zinsniveaus auf dem Kapitalmarkt verkauften sich die Aktien wie warme Semmeln. Jeder konnte diese hoch dotierten Aktien erwerben, Hauptsache, er war Mitglied der NAFD.

Um den Sturm auf die Papiere zusätzlich zu erhöhen, wurden Zusatzprämien für Rentner, Pensionäre, Arbeitslose, Hartz-IV-Empfänger, Hausfrauen, Studenten und Bürger unter 25 Jahren ausgelobt. Die Einnahmen durch das Aktienprogramm waren immens.

Die Führungsriege war auf die Einnahmen aus diesem Zusatzgeschäft nicht angewiesen, das Geld wurde komplett in den Ausbau der medialen Versorgung gesteckt, wobei mehr als zwei Drittel für elektronische Medien verwendet wurden.

Die Wahl zum 19. Deutschen Bundestag schrieb Geschichte. FDP und Grüne waren an der Fünfprozentklausel gescheitert, die AFD, die es gerade noch geschafft hatte, musste sich mit einem mickrigen Anteil zufriedengeben.

Das Dilemma war für die etablierten Parteien der hohe Wahlgewinn der NAFD, die nur knapp an der Mehrheit vorbeischrammte. Die CDU/CSU lag in Summe gesehen mit der SPD wenige Stimmen dahinter. Die NAFD lehnte wiederum eine Koalition mit der AFD aus grundsätzlichen Erwägungen ab.

Das Flennen der großen Parteien in den Tagen nach der Wahl nutzte nichts, als demokratische Partei musste man sich dem Willen des Wahlvolks unterwerfen.

Blauermann, Bender und die anderen Milliardäre benötigten zwei Tage, um ihre alkoholgefluteten Körper wieder gesellschaftsfähig zu machen. Danach setzten sie sich mit den Spitzen ihrer Partei zusammen und beschlossen, der CDU/CSU ein Angebot zur Koalition zu machen, das diese nicht ablehnen konnte.

Zähneknirschend gab die CDU/CSU nach tagelangen Verhandlungen hinter verschlossenen Türen bekannt, gemeinsam mit der NAFD die Geschicke Deutschlands lenken zu wollen. Als Druckmittel benutzte die NAFD die potenzielle Möglichkeit einer Koalition mit der AFD. Die CDU/CSU biss in den sauren Apfel und hoffte, mit der Regierungsbeteiligung ihren Ruf nicht vollkommen zu verlieren. Als kleines Dankeschön erhielten sie überproportional viele Ministersitze im neuen Kabinett. Der Bundeskanzler Dr. Mathias Segrem und die Innenministerin Dr. Wiebke Wiedemann wurden von der NAFD gestellt.

TEIL 4

NACHWORT – SATIRE ODER NICHT SATIRE – DAS IST HIER DIE FRAGE

Dieses Buch ist ein Roman. Er ist fiktiv, also erfunden. Ähnlichkeiten mit lebenden Personen sind rein zufällig und nicht beabsichtigt. Gleiches gilt für die Handlung. Lediglich die Spaltung der AFD in Baden-Württemberg im Sommer 2016 gab es wirklich. Alles Weitere hat zumindest bis zum Zeitpunkt des Niederschreibens dieses Romans nicht stattgefunden.

Handelt es sich um eine Politsatire?

Ja, es ist eine Satire, weil die beschriebenen Geschehnisse in diesem Roman so unglaubwürdig und so überzogen dargestellt sind, dass dies niemals in der Realität funktionieren würde.

Zeugnisse fälschen oder gar ganze Lebensläufe, das würde sich ein Mitglied des Bundestages niemals trauen. Dass im Jahr 2016 tatsächlich wegen eines gefälschten Lebenslaufs mit erfundenem Abitur und Jurastudium ein SPD-Bundestagsmitglied nach zehn Jahren Bundestag seinen Rücktritt erklären musste, war ganz bestimmt nur eine Ausnahme. Gleiches gilt für einen angeblichen Diplom-Mathematiker, der ebenfalls im Jahr 2016 aufflog.

Außerdem ist wohl jedem Bürger klar, dass es eine wie die im Roman beschriebene Führungsriege, die die totale

Kontrolle über die Regierung besitzt, niemals im echten Leben geben wird. Das wäre ja auch völlig utopisch.

Okay, das von Wladimir Putin gestaltete politische System, offiziell »gelenkte Demokratie« genannt, mag man als halbdemokratisch, halbautoritär oder als autoritär beschreiben. Aber hier ist Putin »Führungsriege« und Politiker in einer Person, daher hinkt der Vergleich.

Aber für das im Roman beschriebene System gibt es sogar einen Fachbegriff: Oligarchie. Auch wenn ich kein Freund davon bin, zitiere ich ausnahmsweise Wikipedia:

Ein Oligarch (vom griech.: ὀλίγοι oligoi = wenige, und ἄρχων archon = Herrscher, Führer) ist ein Wirtschaftsmagnat oder Tycoon, der durch seinen Reichtum über ein Land oder eine Region weitgehende Macht zu seinem alleinigen Vorteil ausübt.

Und wenn man genauer hinsieht, findet man heraus, dass es auf unserer Erde eine ganze Reihe von Oligarchen gab beziehungsweise gibt. Aber das sind natürlich alles Ausnahmen, in Deutschland ist so etwas niemals möglich. Da bin ich mir einigermaßen sicher …

Daher mein verbessertes Fazit:

Wahrscheinlich ist es Satire. Hoffen wir, dass ich recht behalte.

ZWEITES NACHWORT

Das Lesen der Tageszeitung hat mir inzwischen meine im ersten Nachwort genannte These (in Fettdruck) zerstört. In der Realität gibt es noch viel absurdere Dinge, gegen die der vorliegende Roman wie ein Tatsachenbericht erscheint.

Während der Schreibarbeit an diesem Manuskript las ich am 7. August 2016 wie jedes Wochenende die RHEINPFALZ AM SONNTAG. Unter dem Titel »Hochstapler« stellte der Redakteur Martin Schmitt unglaubliche Ereignisse zusammen. Laut Untertitel ist dabei die im Sommer 2016 entlarvte Bundestagsabgeordnete und Pseudo-Juristin Petra Hinz in der Welt des Scheins nur ein kleines Licht.

Der Postbote Gerd Postel schaffte es, durch jahrelange Fälschungen im Jahr 1995 zum leitenden Oberarzt an einer Fachklinik für Psychiatrie aufzusteigen, obwohl er in der Zwischenzeit mehrmals wegen Urkundenfälschung, Täuschung und Missbrauch von Titeln vor Gericht stand. Unglaublich, aber wahr. Und das in unserem Deutschland.

Oder Danny H., der 2016 in Berlin vor Gericht stand, weil er seit 2010 mittels gefälschter Approbationsurkunde durchs Gesundheitswesen geisterte und während dieser Zeit unter anderem an der Berliner Charité dozierte oder als Bordarzt eines AIDA-Kreuzfahrtschiffs unterwegs war.

Alles Einzelfälle, sagen Sie? Wie wäre es mit dem Fotografen Thomas Salme, der 13 Jahre lang unfallfrei als Flugkapitän arbeitete, natürlich ohne Fluglizenz.

Der nur 17-jährige Brite Adam Barraclough schaffte es, seinen Gesprächspartnern vorzugaukeln, dass er eine neue Airline aufbaue, die »American Global Group«. Als deren Chef verhandelte er mit Flughafenmanagern über Flugverbindungen.

Dem Mechaniker Jean-Philippe-Olivier Gaillard gelang es 2012, Direktor eines französischen Flughafens zu werden.

Der Redakteur Martin Schmitt schreibt, dass Hochstapler auch bei Religionsgemeinschaften hoch im Kurs stehen, möglicherweise wegen der ausgeprägten Hierarchien.

Doch bleiben wir bei Pfälzer Hochstaplern. Ein Südpfälzer Elektriker unterrichtete von 2008 bis 2011 Sport und Biologie an einem Landauer Gymnasium.

Dies ist nur ein Ausschnitt aus dem Artikel von Martin Schmitt. Er versicherte mir, dass in seinem persönlichen Archiv Hintergrundinformationen zu vielen weiteren Fällen von Hochstapelei lägen.

Die oben genannten Hochstapler sind alle erwischt worden, sonst könnten sie nicht aufgezählt werden. Ein Landauer Oberbürgermeisterkandidat erfand sogar einen Gehirntumor, um nach der Entdeckung seines Doktortitels, den er gar nicht besaß, einen geordneten Rücktritt antreten zu können.

Natürlich stellt sich zwangsläufig die Frage nach der Dunkelziffer. Ich schätze, dass die Gefahr des Entdeckens sich wesentlich verschärft, sobald ein Hochstapler in den öffentlichen Fokus aufsteigt. Wobei das auch mal, wie der Fall Petra Hinz zeigt, viele Jahre dauern kann. Aber selbst so manche Lebensläufe von »normalen« Angestellten und Arbeitern, die in den Aktenschränken der Personalabteilungen liegen, dürften nicht immer ganz lupenrein sein, und sei es nur durch die Kunst des Weglassens.

Sie sehen, was auf unserer Welt leider alles möglich ist. Die Sache mit den Oligarchen haben wir bereits weiter oben geklärt.

Als letztes Fazit bedeutet dies, dass meine oben aufgestellte These wohl falsch ist, und solche Dinge wie in diesem fiktiven Roman jederzeit auch in der Realität möglich sind. Sogar bei uns in Deutschland. Was man dagegen tun kann, außer mehr Bildung für alle? Die Pfälzer kennen dafür einen Begriff: UFFBASSE!

*

Das beste Argument gegen die Demokratie ist ein fünfminütiges Gespräch mit dem durchschnittlichen Wähler.

Winston Churchill